美丽新世界

[英] 奥尔德斯·伦纳德·赫胥黎／著　孙法理／译

Brave New World

Aldous Leonard Huxley

湖南文艺出版社
HUNAN LITERATURE AND ART PUBLISHING HOUSE
博集天卷
CS-BOOKY

-前　言-

所有的道德家一致认为，耽溺于悔恨是最不可取的情绪，做错了事就应该认错，努力加以补救，勉励自己以后好好干，千万别老是为错误难过。在烂泥里翻滚并不是清洁身体的最好办法。

艺术也有道德，它的许多信条跟一般的道德信条相同，至少相似。因为作品不高明而悔恨跟因为行为有错误而悔恨一样，都是不可取的。应当找出毛病，承认毛病，以后尽量避免重蹈覆辙。回头咀嚼十五年前的文学作品中的问题，要想把当初没弄好的东西补缀得天衣无缝，拿中年的时光来弥补那另外一个人——当初的自己——所造成并遗留下来的艺术上的缺陷，必然会徒劳无功。因此我让这本《美丽新世界》保留了它的本来面目。作为艺术品，这本书有不少的毛病，但是我担心要纠正它们恐怕得重新写过才行。可作为年龄更大的另一个人，修改起来大有可能不但会改掉故事的毛病，而且会抹掉它原有的长处。因此，为了抵制修改的诱惑，以免耽溺于艺术的悔恨之中，我宁可把它的好好坏坏一律保留，而去考虑别的问题。

可是，故事里最严重的缺点似乎还得提一提。那就是，只给了野蛮人两种选择：在乌托邦过混沌的日子或是在印第安村过原始的生活。后者在某些方面要多几分人情味，但是在其他方面照样怪诞不经。我在写这本书时有一个念头：人类被给予的自由意志不过是让他们在混沌和疯狂之间进行选择。我觉得这念头很有趣，而且很可能是事实。不过为了戏剧效果，我让野蛮人说出的话比他所受到的宗教培养所能容许的清醒得多。培养他的是一些心怀生殖力崇拜且信仰坚定的苦修的教徒。实际上，读过莎士比亚也不足以成为他可能说出那种话的理由。当然，到最后我让他脱离了清醒状态，让他重新受到身上土生土长的苦行主义的控制，以疯狂的自我惩戒和令人失望的自杀做了了结。“从此以后这些人便这样痛苦地死去了”，这教这本寓言的作者大大地松了一口气——他觉得有趣，他崇拜美，他是个怀疑论者。

我今天并不打算证明清醒是不可能的，相反，我倒深信它可能，而且希望多看到一些清醒，尽管我还跟过去一样坚信清醒是一种相当罕见的现象，并为此感到难过。因为在我最近几本书里都谈到过清醒，特别是编过一本由清醒的人谈清醒、谈怎样做到清醒的文选，而又有一位著名的学院派批评家告诉我说，我代表了危机时代的知识阶层的一种可悲的症状。我认为教授先生的言外之意是他和他的同事们代表的就是成功的可喜的症状。对人类有贡献的人是值得应有的尊重和纪念的，让我们为教授们修建一座神殿吧。那神殿应该修在欧洲或是日本某个被劫掠一空的城市的废墟上，在那古代遗骨洞穴的门口我愿意刻上几个六七英尺[1]高的简单的词：庄严纪念世界的教育家们（SI MONUMENTUM REQUIRIS CIRCUMSPICE）。

还是回到未来吧……我如果要重新写这本书，我会给野蛮人第三个选择，在他那乌托邦与原始生活的两难选择之外再给他一个可能性：清醒——这个可能性在一定程度上已经实现，就在一个由某些从“美丽新世界”中被流放出来和逃亡出来的人组成的社会里，地点在保留地附近。在这个社会里，经济是亨利·乔治[2]式的分散经济，政治是克鲁泡特金[3]的合作式政治，科学和技术像安息日一样是为人设置的，而不是让人去适应它、受它奴役的（就像我们现在一样，而在“美丽新世界”里尤其严重）。在那个社会里，宗教是对人类终极问题的自觉的、理性的追求，是对遍及宇宙万物的“道”“理

1　1英尺约合0.3米。

2　亨利·乔治（1839—1897），美国经济学家，是土地单一税运动的发起人，认为单一税可以满足政府全部支出而有余，且能减少产品对劳动和资金的需求，这就给了社会经济充分发展的自由。

3　克鲁泡特金（1842—1921），俄国无政府主义的主要代表人物之一，出身贵族，曾多次被捕；主张消灭生产资料私有制，建立无政府的社会；1902年发表《互助论》，主张互助，认为互助是万物之间和人类之间的正常发展模式。

体”、高超的“神性”或是“梵天”的统摄全局的知识的追求。生活至上的哲学应该是一种高级的功利主义，其中最大快乐原则[1]须从属于终极目的原则——在生活的每一次偶发事件面前需要提出而且回答的问题是：“这种思想或行为对于我——或尽可能多的人——追求人类的终极目标能做出什么贡献？产生什么干扰？”

在我设想的修改本里，这个受到原始人群培养的野蛮人先得有机会直接了解由一些追求清醒的人自由合作组成的一个社会；明白了它的性质，然后才被送到乌托邦去。这样一改，《美丽新世界》就会具有艺术和哲学（如果对小说作品也用得上这样大的字眼的话）的完整性了。而在这两方面，从本书现有的情况来看，显然是不足的。

但是《美丽新世界》是谈未来的，而谈未来的书，无论其艺术或哲学的水平如何，它所做出的种种预言推敲起来先得有一副可能应验的样子，才能引起大家的兴趣。现在，十五年后，站在当代历史的角度回顾往昔，这书的预言有多少是可信的呢？在这段痛苦的时间里发生了什么事能证实或否定我 1931 年的预言呢？

我的预言中有一个明显的大漏洞立即出现了。《美丽新世界》里面没有提到核裂变。实际上这事是颇为奇怪的。因为在本书写作之前许多年，使用原子能的可能性已经成了普遍的闲谈话题。关于

1　最大快乐原则是著名的精神分析学家弗洛伊德对于下意识研究提出的原则，人类下意识中的整个冲动反应所追求的就是最大快乐。

这个问题，我的老朋友罗伯特·尼科尔甚至还写过一个很成功的剧本。我记得自己也在一本（20 世纪）20 年代末出版的小说里偶然提起过它。因此正如我所说，在“我主福帝[1]”700 年时，火箭和直升机竟然还没有使用核裂变能，就似乎很奇怪了。这个疏忽也许不能够被原谅，但至少还是容易解释的。《美丽新世界》并不是一本为科学而提倡科学的书，它是把科学作为能够影响到人类个体的东西而提倡的。它没有提起物理学、化学和工程学的成就，因为我觉得承认上述成就是理所当然的。它所特别描述的科学进步是指可能应用到人类身上的生物学、生理学和心理学研究的未来成果。要根本改变生命质量，只有依靠各种生命科学。研究物质的科学在某些方面的应用可能破坏生命，或者让生命令人难以忍受地复杂和痛苦起来。它们若不是由生理学家或心理学家当作工具使用，是难以改变生命本身的自然形态及其表现形式的。原子能的释放标志着人类历史的一次了不起的革命，却不是影响最深远的终极革命，除非我们把自己炸为飞灰，从而结束历史。

这场真正革命性的革命不应该在外部世界进行，而应该在人类的灵魂和肉体上进行。生活在一个革命的时代，萨德侯爵[2]自然会利

1　本书把美国汽车大王亨利·福特（1863—1947）当作上帝，把他生产 T 型车的 1908 年定为纪元元年。本书把福特译作福帝，以便让读者联想到上帝。

2　萨德侯爵（1740—1814），法国作家，中年时正当法国大革命。其作品描写淫虐行为，因此有“萨德主义”一词，意为淫虐狂。

用这种革命的理论来为他那特殊商标的混沌辩解。罗伯斯比尔[1]进行了一种最浮光掠影的革命：政治革命。巴贝夫[2]深入了一些，尝试了经济革命。萨德认为自己是真正革命的革命的使徒，那革命超出了政治和经济革命，是对每个男人、女人和孩子的革命——未来他们的身体要成为大家的性财产，他们的心灵要被清洗，洗掉自然的一切礼仪，洗掉传统文明苦心培养的一切心理压抑。萨德主义跟真正有革命意义的革命之间当然没有必要的或不可避免的联系。萨德是个疯子，他那场革命的多少带有自觉性的目标是普遍的混乱和毁灭。统治"美丽新世界"的人可能不清醒（就清醒的绝对意义而言），但他们并不是疯子。他们的目标不是无政府主义，而是社会的稳定。他们是为了获得稳定才使用科学手段进行最后的、个人的、真正革命的革命的。

而同时，我们还处在也许是最后革命前的一次革命的初级阶段，这次革命的下一阶段可能就是原子战争。要是这样的话，我们就用不着白费工夫去对未来做种种预言了。但可以设想的是，我们足够聪明，即使不能停止一切战争，也能像我们18世纪的祖先一样让行

1　罗伯斯比尔（1758—1794），法国革命家，法国大革命时期雅各宾派首领，死于断头台。

2　巴贝夫（1769—1797），法国革命家，1789年法国大革命后任职物资供应机关，后被杀。他主张废除财产继承权和私有制度，实行均等分配。

为理智起来。三十年战争[1]的难以想象的恐怖实际上给了人们一个教训。在那以后的一百多年里，欧洲的政治家和将军们有意识地拒绝了引诱，在大部分斗争中没有把军事力量使用到毁灭的极限，也没有战斗到把对方彻底消灭。当然，他们是侵略者，贪求着利益和荣誉，但是他们也是保守派，决心不惜一切代价保卫自己的天下，不让它受到侵犯——那才是他们所关心的现实。而在刚刚过去的三十年里，保守派却是不存在的，有的只是右翼极端民族主义者和左翼极端民族主义者。最后的保守派政治家是兰斯多恩侯爵五世。他给《泰晤士报》写信建议，第一次世界大战应该像 18 世纪大部分战争一样以妥协的方式结束。那份曾经是保守派阵地的报纸的编辑拒绝发表他那封信。于是民族主义的激进分子为所欲为，其结果是我们大家都知道的——法西斯主义、通货膨胀、大萧条、希特勒、第二次世界大战、欧洲的毁灭、几乎是无所不在的饥荒。

那么，假定我们能够像我们的先辈们从马德堡吸取教训一样，从广岛吸取足够的教训，我们就可能期望一个不算真正和平，但毁灭性受到限制的有限战争的时代。在这个时代里，核能将被限制在工业用途上。很显然，其结果会是一连串全面的速度空前的经济变

1　此处指 1618—1648 年以德意志为主要战场的欧洲国际性战争。其间最惨烈的战争发生在马德堡。1631 年 5 月 21 日，马德堡城被攻破，全城被彻底烧毁，三万居民被杀，故称“难以想象的恐怖”。

革和社会变革。人类生活的一切现有模式都会被粉碎，不得不临时设想出新的模式来适应原子能这个不讲人情的事实。穿现代服装的普洛克路斯忒斯[1]（原子科学家）将让人类睡到他们自己制造的床上去。要是人类的长短不对，他们可就要倒大霉了，就得挨抻或是被砍掉腿——它跟实用科学真正大踏步前进之后所带来的挨抻和截肢相同，只是厉害多了。而这类极其痛苦的手术将会由高度集中的集权主义政府来执行。这是无法避免的，因为最近的将来跟最近的过去很可能相像，而在最近的过去，由主要是无产者进行的大规模生产的经济带来的技术的飞速变化，有一种造成经济和社会混乱的倾向。为了对付混乱，权力集中起来了，政府加强了控制。在原子能得到控制之前，全世界的政府都极有可能或多或少地出现整体集权主义化的情况，在控制原子能的过程中及之后则似乎肯定会如此。只有反对集权、主张自治的大规模群众运动才有可能阻挡目前向国家主义发展的倾向，而这种运动现在并没有出现的迹象。

当然，还没有理由证明新集权主义就会跟老集权主义相同。使用大棒和死刑执行队、人为的饥馑、大规模监禁和大规模流放的政府不光是不近人情的（现在已没有人注意人情了），而且明摆着是缺乏效率的。而在先进技术的时代，缺乏效率可是亵渎圣灵的大罪。

1　希腊传说中，他是阿提卡的强盗，总把他抓住的人放到一张床上，那人比床长了就砍掉一截，短了就拽长。

一个真正有效率的集权主义国家应该是大权在握的政治大亨和他们的经理大军控制着全部奴隶人口；而对奴隶不用威胁，因为奴隶喜欢被奴役。培养他们喜欢被奴役是现在的集权国家分配给宣传部门、报纸编辑和教师们的任务。但是他们的办法还很粗糙，很不科学。老耶稣会[1]会员们曾吹嘘，如果让他们负责儿童教育，他们就可以保证成年人的宗教思想。那只是他们的主观愿望。现在的教师们在为他们的小学生设置条件反射方面，很可能还比不上教育了伏尔泰[2]的天主教教士。宣传工作的最伟大的胜利不是做了，而是没有做。真理是伟大的，但是从实际情况看来，更伟大的却是回避真理。通过简单地回避某些话题，在群众面前降下一道铁幕（这是丘吉尔的说法），把他们跟当地政治首脑们认为不可取的事件和争论分开，集权主义的宣传家们对于舆论的影响要比他们用最雄辩的谴责和最猛烈的批判所能够做到的有效得多。但光是不谈仍是不够的。既然要回避迫害、清算和其他的社会摩擦的迹象，就还得让正面的宣传跟反面的回避同样有效。未来的最重要的曼哈顿计划[3]应是由政府支持的一个大规模调查，政治家和参加调查的科学家把它叫作“幸福问题”——换句话说，就是让人喜欢被奴役的问题。而要人喜欢被

1　罗马天主教会的一种组织，1534 年由 I. 罗耀拉创建。该会原是反对新教的，后来却讲究权术，结交政教两方面的权要人物，再以后又陆续为各国所取缔。

2　伏尔泰（1694—1778），伟大的法国作家、哲学家、诗人、戏剧家。

3　第二次世界大战时美国研制原子弹的秘密计划。这里借指重大的秘密计划。

奴役，没有经济保证是不行的。简而言之，我设想大权在握的官员和经理们是可能解决长久的经济保证问题的。但是经济保证很快就会被看作是理所当然的，它的成功只是表面的、外在的革命。除非对人类个体的心灵和肉体进行深入的革命，否则喜欢被奴役是办不到的。要完成这场革命，除了其他的工作之外，我们还需要以下的发现和发明:

一、经过大力改进的暗示技术——通过对幼儿的条件设置和长大后的药物（比如莨菪碱）辅助进行；二、高度发达的人才识别科学，使政府管理人员能够把每个个体恰当地安置在社会经济体系之内（职务与才能的不相称会给社会制度带来危险的思想，也可能使人们的不满情绪得到传播）；三、酒精和其他麻醉剂的代用品，比杜松子酒和海洛因危害更小，却能带来更多的欢乐（无论现实怎么理想，人们总有经常离开现实去度假的要求）；四、万无一失的优生学体系，目的是使人的生产标准化，便于各部门经理进行工作（这是个长期计划，需要好几代的集权控制方能奏效）。

在《美丽新世界》里，这种人类生产的标准化被推到了一种不可思议的极端，但也未必是不可能的。从技术和意识形态上看，我们距离瓶养婴儿和波坎诺夫斯基化的半白痴多生子培养还很远。但是到了福帝600年，谁又知道什么事是不会发生的呢？至于那个更幸福、更稳定的社会的其他特点——相当于唆麻[1]、睡眠教育和科学

1 古印度《吠陀经》里所说的一种麻醉性的植物汁液，这里借指一种麻醉剂。

种姓制度的东西——的出现，就不见得会是三四代人以后的事了。就连《美丽新世界》里的性混乱也似乎并不太遥远。有一些美国城市的离婚数字已经和结婚数字相等。毫无疑问，不用很多年，结婚证就会跟养狗证一样出售，有效期十二个月。没有法律会去反对换一条狗或同时养几条狗。随着政治和经济自由的减少，出现了以性自由的增加作为弥补的倾向。而独裁者是会努力鼓励那种自由的——除非他需要炮灰或是需要许多家庭到无人区或占领区去殖民。至于在毒品、电影和收音机的影响之下做白日梦的自由，那只会帮助他的臣民甘于被奴役的命运。

综观这一切，乌托邦距离我们看来要比十五年前任何人所能想象的近得多。那时我把它设想到了六百年以后，可现在那场恐怖似乎大有可能在一个世纪之内就落到我们身上——那还是在我们能够把持、没有在那以前就把自己化为飞灰的情况下。实际上，除非我们选择非集权化的道路，不把人当手段去追求实用科学，而是把实用科学当手段来增加人的自由，否则，我们就只有两条路可以选择：或者是出现若干个民族主义、军国主义的集权政权，以原子弹恐怖为倚仗，随之而来的是文明的毁灭（或者，如果是有限战争，则是军国主义的根深蒂固）；或者是一个凌驾于各国之上的集权主义政权在一般的科技突飞猛进与特殊的原子革命所引起的社会混乱的召唤之下应运而生，按照效率与稳定的要求，进入乌托邦的福利专制。

您既然付了钱，就凭您选了。

看来乌托邦要比我们过去所想象的更容易实现。事实上我们发现自己面临着一个更痛苦的问题：怎样去避免它最终实现……乌托邦是会实现的，生活正向乌托邦前进。一个新的世纪也许可能开始，那时知识分子和有教养的阶层会梦想着以种种方式逃避乌托邦，返回非乌托邦的社会——那儿并不那么“完美”，却更自由。

——尼古拉·别尔嘉也夫

- 第一章 -

一幢灰白色的大楼，矮矮的，只有三十四层。门口大书：中央伦敦孵化与条件设置中心。盾形图案上是世界国的格言: 社会，本分，稳定。

底楼的巨大厅堂面对着北方。尽管对夏天而言窗户外已经很凉快，室内却热得像在赤道。薄薄一道森严的光耀眼地射进了窗户，渴望搜索出什么苍白的、长鸡皮疙瘩的、穿便衣的非专业人员的形象，却只找到了实验室的玻璃器、镀镍橱柜和闪着凄凉的光的陶瓷。对荒凉的反应还是荒凉。工人穿的大褂是白色的，手上戴的橡胶手套死尸般煞白。光线冻住了，冻死了，成了幽灵，只有在显微镜黄色的镜头下，才能找到某种丰腴的有生命的物质。那东西在镜头下浓郁得像奶油，躺在实验桌上一排排擦得锃亮的漂亮的试管里，向远处伸展开去。

“这里，”主任开了门说，“就是孕育室。”

孵化与条件设置中心主任进屋时，三百个孕育员身子都俯在仪器上。他们有的不声不响，全神贯注，几乎大气不出；有的则心不在焉地自语着，哼着歌，吹着口哨。一群新来的学生低声下气地跟在主任身后，有些紧张。他们全都非常年轻，红扑扑的脸蛋，乳臭未干。每个人都拿着一个笔记本，那大人物说一句他们就拼命地记一句——从大人物那里直接受教是一种难得的特权。中央伦敦孵化与条件设置中心主任对亲自带领新生参观各个部门特别重视。

“这只是给你们一个全局性印象。”他向他们解释。因为既然需要他们动脑筋工作，就得让他们了解全局，尽管他们如果想成为良好的社会成员过幸福的日子，还是知道得越少越好。具体细节通向品德与幸福，而了解全局只是必不可少的邪恶，这个道理凡是聪明人都是明白的，因为形成社会脊梁的并不是哲学家，而是细木工和喜欢集邮的人。

“明天，”主任总对他们微笑，亲切而略带威胁地说，“你们就要安下心来做严肃的工作了。你们不会有多少时间了解全局的。而同时……”

而同时，从大人物的嘴直接到笔记本也是一种特权。孩子们发狂地记着笔记。

主任往屋里走去。他身材修长，略显瘦削，身板挺直，下巴长长的，相当突出的大门牙，不说话时两片嘴唇勉强能包住，嘴唇丰满，曲线好看。他究竟是老还是年轻？是三十岁还是五十岁？或是五十五岁？很难讲。不过，在这个安定的年代，福帝纪元632年，并没有谁会想到去问一问。

“我从头说一说。”主任说，积极的学生把他的意思记进了笔记本：从头说一说。“这些，”他一挥手，“就是孵化器。”他打开一道绝缘门，向学生们展示一架架编了号的试管。“这都是本周才供应的卵子，保持在血液的温度，”他解释道，“而男性配偶子的温度，”说着他开了另一道门，“必须保持在三十五摄氏度而不是三十七摄氏度。十足的血液温度能够使配偶子失效。”窝在发热器里的公羊是配不出崽的。

他仍然靠在孵化器上，向他们简要地讲述现代的授精过程，铅笔在本子上匆匆地涂抹着。当然，先从外科手术介绍起——“接受手术是为了社会的利益，同时也可以带来一笔报酬，相当于六个月的工资。”然后他讲到保持剥离卵存活、使之活跃发展的技术，对最佳温度、最佳盐度和最佳黏稠度的考虑；讲到用什么液体存放剥离的成熟卵。然后他把学生领到了工作台前，向他们实际展示了这种液体是怎样从试管里抽取的，是怎样一滴一滴滴在特别加热的显微镜玻片上的；展示了液体中的卵子如有异常如何检查，卵子如何记数，如何转入一个有孔的容器里，那容器是如何浸入一种有精子自由游动的温暖的肉汤里的——他强调肉汤里的精子浓度至少是每立方厘米十万（同时他领着他们观看操作），如何在十分钟后从液体里取出容器，再次检验其中的东西。如果有的卵子还没有受精，就再浸泡一次，必要时还要再浸泡一次；然后受精卵便回到孵化器里，留下阿尔法们和贝塔们，直到终于入瓶。伽马们、德尔塔们和艾普西隆们[1]则要到三十六小时之后才重新取出，再进入波坎诺夫斯基程序。

“波坎诺夫斯基程序。”主任重复道。学生们在各自的小笔记本里的这个词下面画一道杠子。

一个卵子形成一个胚胎，一个成人，这是常规。但是一个经过波坎诺夫斯基程序处理的卵子会萌蘖、增生、分裂，形成八至九十六个胚芽，每个胚芽可以成长为一个完整的胚胎，每一个胚胎成长为一个完整的成人。以前一个受精卵只能生成一个人，现在能生成九十六个人。这就叫进步。

“从根本上讲，”主任下结论道，“波坎诺夫斯基程序包含了一系列对发展的抑制——我们制止卵子正常发育生长。而出人意料

1　阿尔法、贝塔、伽马、德尔塔、艾普西隆为希腊字母表的头5个字母，即α、β、γ、δ和ε的音译（中文可以简称阿、贝、伽、德、艾，大体相当于英文字母A、B、C、D、E）。在“新世界”里用以称呼五个种姓，每个种姓再加上加、减，至少可分为十个等级，阿尔法加、阿尔法减……艾普西隆加、艾普西隆减。其中阿尔法和贝塔是高种姓；伽马、德尔塔、艾普西隆是低种姓，干体力劳动。因是从胚胎里定的，近似印度的种姓，故名。

的是，卵子的反应却是：萌蘖。”

卵子的反应是萌蘖，铅笔忙碌着。

他指点着。一条非常缓慢地移动着的传送带上有满满一架试管正在进入一个巨大的金属柜，另一架试管在逐渐露出，机器发出轻微的嗡嗡声。他告诉他们：一架试管通过金属柜需要八分钟。八分钟的X光强力照射大体是一个卵子所能经受的照射量。有些卵子死去了，有些最不敏感的卵子一分为二，而大部分卵子萌蘖出四个胚芽，有的则萌蘖出八个。它们又全部被送回孵化器，胚芽在其中继续发育。两天后又给予突然的冰冻。冰冻，抑制。两个分为四个，再分为八个。胚芽反而分蘖了，分蘖之后又用酒精使之几乎死亡，随之而来的是再分蘖，又再分蘖——胚芽再长胚芽，新胚芽又发展出新胚芽。然后便任其自由生长，此时如再抑制，一般是会造成死亡的。这时原始卵可能已经分裂为八至九十六个胚胎——你们会承认这在大自然中是了不起的进步。恒等多生，不是母体分裂时代那种可怜巴巴的双生或三生。那时卵子分裂是偶然的——现在实际上一个卵子一次能够生长为四五十个或八九十个人。

“八九十个人呀。”主任双手一挥，重复了一句，仿佛在抛撒赏金似的。

可是有个学生傻乎乎地问起那能有什么好处来。

“我的好孩子！”主任猛然转身对着他，“这你还看不出来？你连这也看不出来？”他庄严地举起一只手，“波坎诺夫斯基程序是稳定社会的一种重要手段！”

稳定社会的一种重要手段。

批量生产的标准化男性和女性。一个小工厂的人员全部由一个经过波坎诺夫斯基程序处理的卵子产生。

“九十六个多生子女操作九十六部完全相同的机器！”那声音由于激动几乎在颤抖，“你们现在才真正明白了自己的地位，有史以来的第一次。”他引用了世界国的格言：“社会，本分，稳定。”这是了不起的话。“如果我们能够无穷无尽地波坎诺夫斯基化，一切问题都可以迎刃而解。”

这些都由同一标准的伽马们、一模一样的德尔塔们、一成不变的艾普西隆们解决了，由数以百万计的恒等多生子解决了。大规模生产的原则终于在生物学里使用了。

“但遗憾的是，”主任摇摇头，“我们不能够无限制地波坎诺夫斯基化。”

九十六个似乎已经达到了极限，七十二个已是很不错的数量。要用同一个男性的精子从同一个卵子生产出尽可能多批量的恒等多生子，这已是最佳成绩（遗憾的是，只能够算是次佳成绩），而且就连这也很困难。

“因为在自然状态下，要让两百个卵子成熟需要三十年之久。但我们现在的任务是稳定人口，将人口稳定在此时此地的水平。花四分之一个世纪去生产少数几个多生子——那能有什么用处？”

显然毫无用处。但是泼孜纳普技术大大加速了成熟的过程。他们有把握在两年之内生产出至少二百五十个成熟的卵子，然后让它们受精，再波坎诺夫斯基化——换句话说，乘以七十二，于是你得到差不多一万八千个兄弟姐妹，一百五十批恒等多生子，全都在两年之内出生，年龄一样大。

“在特殊的情况下，我们可以用一个卵子培养出一万五千个成年人。”

主任向一个浅色头发的健壮青年招了招手——那人正好路过。“福斯特先生。”他叫道。那健壮的青年走了过来。“你能够告诉我们一个卵子的最高纪录是多少吗？”

“在本中心是一万六千零一十二个。”福斯特先生毫不犹豫地回答。他长着一对快活的蓝眼睛，说话迅速，显然很以引述数字为乐。“一万六千零一十二个，共是一百八十九批恒等多生子。但是在赤道的有些孵化中心，”他滔滔不绝地说了下去，“成绩还要好得多。新加坡的产量常常超过一万六千五百个，而蒙巴萨实际上已达到一万七的指标。但是他们的条件优越。你要是能看看黑人卵子对黏液的反应就好了！你若是习惯于使用欧洲材料的话，黑人卵子的反应会叫你大吃一惊的。不过，”他笑了笑，又说（眼里有战斗的光彩，翘起的下巴也带有挑战意味），“不过，只要有可能，我们还是想超过他们。目前我正在培养一个惊人的德尔塔加卵子，只有十八个月时间，却已经有一千二百七十个孩子了，有的已经换瓶，有的还处于胚胎状态，可仍然健壮。我们还有可能超过蒙巴萨。”

“我喜欢的就是这种精神！”主任拍了拍福斯特先生的肩膀叫道，“跟我们一块儿走走吧，让孩子们有幸获得你的专门知识。”

福斯特先生客气地笑了笑。“乐意效劳。”便一起走了。

装瓶室一片繁忙，却节奏和谐，井井有条。切成适当大小的新鲜母猪腹膜片从大楼次底层的器官库由小电梯送出来，吱的一声，然后是咔嗒！电梯孵化器打开，装瓶线上的人只需伸出一只手，抓住腹膜片，塞进瓶里，按平，已经装好的瓶子还没有沿着运输线走开。“吱，咔嗒！”又一块腹膜片从下面冒了出来，只等着被塞进另一个瓶子——那缓慢的传送带上的无穷的行列里的下一个瓶子。

生产线工人旁边是收纳员。流水线继续前进；卵子一个个从试管转入更大的容器；腹膜内膜被巧妙地剖开，葚状细胞[1]准确地落了进去，碱盐溶液注入……此时瓶子已经离去。下面是标签员的工作。遗传状况、授精日期、波坎诺夫斯基组别——全部细节都从试管转到瓶子上。这回不再是没有名字的了，而是署上了名，标明了身份。流水线缓缓前进，通过墙壁上一个入口进入了社会条件预定室。

“索引卡片规模总共有八十八立方米之大。”大家步入社会条件预定室时，福斯特先生得意地说。

“包括了全部的有关资料。”主任补充道。

---

1 胚胎发育早期卵子上形成的细胞群，状如桑葚。

“而且每天早上更新。”

“每天下午调整。”

“他们在资料的基础上做出设计。”

“某种品质的个体是多少？”福斯特先生问。

“按这一种、那一种数量分配。”

“在任何特定时刻投入最佳的分量。”

“有了意外的消耗立即会得到补充。”

“立即补充，”福斯特先生重复道，“你要是知道上一次日本地震之后我加班加点所做的工作就好了！”他摇着头，温文尔雅地笑了笑。

“命运预定员把他们设计的数字给胎孕员。”

“胎孕员把需要的胚胎给他们。”

“瓶子送到这儿来敲定命运设置的细节。”

“然后再送到胚胎库去。”

“我们现在就是到胚胎库去。”

福斯特先生开了一道门，领着大家走下台阶，进入了地下室。

温度仍热得像在赤道。他们进入的地方越来越暗。那条通道经过了两道门，拐了两个弯，以确保日光不透进地下室。

“胚胎很像摄影胶卷，”福斯特先生推开第二道门时开玩笑似的说，“只能承受红光。”

学生们跟他进去的地方又暗又热，实际上可以看见的东西都呈红色，像夏天午后闭上眼时眼里的那种暗红。通道两侧的大肚瓶一排接着一排，一层高于一层，闪着数不清的红宝石般的光。红宝石之间行走着幽灵一样的男男女女，形象模糊，眼睛通红，带着红斑狼疮的一切病征。机器的嗡嗡声和咔嗒声微微地震动着空气。

“告诉他们几个数字吧。”主任不想多说话。

福斯特先生巴不得告诉他们一些数字。

二百二十米长，二百米宽，十米高，他指了指头顶上。学生们抬起眼睛望向高处的天花板，一个个像喝着水的鸡。

架子有三层：地面长廊，一阶长廊，二阶长廊。

一层层蜘蛛网一样的钢架长廊从各个方向往黑暗里模糊地伸展过去。他们身边有三个红色幽灵正忙着从传送梯上取下小颈大肚瓶。

从社会条件预定室来的电梯。

每一个瓶子都可以往十五个架子中的任何一个上面搁。虽然看不见，每个架子却都是一条传送带，以每小时三十三点三厘米的速度运动着。每天八米，二百六十七天。总共两千一百三十六米。地下室的巡回线有一条在地面高度，有一条在一阶长廊高度，还有半条在二阶长廊高度。第二百六十七天早上日光照进换瓶室，所谓的“独立生命”便出现了。

“但是在这个阶段，”福斯特先生总结道，“我们已经在它们身上下了很多功夫。啊，非常多的功夫。”他带着洞察一切的神态和胜利的情绪笑了。

“我喜欢的就是这种精神。”主任再次说道，“大家一起走一圈，你来把所有的东西都向他们介绍一下吧，福斯特先生。”

福斯特先生照办。

他向他们介绍了在腹膜苗床上生长的胚胎，让他们尝了尝给胚胎吃的浓酽的代血剂，解释了必须使用胎盘制剂和甲状腺制剂刺激它的理由；介绍了妊娠素精，让他们看了从零至两千零四十米之间每隔十二米就自动喷射一次妊娠素精的喷射口；介绍了在最后的九十六米的过程里分量逐渐增加的黏液；描述了在一百一十二米处安装进每个瓶里的母体循环；让他们看了代血剂池；看了驱使液体在胎盘制剂上流动并驱动其流过合成肺和废物过滤器的离心泵；跟他们谈了很麻烦的胚胎贫血倾向；谈了大剂量的猪胃提取素和胚胎马的肝——人的胚胎需要用胚胎马的肝供给营养。

他也让他们看了一种简单的机械，每一个胚胎每运行八米到最后两米时，那机械便对它进行摇晃，使之习惯于运动。他提示了所谓的“换瓶伤害”的严重性，阐述了种种预防措施，来对瓶里的胚胎进行适当的训练，把那危险的震动减少到最低程度。他还向他们介绍了在二百米左右进行的性别测试，解释了标签体系，T 表示男性，O 表示女性，而命定了要做不孕女的是白底上的一个黑色问号。

“当然，因为，”福斯特先生说，“对绝大部分情况而言，多产只是一种多余。一千二百个卵子里只需有一个多产就已能满足我们的要求。不过我们想精挑细选。当然还得有很大的保险系数。因此，我们任其发育的女性胚胎多到总数的百分之三十，剩下的便在以后的过程中每隔二十四米给予一剂男性激素。其结果是：到换瓶时她们已经成了不孕女——生理结构完全正常，”只是，他不得不承认，她们确实有一种很轻微的长胡子的倾向，“但是不能生育。保证不能生育。这就使我们终于，”福斯特先生继续说，“走出对大自然的奴隶式模仿的王国，进入人类发明的世界，这就有趣多了。”

他搓搓手。因为当然，他们并没有以孵化出胚胎为满足：孵化胚胎是无论哪只母牛都能干的事。

“我们也预定人的命运，设置人的条件。我们把婴儿换瓶为社会化的人，叫作艾普西隆或阿尔法，以后让他们掏阴沟或是……”他原打算说“主宰世界”，却改口道，“做中心主任。”

主任笑了笑，接受了赞美。

他们正从三百二十米处的十一号架前经过。一个年轻的贝塔减[1]技术员正忙着用螺丝刀和扳手处理面前的血泵——那是用来泵出瓶里的代血剂的。他拧紧螺丝，马达的嗡嗡声极轻微地加大了。往下，往下……拧了最后一下，他看了一下旋转柜台，任务完成。他沿着流水线前进了两步，在下一个血泵前重复起了同样的程序。

---

1 贝塔是高种姓，贝塔减是高种姓里的最低级，大概做基层管理工作。

“每分钟旋转数一减少，”福斯特先生解释道，“代血剂的循环就减慢了，流经肺部的时间也随之延长，这样，输送给胚胎的氧气就减少了。要降低胚胎规格没有比减少氧气更好的办法了。”他又搓了搓手。

“可你为什么要降低胚胎规格？”一个聪明的学生问道。

“傻孩子！”长时间的沉默，最后，主任才说，“你就没有想到艾普西隆胚胎必须有艾普西隆环境和艾普西隆遗传吗？”

那学生显然没有想到过，他感到惶惑。

“种姓越低，”福斯特先生说，“供氧越少。最早受到影响的是头脑，然后是骨骼。供氧量只达正常量百分之七十就形成侏儒。低于百分之七十就成了没有眼睛的怪胎。”

“那就完全是废品了。”福斯特先生总结说。

而同时，他们要是能找到一种缩短成熟期的技术，对社会又是多么大的贡献呀！（他说话时带着机密的口气，而且很急切。）

“设想一下马吧。”

他们设想了一下。

马六年成熟；象十年成熟；而人到十三岁性还没有成熟，等到充分成熟已经二十岁了。当然，发育迟缓的结果是智力发育也迟缓。

“但我们在艾普西隆们身上，”福斯特先生非常公正地说，“并不需要人类的智慧。”

“本来就不需要，而且也得不到。但是艾普西隆们到十岁时心智就已成熟，而身体呢，不到十八岁却成熟不了。让非成熟期占去许多年是不必要的，也是浪费。如果体力的发展能够加速，比如能够跟母牛一样快，那对社会来说会是多大的节约呀！”

“了不起的节约。”学生们喃喃地说。福斯特先生的热情带有传染性。

他相当专业地谈起了使人生长迟缓的内分泌失调问题，并提出萌芽期突变作为解释。那么，这种突变的影响能不能消除？能不能采用一种适当的技术使个别的艾普西隆胚胎回归到狗和牛一样的常规去？问题就在这里，而这个问题已经差不多解决了。

蒙巴萨的皮尔金顿已经培育出四岁就性成熟、六岁半就充分成长的个体。那是科学的胜利，可是在社会上还没有用处。六岁的男人和女人太愚蠢，连艾普西隆的工作都干不了。这却是个“一揽子”程序，要么不变，要么就是全变。他们打算在二十岁的成人和六岁的成人之间寻求理想的折中，到目前为止还没有取得成功。福斯特先生叹了口气，摇了摇头。

他们在猩红的光线里转悠着，来到了九号架的一百七十米附近，从这儿往下九号架就封闭了。瓶子在一个隧道似的东西里结束了行程。隧道里每隔一定距离就有一个口子，两三米宽。

“是调节温度的。”福斯特先生说。

热隧道与冷隧道交替出现。以强 X 射线的形式出现的冷冻跟不舒服结合在一起，胚胎换瓶时要经历可怕的冷冻。这批胚胎是预定要移民到赤道地区去做矿工、人造丝缫丝工和钢铁工人的，以后还要给它们的身体配合心灵判断力。“我们设置条件让它们能在炎热的气候下生长生活，”福斯特先生下了结论，“我们楼上的同事会让它们喜爱炎热。”

“而幸福与德行的诀窍，”主任像说格言一样道，“是喜欢你非干不可的事。一切条件设置的目标都是：让人们喜欢他们无法逃避的社会命运。”

在两条隧道交合点的一个空处，一个护士正用细长的针管小心摆弄着经过的瓶中的胶状物质。学生们和向导默默地看了一会儿。

“列宁娜。”护士抽回针管，站直身子后，福斯特先生说。

那姑娘吃了一惊，转过身来。可以看出，尽管光线令她面红得像害了红斑狼疮，眼睛也通红，她却美丽非凡。

“亨利。”她向他闪来一个红色的微笑——一排珊瑚似的牙齿。

“迷人，迷人。”主任喃喃地说，轻轻地拍了她两三下，从她那儿得到一个毕恭毕敬的微笑。

“你在给它们加什么？”福斯特先生问道，他有意让声音带着公事公办的调子。

“啊，平常的伤寒和昏睡症疫苗。”

“赤道工人到一百五十米处就注射预防疫苗。”福斯特先生对学生们说，“这时胚胎还长着鳃。我们让‘鱼’免疫，以后就不会传染人类的疾病。”他转向列宁娜，“今天下午四点五十分在屋顶上，”他说，“照旧。”

“迷人。”主任又说了一句，最后拍了她一下，跟别人一起走掉了。

第十道架上一排排下一代的化学工人正在承受着铅毒、苛性苏打、沥青和氯气伤害的磨难。第三排架上是胚胎期的火箭飞机机械师，每批二百五十个，其中的头一个正从三号架的一千一百米点通过。一种特别的机械使它们的容器转个不停。“这是为了提高它们的平衡能力，”福斯特先生解释道，“火箭进入太空之后，要到火箭外进行修理是很困难的活儿。它们直立时我们便减缓转速，让它们感到很饥饿；它们倒立时我们就加倍供应代血剂。这样，它们就把舒适跟倒立状态联系了起来。实际上它们只有倒立时才真正感到快活。”

“现在，”福斯特先生说下去，“我要让你们看看对阿尔法加型知识分子的性格预定，那是很有趣的。在五号架上我们有一大批阿尔法加，在一阶长廊。”他对已经开始往一楼走下去的两个小伙子叫道。

“它们大体在九百米附近。”他解释道，“在胚胎的尾巴消失以前，实际上是无法设置智力条件的。跟我来。”

但是主任已经在看他的表了。“差十分钟到三点，”他说，“我担心的是没有时间看知识分子胚胎了。我们必须在孩子们午睡醒来之前赶回育婴室去。”

福斯特先生感到失望。“至少看看换瓶室吧。”他请求。

“那也行，”主任宽厚地笑了笑，“那就看看吧。”

- 第二章 -

福斯特先生被留在了换瓶室。孵化与条件设置中心主任和学生们踏上了附近的电梯，上了五楼。

育婴室。新巴甫洛夫条件设置室，门牌上写着。

主任打开一道门，他们来到一个巨大的空房间里。阳光异常明亮，因为南墙整个是一扇窗户。六个护士全穿着白色制服：黏胶纤维短上衣和长裤。为了防止污染，她们把头发压在帽子下面。她们正忙着把一长排玫瑰花在地板上排列开来。盆子很大，开着密密的花朵，千万片花瓣盛开，光鲜得像丝绸，犹如无数张小天使的脸，但在明亮的光照之下的并不全是雅利安型的粉红色的脸，其间还有开朗的中国人的脸、墨西哥人的脸。有的大约因为吹奏天上的喇叭太多而中风般地歪扭了，苍白得像死人，像大理石。

主任一到，护士们就立正，挺直了身子。

“把书摆出来。”他简短地说。

护士们一声不响，服从了命令，把书在花钵的行列之间排开——一大排幼儿园用的四开开本大书翻了开来，露出了一些色彩鲜艳的鸟、野兽和鱼的形象，非常漂亮。

“现在把孩子们带进来。”

护士们急忙出了屋子，一两分钟之后每人推来了一辆车，车上的四个钢丝网架上各睡着一个八个月大的婴儿，全都一模一样（显然是同一批波坎诺夫斯基产品），因为同属德尔塔种姓，所以一律穿卡其制服。

“把他们放到地板上。”

婴儿们被放了下来。

“现在让他们转过身来看花朵和书籍。”

婴儿们一转过身就不出声了，都向一丛丛花花绿绿的颜色和白色的书页上鲜艳耀眼的形象爬去。他们靠近时，太阳光从刚飘过来的云翳后面射了出来。玫瑰花仿佛由于内在的突然的激情变得灿烂了。明亮的书页上仿佛弥漫了一种深沉的新意。爬着的婴儿队伍里发出了激动的尖叫声、欢乐的笑声和咕咕声。

主任搓着手。“好极了！”他说，“简直像有意表演似的。”

爬得最快的已经快到目标了。小手摇摇晃晃地伸了出来，摸着，抓着，玫瑰花变了形，花瓣被扯掉了，书本上有插图的书页被揉皱了。

主任等待着，趁他们全都快活地忙碌着的时候说：“好好地看着吧。”他同时举起手发出了信号。

站在屋子那头仪表盘边的护士长按下了一根小小的杠杆。

一声猛烈的爆炸，汽笛拉了起来，声音越来越刺耳，警铃也疯狂地响着。

孩子们震惊了，尖叫了，脸因为恐惧而扭曲了。

“现在，”主任因为噪声震耳欲聋地高叫道，“现在我们用柔和的电击来巩固一下这次的教训。”

他又挥了挥手，护士长按下第二根杠杆。婴儿们的尖叫声突然变了调子，发出的抽搐般的叫喊中有一种绝望的、几乎是疯狂的调子。一个个小身子僵硬地抽搐着，四肢抖动着，好像有看不见的线在扯动他们。

“还可以让那片地板整个通电，”主任大声解释，“不过，这就已经够了。”他向护士做了个手势。

爆炸停止，铃声停止，警报一声声低去，终于静止。僵硬地抽搐的身子放松了，婴儿的已经微弱的疯狂啜泣和惊叫声再次加大，变成平时受到惊吓时的哭号声。

“再给他们花和书。”

护士们照办了。但是玫瑰花，色彩鲜艳的小猫、小鸡和咩咩叫的黑羊一靠近，婴儿们就吓得闪躲着。哭喊声突然响亮了起来。

“注意，”主任胜利似的说，“注意。”

在婴儿们心里，花朵跟巨大的噪声、花朵跟电击已经熔融、结合到了一起。像这样的或类似的课程接连进行两百次之后，两者之间就建立了无法分离的关系。这种人造的联系不是自然所能够拆散的。

“他们会带着心理学家称之为‘本能’的对书本和鲜花的厌恶长大成人。反射的条件无可逆转地形成了。他们一辈子都不会有爱书籍和爱植物的危险了。”主任转身对护士们说，“把孩子们带走。”

穿卡其衣服的哭哭啼啼的婴儿被塞回车上推走了，在身后留下一些发酸的奶味和非常受欢迎的寂静。

一个学生举起了手：不能让低种姓的人在书本上去浪费社会的时间，而且读书总有可能读到什么东西，有破坏他们的某个条件设置的危险，那是不可取的。这些他都想得通，但……嗯，对于花他却想不通，为什么要费力气去让德尔塔们从心理上厌恶花呢?

孵化与条件设置中心主任耐心地做了解释。培养孩子们见了玫瑰花就尖叫是为了高度节约。不能算很久以前（大约才过去一个世纪），伽马们、德尔塔们，甚至艾普西隆们都有喜欢花朵的条件设置——一般来说是喜欢野外的自然，也有一些是喜欢花朵。其目的是让他们一有机会就产生到田野里去的要求，逼他们多花交通费。

“他们花交通费了吗？”学生问。

“花了很多，”主任回答，“但是别的费用不必花了。”

主任指出，樱草花和风景都有一个严重的缺点：它们是免费的。

爱好大自然能使工人工作懈怠，于是决定取消对大自然的爱——至少取消了低种姓的人对大自然的爱，却并不消除花交通费的可能性。因为他们仍须到农村去，即使憎恨也得去，那是由条件设置决定的。问题的关键是能在经济上为交通费找出更站得住脚的理由，而不是喜欢樱草花和风景什么的。恰当的理由后来找到了。

“我们设置了条件，让人群不喜欢乡村，”主任的结论是，“却又设置了条件让他们喜欢田野里的一切运动。而我们同时又注意让田野里的运动消耗精美的器材，让他们既消费工业品也花交通费，因此我们才给婴儿电击。”

“明白了。”学生说完便住了嘴，佩服得五体投地。

沉默。主任清了清嗓子。“从前，”他开始说，“在我主福帝还在世的时候，有一个小孩，叫作鲁本·拉比诺维奇，父母说波兰语。”主任岔开了一句，“你们是知道什么叫波兰语的吧，我看？”

“是一种已经死亡的语言。”

“像法语和德语一样。”另一个学生插嘴补充，炫耀着学识。

“还有‘父母’，你们知道吧？”主任问。

短暂的不好意思的沉默，几个孩子脸红了。他们还没有学会区别粗俗科学与纯粹科学之间的重大的却也微妙的差异。但还是有一个学生鼓起勇气举起了手。

“人类以前就是……”他犹豫了，血往面颊上涌，“胎生的。”

“很对。”主任赞许地点点头。

“那时，在婴儿换瓶的时候……”

“‘出生’的时候。”他受到纠正。

“嗯……他们是父母生出来的——我的意思是，不是现在的婴儿，当然，而是那时的。”可怜的孩子语无伦次了。

“简而言之，”主任总结道，“那时生孩子的就是爸爸和妈妈。”这话实际上是把真正科学的污物猛然向孩子们羞得不敢抬头的沉默砸过去。“妈妈，”他往椅子后面一靠，大声重复着，把科学硬糅进他们的脑子，“这些都是不愉快的事实，我明白。不过大部分的历史事实都是不愉快的。”

主任回头又说起了小鲁本——小鲁本。有天晚上小鲁本的爸爸（一砸[1]！）和妈妈（二砸！）不小心忘了关掉小鲁本房里的收音机。

[因为，你必须记住，在那野蛮的胎生繁殖时代，孩子们都是在爸爸（又砸！）和妈妈（再砸！）身边长大，而不是在国家的条件设置中心长大的。]

在那孩子睡着的时候，伦敦的广播节目突然开始了。第二天早上令他的砸和砸（较为胆大的孩子竟偷偷望着彼此傻笑起来）大为吃惊的是，小鲁本醒过来时竟能一字不差地背诵一个奇怪的老作家的长篇说教。那是少数几个被允许把作品留给我们的老作家之一，名叫乔治·萧伯纳，他正按照一种经过考证确实存在过的传统讲述

1 表示对“爸爸”“妈妈”的厌恶与反感。下同。

着自己的天才。那些话当然是让人完全听不懂的，小鲁本背诵时老挤眉弄眼，咯咯地笑着。他们以为孩子发了疯，急忙请来了医生。幸好医生懂得英语，听出了那就是萧伯纳头天晚上广播的那段话。医生明白此事的意义，便写信给医学刊物报告了。

“于是发现了睡眠教育法，或称‘眠教’的原则。”主任故意停顿了一下，引人注意。

原则倒是发现了，把它运用于有利的实践却是许多许多年以后的事。

“小鲁本的病例早在我主福帝的T型车推上市场以后不过二十三年就发生了，”说到这里主任在肚子上画了个T字[1]，所有的学生也虔诚地照画，“可是……”

学生们拼命地记着。“睡眠教育，福帝214年正式使用。为什么不在以前使用？理由有二：一、……”

“这些早期的实验者，”主任说道，“走错了路，把睡眠教育当作了智力培养的手段……”

他身边一个打盹的小孩伸出了右臂，右手在床边无力地垂下了。有声音从一个匣子上的圆格栅里轻轻发出：

---

1 在“新世界”以福特为救世主，以福特的T型车上市之年1908年为福帝元年，故后文中改基督徒画十字为福帝信徒画T字。

“尼罗河是非洲最长的河，是地球上第二长的河。虽然长度不如密西西比－密苏里河[1]，它的流域长度却居世界首位，流经的纬度跨度达三十五度……”

第二天早餐时。“汤米，”有人说，“你知道非洲最长的河是什么河吗？”对方摇了摇头。“可是你记得以‘尼罗河是……’开头的那句话吗？”

“尼——罗——河——是——非——洲——最——长——的——河，是——地——球——上——第——二——长——的——河……”话语脱口而出，“虽——然——长——度——不——如……”

“那么现在回答我，非洲最长的河是什么河？”

汤米目光呆钝。“我不知道。”

“是尼罗河，汤米。”

“尼——罗——河——是——非——洲——最——长——的——河，是——地——球——上——第——二……”

“那么，哪一条河是最长的呢，汤米？”

汤米急得流眼泪了。“我不知道。”他哭了出来。

主任指明，是他那哭喊使最早的调查人员泄了气，放弃了实验

1　如今，尼罗河为世界第一长河，密西西比－密苏里河次之。作者在此将二者颠倒，或许是特意而为之。

的，以后再也没有做过利用睡眠时间对儿童进行尼罗河长度记忆的教育了。这样做很对。不明白科学的意义是掌握不了科学的。

“可是，如果他们进行了道德教育，那就不同了。”主任说着领着路向门口走去。学生们一边往电梯走一边拼命地写着：“在任何情况下道德教育都是不能够诉诸理智的。”

“肃静，肃静，”他们踏出十四层楼的电梯时，一个扩音器低声说着，“肃静，肃静。”他们每走下一道长廊，都听见喇叭口不知疲倦地发出这样的声音。学生们，甚至主任，都不自觉地踮起了脚。他们当然都是阿尔法，但就算是阿尔法也都是受到充分的条件设置的。“肃静，肃静”，这断然的命令让十四楼的空气里充满了肃、肃、肃的嘶哑的声音。

他们踮着脚走了五十码[1]，来到一道门前，主任小心翼翼地开了门。他们跨过门槛，进入了一片昏暗，那是个宿舍，百叶窗全关闭了。靠墙摆了一排小床，一共八十张。一片轻柔的有规则的呼吸声和连续不断的喃喃声传来，仿佛是远处微弱的细语。

他们一进屋，一个护士就站了起来，来到主任面前立正。

“今天下午上什么课？”他问。

“开头的四十分钟上《性学发凡》，”她回答，“现在已经转入《阶级意识发凡》。”

1　1码约合0.9米。

主任沿着那一长排小床慢慢走去。八十个男童女童舒坦地躺着，轻柔地呼吸着，面孔红红的，平静安详。每个枕头下都有轻柔的声音传来。主任停了脚步，在一张小床前弯下身子仔细倾听。

“你说的是《阶级意识发凡》吗？我们把声音放大点试试看。”

屋子尽头有一个扩音器从墙上伸出。主任走到它面前摁了摁按钮。

“……都穿绿色，”一个柔和清晰的声音从句子中间开始，“德尔塔儿童则穿卡其。艾普西隆穿得更差一些。艾普西隆们太笨，学不会读书写字；他们穿黑色，那是很粗陋的颜色。我非常高兴我是个贝塔。”

停顿了片刻，那声音又开始了。

“阿尔法儿童穿灰色。他们的工作要比我们的辛苦得多，因为他们聪明得吓人。我为自己是贝塔而非常高兴，因为我用不着做那么辛苦的工作。何况我们也比伽马们和德尔塔们要好得多。伽马们都很愚蠢，他们全都穿绿衣服，德尔塔们穿卡其衣服。啊，不，我不愿意跟德尔塔孩子们玩。艾普西隆就更糟糕了，太笨，他们学不会……”

主任又摁了按钮，声音没有了，只有它的细弱的幽灵还在八十个枕头底下继续絮叨。

“在他们醒来之前，这些话还要为他们重复四十到五十遍；周四、周六还要重复。三十个月，每周三次，每次一百二十遍。然后接受高一级的课程。”

玫瑰花和电击，德尔塔们穿卡其，还有阿魏树脂的香味——在孩子们能够说话之前这些东西便不可分割地融合成了一体。但不使用话语的条件设置是很粗陋、笼统的，无法把精微的区别和复杂的行为灌输到家。所以必须有话语，而且必须是不讲理由的话语。简而言之就是：睡眠教育。

“这是有史以来最伟大的道德教育和社会化教育的力量。”

学生们把这些全写进了小本子，是大人物口授的。

主任再度摁响了喇叭。

“……聪明得吓人。我为自己是贝塔而非常高兴，因为……”

这不太像水滴，虽然水的确能够滴穿最坚硬的花岗岩；要说嘛，倒像是封蜡，一滴一滴落下，粘住，结壳，跟滴落的地方结合在一起，最后把岩石变成了个红疙瘩。

“结果是：孩子们心里只有这些暗示，而这些暗示就成了孩子们的心灵。还不仅是孩子们的心灵，也是他们成年后的心灵——终生的心灵，那产生判断和欲望并做出决定的心灵都是由这些暗示构成的。可是这一切暗示都是我们的暗示！”主任几乎因为胜利而高叫了起来，“而且是由国家执行的！”他捶了捶最靠近他的桌子，“因此随之而来的就是……”

一阵噪声使他回过头去。

“啊，福帝！”他换了个调子说道，“我只顾说话了，把孩子们都吵醒了。”

- 第三章 -

外面，花园里已到了游戏的时间。六七百个男孩和女孩在六月的暑热里全脱光了衣服，尖叫着在草地上奔跑、玩球，或是三三两两一声不响地蹲在开花的灌木丛里。玫瑰开得正艳，两只夜莺在密林里各自呢喃，一只杜鹃在菩提树的树梢上唱得走了调。蜜蜂和直升机的嗡嗡声使空气里充满了睡意。

主任和学生们停下脚步看了一会儿“汪汪狗崽离心球”[1]游戏。二十个孩子围着一座克罗米钢塔。一只球被扔到塔顶的平台上，滚进塔里，落在一个飞速旋转的圆盘里，再从圆筒状的盒子边的洞里甩出来，孩子们抢着去接。

1　一种游戏的名字，带儿童游戏的意味，但也为大人所用。

“难以想象，”主任在他们转身走掉时思考着，“在我主福帝生活的时代，大部分的游戏设备还只有一两只球、几根棍子，也许再加上一张网，真是难以想象。想想看，那时竟然会蠢到允许大家玩各种精心设计的游戏，却并不能促进他们消费。这简直是发疯。现在管理人员除非能证明一种游戏需用的设备跟现有的游戏一样复杂精巧，否则他们是不会同意人们玩的。”他打断了自己。

“那两个小家伙多迷人。”他说时指了指。

在两丛高大的地中海石楠间的一小片草地上，两个孩子（一个男孩大约七岁，一个女孩可能大他一岁）正聚精会神地玩着初期的性游戏，像科学家要发现什么奥秘似的。

“迷人，迷人！”主任动情地叫道。

“迷人。”孩子们礼貌地表示同意，那笑却很有点居高临下。他们是前不久才放弃类似的孩子气的作乐的，看起这两个小家伙来不能不带几分轻蔑。有什么好迷人的？两个娃娃胡闹而已，小娃娃罢了。

“我一向以为……”主任正要以同样的颇为伤感的调子说下去，一阵哇哇大哭打断了他。

附近的灌木丛里出现了一个护士，手里拽着个小男孩，那孩子一边走一边号叫。一个满面焦急的小姑娘踉踉跄跄地跟在护士身后。

“怎么回事？”主任问。

那护士耸耸肩。“没什么大事，”她回答，“这个男孩不大愿意参加一般的性游戏。我以前已经注意过两三次，今天他又犯了。他刚才就叫唤……”

“说真的，”那神色焦急的小姑娘插嘴说，“我并没有伤害他的意思，也没有别的意思，真的。”

“你当然没有伤害他的意思，亲爱的。”护士安慰她道，“因此，”她转身对着主任说下去，“我要带他到心理总监助理那儿去，看看他是否有什么不正常。”

“很对，”主任说，“你就带他进去吧。你留在这儿，小姑娘。”护士带着那仍在号叫的男孩走掉了。主任说：“你叫什么名字？”

“波莉·托洛茨基。”

“名字也挺好嘛，”主任说，“快走吧，看你能不能够另外找个男孩跟你玩。”

那姑娘匆匆地跑掉了，消失在灌木丛里。

“美妙的小东西！”主任望着她说，然后转身对学生们讲，“我现在想要告诉你们的话，”他说，“听起来也许有些令人难以相信，不过，在你们不了解历史的时候，过去的事大部分听起来的确叫人难以相信。”

他讲出了一些惊人的事实。在我主福帝时代之前很久，甚至那以后好多代，孩子之间的性游戏都是被看作不正常的（爆发出一阵哈哈大笑）；不但不正常，甚至不道德（不会吧）！因此曾经受到严厉的压制。

听他说话的人脸上露出惊讶的、不肯相信的表情。连让可怜的小娃娃快活快活都不行吗？他们简直不能相信。

“就连少年也不准的，”主任接着说道，“就连像你们这样的少年也……”

“不可能！”

“除了一点偷偷摸摸的自恋行为和同性恋之外绝对什么都没有。”

“什么都没有？”

“大部分人没有，直到满了二十岁。”

“二十岁？”学生们一起大声叫道，简直难以置信。

“二十岁，”主任重复道，“我告诉过你们，确实令人难以相信。”

“可后来怎么样啦？”学生们问道，“结果呢？”

“结果很可怕。”一个深沉的声音插了进来，叫大家吃了一惊。

他们转身一看。人群旁边站了个陌生人——中等个子，黑头发，鹰钩鼻子，丰满的红嘴唇，黑眼睛，犀利的目光。

“可怕。”那人重复道。

这时主任已经在一条钢架橡胶凳上坐了下来——为了方便，这种长凳在花园里到处都有。但是他一见到那陌生人，便立即跳了起来，伸出两手，跑了上去，露出了他的全部大牙，满脸堆笑。

“总统！多么意外的幸运！孩子们！你们在想什么呀？这就是

总统，就是穆斯塔法·蒙德福下[1]。”

中心的四千间屋子里四千座电钟同时敲了四点。喇叭口发出了并非出自血肉的声音：

“前白班下班。后白班接班。前白班下班……”

在去更衣室的电梯上，亨利·福斯特和条件设置中心主任助理见了心理局来的伯纳·马克思便相当不客气地背过脸，避开了那个名声不好的人。

微弱的嗡嗡声和机器的轻微嘀嗒声仍震荡着胚胎库里猩红的空气。班组交替着，一张张红斑狼疮似的面孔被一张张红斑狼疮似的面孔代替着；传送带带着未来的男人和女人永不停歇地庄重地向前运行。

列宁娜·克朗轻快地向门边走去。

穆斯塔法·蒙德福下！敬着礼的学生们眼睛几乎要从脑袋里蹦出去了。穆斯塔法·蒙德！驻跸西欧的总统！世界十大总统之一，十个总统之间的那些……他却坐下了，就在主任旁边的长凳上坐下了，他还要待一会儿，要待，是的，实际上还要跟他们说话……他们将直接从权威那里听到，直接从福下的嘴巴中听到。

1　原文为Fordship，是Ford（福特）与lordship（阁下）的混合，最高的尊称。

两个穿虾褐色衣服的孩子从旁边的矮树丛里出来，用惊讶的大眼睛望了望他们，又回到树丛中快活去了。

“你们全都记得，”总统用浑厚低沉的声音说，“你们全都记得，我想，我们的福帝那句出自灵感的美丽的话：历史全是废话。历史，”他慢吞吞地重复道，“全是废话。”

他挥了挥手，仿佛是用一柄看不见的羽毛掸子掸掉了一些微尘。那微尘就是哈拉巴[1]，就是迦勒底的乌尔[2]；一点蜘蛛网就是底比斯[3]和巴比伦、克诺索斯[4]和迈锡尼[5]。唰，唰——俄底修斯[6]到哪儿去了？约伯[7]到哪儿去了？朱庇特[8]、释迦牟尼和耶稣到哪儿去了？唰——叫作雅典、罗马、耶路撒冷和中央王国[9]的古代微尘全都消失了。唰，原来叫作意大利的地方空了。唰，大教堂；唰，唰，李尔王[10]、巴斯

1　古代印度河流域文明的一部分。存在于公元前3000—前2000年左右。有碉堡、宫殿、谷仓等建筑物遗址，在今巴基斯坦。

2　迦勒底亦称新巴比伦王国，在今两河流域。乌尔是古代苏美尔人建立的一个城市，属迦勒底。

3　古希腊名城，在今希腊中部偏东。

4　古希腊城市，是米诺斯文明的中心，在今希腊克里特岛北部。

5　古希腊城市，在伯罗奔尼撒半岛东北。

6　古希腊荷马史诗《奥德赛》的主角。

7　《圣经》人物，以备受折磨仍笃信上帝而著名。

8　即希腊神话里的主神宙斯。

9　埃及的一个王国，又叫中央帝国，约存在于公元前2133—前1786年。

10　莎士比亚戏剧《李尔王》的主角。

噶[1]的思想。唰，激情；唰，安魂曲；唰，交响曲；唰……

“今天晚上要去看感官电影吗，亨利？”命运预定局局长助理问道，“我听说阿尔汉布拉的那部新电影是一流的；有一场熊皮毯上的爱情戏，据说非常精彩。熊身上的每一根毛都清清楚楚。最惊人的触觉效应。”

“因此就不给你们上历史课了。”总统说。

“不过现在时间已经到了……”主任紧张地望着他。有一些离奇的谣言，说是总统书斋的一个保险箱里藏着一些被禁止的古书。《圣经》、诗歌——究竟是什么，福帝才知道！

穆斯塔法·蒙德红红的嘴唇讥讽地一撇，迎着他着急的目光。

“没有问题，主任，”总统的口气略带嘲讽，“我不会把他们败坏了的。”

主任惶恐了，不知如何是好。

觉得自己被人藐视的人就该摆出藐视人的样子。伯纳·马克思脸上的笑带着轻蔑。熊身上的每一根毛都清清楚楚，的确。

“我要去看看，把它当回事来做。”亨利·福斯特说。

1　巴斯噶（1623—1662），现多译作帕斯卡，法国著名数学家、物理学家和哲学家。

穆斯塔法·蒙德往前探出身子，对他们晃着一根指头。“你们要是能设法体验一下就好了，”他说，那声音把一种奇怪的震颤送进了听众的横膈膜，“设法体验一下自己有一个胎生的母亲是什么感觉吧。”

又是那肮脏的字眼。这一回他们却连做梦也不会想到笑。

“设法想象一下‘一家团圆’的意义吧。”

他们努力想象了，但显然毫无成效。

“你们知道‘家’是什么意思吗？”

他们都摇头。

列宁娜·克朗从她那阴暗的红色小屋往上升了十七层楼，从电梯出来后又往右拐，然后沿着长廊走去，打开了一道标有“女更衣室”的门，钻进了一片震耳欲聋的，满是乱七八糟的胳臂、胸脯和内衣裤的环境里。热水像洪水一样往一百个浴盆里唰唰地倾注，或是汩汩地流走。八十个真空振动按摩器正在嗞嗞地、隆隆地响，同时搓揉着、吮吸着八十个曼妙女性的晒黑的结实的肉体。每个人都放开了嗓子在讲话。组合音响里的超级短号独奏悠扬动听。

“哈啰，范妮。”列宁娜对占有她旁边的挂衣钉和衣箱的年轻妇女说道。

范妮在换瓶室工作，她也姓克朗，但是因为行星上二十亿居民只有一万个姓，这种偶合不太令人吃惊。

列宁娜拉下了拉链——短外衣的拉链，双手拉下连着裤子的两根拉链，再拉下贴身衣裤，就往浴室走去，鞋袜也没有脱。

家，家——几个小房间，一个男人、一个随时受孕的女人和一群不同年龄的娃娃住在一起，挤得透不过气来。没有空气，没有空间，是一个消毒不彻底的牢房：黑暗，疾病，臭气。

（总统的描述非常生动，有一个男孩比别人敏感，听见那描述不禁苍白了脸，几乎要呕吐了。）

列宁娜出了浴室，用毛巾擦干了身子，拿起一根插在墙上的软管，把管口对准自己胸口，扣动了扳机，好像在自杀——一阵热气喷出，最细的爽身粉撒满了她全身。澡盆上方有八种不同香水（包括古龙香水）的小龙头，她打开了左边第三个龙头，给自己喷上塞浦路斯香水，然后提起鞋袜走了出去，想找一个空着的真空振动按摩器。

家是个不但物质上肮脏而且精神上也肮脏的地方。物质上是个兔子洞，是粪堆，好多人紧紧地挤在一起，摩擦生热，动着感情，发着臭气。那亲密的关系多叫人窒息！家庭成员之间的关系又是多么危险，多么疯狂，多么猥亵！母亲把她的孩子（哼！她的孩子）

疯狂地搂在身边……像母猫护着小猫。不过那猫会说话，会一遍又一遍地叫：“我的乖乖，我的乖乖。”叫个不停。“我的宝贝，啊，啊，小手手在我的胸口抓呢，饿了，饿得不好过了！最后，宝贝终于睡着了，嘴边挂着冒泡的奶水睡着了。我的宝贝睡着了……”

“是的，”穆斯塔法·蒙德点着头说，“能叫你起鸡皮疙瘩！”

“你今天晚上跟谁出去？”列宁娜使用完按摩器回来了，她像颗从内部照耀着的珍珠，发出粉红色的光。

“不跟谁出去。”

列宁娜眉毛一抬，露出惊讶的神情。

“我最近觉得很不舒服，”范妮解释道，“韦尔斯医生让我吃一点代妊娠素。”

“可你才十九岁。二十一岁以前是不会被迫第一次服用的。”

“我知道，亲爱的，可是有的人开始得早些更好。韦尔斯医生告诉过我，像我这样骨盆较大的棕色头发的女人，十七岁就可以服用代妊娠素。因此我不但不是早了两年，反倒是晚了两年呢。”她打开了她的橱柜，指着上层架子上的一排匣子和贴有标签的瓶子说。

“黄体糖浆，”列宁娜大声读出了药品的名字，“卵素，保证新鲜，福帝纪元632年8月后不宜服用。乳腺精，每日三次，饭前用水冲服。胎盘素，每三日静脉注射五毫升……啧啧！”列宁娜打了个寒战，“我最讨厌静脉注射！你不讨厌吗？”

“我讨厌，但只要对人有好处……”范妮是个特别懂事的姑娘。

我主福帝——或是我主弗洛伊德，在他谈心理学问题时因为某种神秘的理由总愿把自己叫作弗洛伊德——我主弗洛伊德是第一个揭露出家庭生活有骇人听闻的危险的人。世界充满了父亲——也就充满了痛苦；充满了母亲——也就充满了各式各样的扭曲和矫情，从淫虐狂到贞操癖；世界上充满了兄弟姐妹，叔伯姑婶——也就充满了疯狂与自杀。

“可是，在沿新几内亚海岸的某些岛上，在萨摩亚群岛[1]的野蛮人之间……”

热带的阳光像温暖的蜜糖一样照耀在在牡丹花丛里淫乐嬉戏的裸体孩子的身上。那儿有二十间棕榈叶苫成的屋子，其中任何一间都可以做他们的家。在特罗布里恩人心目中，怀孕是祖先的鬼魂干的事，谁也没有听说过什么父亲。

“两个极端，”总统说，“终于走到了一起。没有错，因为两个极端天生就是会走到一起的。”

“韦尔斯医生说现在给我三个月代妊娠素，在未来的三四年里对我有说不完的好处。”

---

1 位于太平洋南部，汤加以北。

“是的，我希望他说得对，”列宁娜说，“但是，范妮，你不会真想说你今后三个月都不打算……”

“哦，不，亲爱的，只不过一两个礼拜，如此而已。我以后晚上就打算在俱乐部玩音乐桥牌混时间了。我猜你是想出去，是吗？”

列宁娜点点头。

“跟谁？”

“跟亨利·福斯特。”

“又是福斯特？”范妮的颇像满月的脸上露出一种生硬的、不以为然的痛苦和惊讶的表情，“你的意思是说你至今还在跟亨利来往？”

父亲和母亲，兄弟和姐妹，可是还有丈夫、妻子、情人，还有一夫一妻制，还有风流韵事。

“不过你们也许不知道我说的是什么。”穆斯塔法·蒙德说。

学生们摇摇头。

家庭、一夫一妻制、风流韵事。一切都有排他性，冲动和精力全禁锢在一个狭小的通道里。

“但是人人彼此相属。”他引用睡眠教育的格言做出结论。

学生们点着头，对在昏暗之中重复了六万两千多次、被他们接受了的这句话表示极为同意，不但同意，而且认为是天经地义、不言自明、不容置疑的。

“可是毕竟，”列宁娜在抗议，“我跟亨利一起才四个月左右。”

“才四个月！这话我可真喜欢。还有，”范妮伸出一根指责的指头，“这么长的时间你就只跟亨利一起，没有跟别的人，是吗？”

列宁娜脸涨得通红，可是她的目光和声调仍然带着挑衅。“对，没有跟别的人，”回答几乎是粗野的，“而我的确不明白为什么非得跟别人来往不可。”

“哦，她的确不明白为什么非得跟别人来往不可。”范妮重复着她的话，仿佛是对列宁娜左肩后一个什么看不见的人在说，然后她突然改变了语调。“可是说正经的，”她说，“我的确认为你得要多加小心。跟一个男人老这样混下去太不像话了。要是你已经四十岁，哪怕是三十五岁，倒也罢了，可是在你的年龄，列宁娜！那绝对不行！而你分明知道主任是反对感情过热和拖泥带水的。跟亨利·福斯特一过就是四个月，没有别的人——哼，主任要是知道了是会大发雷霆的……”

“想象一下管子里承受着压力的水吧。”学生们立即想象起来。“我要是扎它一钎子，”总统说，“会喷得多厉害！”

他扎了水管二十钎子，二十道小喷泉喷了出来，像撒尿一样。

“我的宝贝。我的宝贝……”

“妈妈！”胡闹有传染性。

“我的爱，我仅有的、唯一的宝贝，宝贵的……”

母亲，一夫一妻制，谈恋爱。喷泉喷得很高。喷泉撒着野，喷着水沫。冲动只有一条路宣泄。我的宝贝，我的孩子！难怪前现代期的这些可怜人会那么疯狂，那么邪恶，那么痛苦。他们的世界就不容许他们舒坦、清醒、道德和快活地对待问题。由于有母亲，有情人，由于他们没有被设定要服从一些禁条，由于诱惑和寂寞的悔恨，由于种种疾病和无穷孤独的痛苦，由于前途未卜和贫穷，他们不可能不产生强烈的感情。感情既然强烈（何况是孑然一身，处于没有希望的孤独里的感情），他们怎么可能稳定呢！

“当然没有必要放弃他。偶尔跟别人来往一下就行。他也有别的姑娘，是吗？”

列宁娜承认了。

“当然会有的。要相信亨利·福斯特是个十足的君子——永远不会出错，何况还要考虑到主任。你知道他这个人多么坚持……”

“他今天下午还拍了拍我的屁股呢。”列宁娜点点头说。

“对了，你看，”范妮很得意，“那就表示了他所坚持的东西。最严格的传统。”

“稳定，”总统说，“稳定。没有社会的稳定就没有文明。没有社会的稳定就没有个人的安定。”他的声音像是一支喇叭吹出来的，听见那声音使学生们觉得自己更高大了，更热忱了。

机器转动着，转动着，还要继续转动，永远转动。机器停止就意味着死亡。十亿人在地球表面上乱跑。轮子开始转动，在一百五十年里有过二十亿人口。若是让全部轮子停止转动，一百五十个礼拜之后就会只剩下十亿人——那十亿人全饿死了。

轮子必须保持不停地转动，不能没有人管。必须有人管——像车轴上的轮子一样稳定的人，清醒的人，驯服的人，安于现状的坚定的人。

哭喊——我的宝贝，我的妈妈，我唯一的、仅有的爱儿；呻吟——我的罪恶，我可怕的上帝；因为痛苦而尖叫；因为发烧而呓语；因为衰老和贫穷而呻吟：这样的人能够管理机器吗？既然他们不能够管理机器……可是十亿人是不好埋葬，也不好烧化的。

“归根到底，”范妮带着劝慰的口气说，“除了亨利，再有那么一两个男人并不是什么痛苦或不愉快的事。你既然明白了，就应该放纵一下……”

“稳定，”总统坚持说，“稳定。那是第一的也是最后的需要，因此才有了眼前这一切。”

他挥了挥手，指了指花园、条件设置中心大楼、躲在灌木丛里和在草地上奔跑的赤裸的孩子。

列宁娜摇摇头。“不知道为什么，”她沉思着，“我近来对于放纵不大感兴趣。有时候人是不愿意放纵的。你曾经有过这种感觉吗，范妮？”

范妮点头表示同情和理解。“可是你也得做一些努力，”她说话像说格言，“游戏总得做，毕竟大家都属于彼此。”

“不错，大家都属于彼此。”列宁娜叹了口气，缓慢地重复着，沉默了，然后抓住范妮的手，轻轻地握了一下，“你说得很对，范妮，我会跟平时一样尽力而为的。”

冲动受到阻碍就会横流放肆，那横流放肆的是感觉，是激情，甚至是疯狂。究竟是什么呢？这取决于水流的力量和障碍的高度与强度。没有受到阻碍的水流就沿着既定的渠道和平地流入静谧的幸福。胚胎饿了，代血剂泵就日夜不停地转，每分钟八百次。换了瓶的胎儿哭了，护士立即拿来外分泌瓶。感情就在欲望与满足的间歇里隐藏着。间歇要缩短，打倒不必要的旧障碍。

“幸运的孩子们！”总统说，“为了减少你们生活中的感情折磨，我们不辞一切辛劳——只要有可能，决不让你们产生感情冲动。”

“福帝在车，”主任念念有词，“天下太平。[1]”

1　意如：上帝在天，天下太平。

“我想不出我怎么会没有得到过她，”命运预定局局长助理说，“有机会我肯定会得到她的。”

“列宁娜·克朗吗？”亨利·福斯特拉上裤子拉链，回答局长助理说，“哦，她是个非常好的姑娘，极有灵气。可你居然没有得到过她，我很意外。”

换瓶室走道那边的伯纳·马克思偷听到两人的谈话，脸色变苍白了。

“说实话，”列宁娜说，“每天都跟亨利一起，再没有别的东西，我也觉得厌倦。”她拉上了左脚的袜子，“你认得伯纳·马克思吗？”她说话时口气过分随便，显然是装出来的。

范妮露出吃惊的神色。“你不会是说……”

“为什么不行？伯纳是个阿尔法加，而且他约过我和他一起到野蛮人保留地去。那地方我一直就想去看看呢。”

“可是他那名声？”

“我为什么非得要管他的什么名声？”

“据说他不喜欢玩障碍高尔夫。”

“据说，据说。”列宁娜嘲笑范妮。

“而且他大部分时间都一个人过——孤独。”范妮的口气带着害怕。

“嗯，可他跟我在一起就不会孤独了。而且，大家对他为什么态度那么恶劣？我倒觉得他挺可爱的。”她悄悄地笑了。伯纳那羞涩的神情多么可笑！几乎是害怕！——就好像她是世界总统，而伯纳是个管理机器的伽马减似的。

“想一想你们自己的生活吧，”穆斯塔法·蒙德说，“你们有谁遇到过无法克服的困难？”

回答是沉默，表示否定。

“你们有谁产生了欲望却无法满足，因此忍了很久？”

“嗯。”一个孩子想说话，却犹豫了。

“说呀，”主任说，“别让福下等久了。”

“有一次一个姑娘让我等了四个星期才得到她。”

“结果是，你感到一种很强烈的冲动吧？”

“冲动得厉害！”

“确切地说是冲动得可怕。”总统说，“我们的祖先是非常愚昧且缺乏眼光的。最早的改革家出面要让他们摆脱那种可怕的情绪时，他们竟完全拒绝合作。”

“只把她当个肉体来议论。”伯纳咬牙切齿地说，“在这儿干她，在那儿干她，好像她只是一块肉，把她贬低成了一大块羊肉。她说过她要想一想，这个星期再给我回答。啊，福帝，福帝，我的福帝！”他真恨不得跑上去给他们几个耳光——狠狠地揍，不断地揍。

“对，我真要劝你试试她。”亨利·福斯特还在说。

“就以人工生殖为例。普菲茨纳和川口早已经解决了全部技术问题，可是那些政府看过一眼没有？没有。有一种叫作基督教的东西竟然强迫妇女去怀孕生孩子。”

“他长得太难看！”范妮说。

“可我倒相当喜欢他的样子。”

“而且个子太矮小。”范妮做了个鬼脸。矮小是低种姓的可怕而典型的表现。

“我觉得矮小倒相当可爱，”列宁娜说，“叫人想爱抚他，你知道，像爱抚猫一样。”

范妮大吃一惊。“他们说他在瓶子里时有人犯了个错误——以为他是个伽马，在代血剂里加了酒精，因此阻碍了他的发育。”

“胡说八道！”列宁娜非常气愤。

“事实上睡眠教育在英格兰曾经被禁止过。有一种东西叫作自由主义。你们要是知道‘议会’就好了，就是那东西通过了一条法律，禁止了睡眠教育。当时的记录还在。上面有好多次关于臣民自由的发言：不称职的自由，受苦的自由，不合时宜的自由。”

“可是，我亲爱的孩子，你是受欢迎的，我向你保证。你是受欢迎的。”亨利·福斯特拍了拍命运预定局局长助理的肩膀，“毕竟大家都是属于彼此的。”

“这话重复了四年，每周三个晚上，每晚上一百遍。”睡眠教育专家伯纳·马克思想道，“六万两千四百次的重复便造就了一个真理。好一对白痴！”

“或者拿种姓制度来说。这些曾经被不断提出，又不断遭到否决。有一种东西叫作民主，好像人和人之间除了物理和化学性能平等之外还有什么别的东西也会平等似的。”

“好了，我所能说的只是：我打算接受伯纳的邀请。”

伯纳恨这两个人，恨他们俩。但是他们是两个人，而且个子高大强壮。

“九年战争始于福帝141年。”

“就算代血剂冲了酒精是事实，我也要接受他的邀请。”

“光气，三氯硝基甲烷，碘乙酸乙酯，二苯代胂氰，氯甲酸三氯甲酯，β,β′－二氯二乙硫醚[1]……都用上了，氢氰酸[2]自不待言。”

“关于他的那些话我根本就不信。”列宁娜下了结论。

“一万四千架飞机轰鸣着列队飞行。但是炭疽杆菌炸弹在库福思腾丹和法国第八郡爆炸的声音并不比拍破一个纸口袋的声音大。”

“我的确想去参观参观野蛮人保留地。”

嗯，$CH_3C_6H_2(NO_2)_3$+$Hg(CNO)_2$[3]等于，啊，什么？等于地上的一个巨大的窟窿，一大堆破砖碎瓦，几片肉和黏膜，一条腿飞到天上叭的一声掉下来，落到天竺葵丛里，还穿着靴子——猩红的天竺葵。那年夏天的表演就那么精彩。

“列宁娜，你简直不可救药，我拿你没有办法。”

“俄罗斯使水源感染的技术变得巧妙。”

1　即芥子气，一种糜烂性毒气。

2　以上一连串化学药品都是毒气，窒息性瓦斯（如光气）、腐蚀性瓦斯、催泪性瓦斯之类。

3　这个反应式是烈性炸药三硝基甲苯加剧毒的雷汞。

范妮和列宁娜背对着背，在寂静中继续斗嘴。

“九年战争，经济大崩溃。必须做选择：或者控制世界，或者让它毁灭；或者稳定，或者……”

“范妮·克朗也是个可爱的姑娘。”命运预定局局长助理说。

幼儿园里，阶级意识基础课已经上完，那声音是想让未来的工业供应与需求相适应。“我的确喜欢坐飞机，”有个声音在低声说，“我的确喜欢坐飞机。我的确喜欢穿新衣服，我的确喜欢穿……”

“当然，自由主义被炭疽杆菌杀死了，可是你仍然不能光靠武力办事。”

“可她的灵气比列宁娜差远了，哦，差远了。”

“但是旧衣服很讨厌，”不知疲倦的声音继续说着，“我们总是把旧衣服扔掉。扔掉比修补好，扔掉比修补好，扔掉比……”

“管理得坐着干，不能够打人。你得用头脑、用屁股，而不是用拳头。比如，促进消费。”

“行了，我已经准备好接受他的邀请。”列宁娜说。范妮仍然一言不发，身子扭到一边。“咱俩讲和吧，范妮，亲爱的。”

“每一个男人、女人和孩子每年都必须有很高的消费。为了工业的利益的唯一结果就是……”

“扔掉比修补好。修补越多，财富越少。修补越多……”

“过不了几天，”范妮难过地强调说，“你就会遇到麻烦的。”

“规模巨大的发自内心的反对。什么都不消费，回归自然。”

“我的确爱坐飞机，的确爱。”

“有回归文化的呼声，对，实际上是要回归文化。可要是老坐着不动读书，你的消费可就高不了了。”

“我这样子行吗？”列宁娜问。她的衣服是玻瓶绿色的人造丝，袖口和领子则是绿色的黏胶纤维毛皮。

“八百个朴素派成员倒在机枪之下，在高尔德草场。”

“扔掉比修补好，扔掉比修补好。”

绿色的灯芯绒短裤和白色黏胶毛袜子脱到了膝盖以下。

“后来又出现了大英博物馆大屠杀。对两千个文化迷施放了β,β′－二氯二乙硫醚。”

列宁娜的眼睛被一顶绿白相间的骑士帽遮住，皮鞋也是绿色的，擦得锃亮。

“最后，”穆斯塔法·蒙德说，“总统们意识到使用武力并不是办法，于是采取了缓慢但是绝对可靠的人工生殖法、新巴甫洛夫条件设置法和睡眠教育法……”

她腰上围了一条嵌银的绿色人造摩洛哥皮“药囊带”，略微隆起。列宁娜不是不孕女，“药囊带”上有定时渗入的避孕药。

“普菲茨纳和川口的发现终于得到采纳。掀起了一场深入的反对怀孕生育的宣传……”

“无懈可击！”范妮激动地叫了起来，她对列宁娜的魅力从来无法抵抗太久，“这条马尔萨斯带[1]可爱得没法说！”

“同时掀起了一场反对过去的运动，关闭了博物馆，炸毁了历史纪念建筑（幸好那些建筑在九年战争时大部分已经毁灭），查禁了福帝纪元150年以前的一切书籍。”

“我非得弄一条像这样的带子不可。”范妮说。

“比如，那时还有一种东西，叫作金字塔。”

“我那条黑色的专利皮带……”

“还有个人叫作莎士比亚，你们当然没有听说过。”

“我那条带子绝对是一种耻辱。”

“这就是真正的科学教育的好处。”

---

1 避孕带，源于马尔萨斯人口论。马尔萨斯（1766—1834）认为生活资料呈算术级数增长，人口则呈几何级数增长，前者总落后于后者，所以主张限制人口。

“越缝越穷，越缝越……”

“我主福帝第一辆T型车出现那年……”

“我用这腰带快六个月了。”

“就被定为新纪元的开始。”

“扔掉比修补好，扔掉比修补好。”

“我以前说过，有个东西叫作基督教。”

“扔掉比修补好。”

“是低消费的伦理学和哲学……”

“我喜欢新衣服，我喜欢新衣服，我喜欢……”

“在低消费时代基督教非常重要，但是在机器和氮合成时代它就肯定成了反社会的存在。”

“是亨利·福斯特给我的。”

“于是，所有的十字架都被砍掉了头，成了T字架。还有个东西叫作上帝。”

“那是真正的人造摩洛哥皮。”

“我们现在是在世界国里。我们庆祝福帝日，有社会《本分歌》，还有团结祈祷。”

“福帝我主，我多么讨厌他们！”伯纳·马克思考虑着。

“那时有一个东西叫作天堂，可是人们仍然非常大量地饮酒。”

“只把她当作肉体，那种肉体。”

“那时有个东西叫作灵魂，还有个东西叫作永恒。”

“你一定要问问亨利，他是在哪儿买的。”

“可是他们那时常使用吗啡和可卡因。”

“而更糟糕的是她也把自己看作肉体。”

“福帝纪元178年有两千个药剂师和生化学家得到了资助。”

“他的确是闷闷不乐的样子。”命运预定局局长助理指着伯纳·马克思说。

“六年以后那十全十美的药品就投入了商业性生产。”

“我们来逗他一下……”

“它能够产生飘飘欲仙、醉意朦胧的美妙幻觉。”

“闷闷不乐，马克思，闷闷不乐。”肩膀被拍了一下，他吓了一跳，抬头看去，就是那个粗汉亨利·福斯特，“你需要的是一克唆麻。”

“具有基督教和酒精的一切好处，却没有两者的坏处。”

“我主福帝！我真恨不得杀了他！”可是他只说了一句“谢谢，我不需要”，便推开了递给他的那一管药片。

“只要你喜欢就可以给自己放个假，摆脱现实，回来的时候头疼和错误的想法便都消失了。”

“吞吧，”亨利·福斯特坚持说，“吞吧。”

“实际上稳定就得到了保证。”

“只需吞下一小片，十种烦恼都不见。”局长助理引用了一句睡眠教育的朴素格言。

“然后就只剩下了一件事：征服衰老。”

“去吧，去吧！”伯纳·马克思说。

“噢哟，噢哟。”

“把性激素输入年轻的血液，镁盐……”

“记住，唆麻吞一片，立即脱苦难。”他们俩笑着走了出去。

“老年生理的衰迈迹象全都消除。当然，随之而消除的还有……”

“别忘了问他那条马尔萨斯带的事。”范妮说。

“还有老年的一切心理特征，性格是终身不变的。”

“……然后打两局障碍高尔夫消磨掉黄昏前的时光。我一定要坐飞机。”

“工作，游戏——我们的精力和口味到了六十岁还和那时的人十七岁时一样。在苦难的日子里老年人总喜欢消极，退却，相信宗教，靠读书和思考混日子，思考！”

“白痴，猪猡！”伯纳·马克思沿着走廊走去，自言自语道。

“而现在——这就是进步了——老年人照样工作，照样性交，寻欢作乐，没有空闲，没有丝毫时间坐下来思考。或者，即使由于某种不幸的偶然，在他们的娱乐消遣里出现了空当，也永远会有唆麻，美味的唆麻，半克就是半个假日，一克就是一个周末，两克就是一次辉煌的东方旅游，三克唆麻就是一次月球上昏昏沉沉的永恒。从那儿回来的时候他们会发现自己已经越过了空当，每天脚踏实地、安安稳稳地工作和娱乐，看完一部感官片又赶下一部感官片，从一个有灵气的姑娘到另一个有灵气的姑娘，从电磁高尔夫球场到……”

“走开，小姑娘。”主任愤怒地叫道，“走开，小娃娃！你们没有看见福下忙着吗？去，去，到别的地方玩你们的性游戏去。”

“让小家伙们玩吧。”总统说道。

机器轻微地嗡嗡响着，传送带缓慢庄严地前进，每小时三十三点三厘米。暗红里无数红宝石闪着微光。

- 第四章 -

1

电梯里满是从阿尔法换瓶室里来的人。列宁娜一进门就有好几个人向她点头微笑，打着招呼。这个姑娘人缘很好，几乎和他们每个人都偶尔睡过觉。

都是些可爱的小伙子，她回应他们的招呼时心想。迷人的小伙子！不过，她仍然希望乔治·埃泽尔的耳朵没有那么大（他也许是在三百二十八米时多接受了一点甲状腺素），而看见本尼托·胡佛时她又不禁想起他脱光衣服后身上过多的毛。

她转过因想起本尼托拳曲的黑毛而显得不高兴的目光，在一个角落里看见了伯纳·马克思瘦削的身躯和忧郁的脸。

“伯纳！”她向他走近了一步，“我刚才还在找你。”她清脆的声音压过了电梯的嗡嗡声。别人好奇地转脸看着他们。“我想和你谈谈我们去新墨西哥的计划。”她的眼角扫见了本尼托·胡佛惊讶得张大了的嘴，那嘴叫她心烦。“他没有想到我没有再约他去！”她心想。然后她放开了嗓子，比任何时候都热情地说：“我就是喜欢在六月份跟你去过一个星期。”她说下去。（总之，她在公开表示对亨利的不忠实，范妮应该高兴了，即使表示的对象是伯纳。）“没有错，”列宁娜对他露出了她最含情脉脉的美妙的微笑，“如果你还想要我的话。”

伯纳苍白的脸泛起了红晕。“干吗脸红？”她有些莫名其妙，又惊讶，却也为自己的魅力引来的这种礼赞所感动。

“我们俩另外找个地方谈谈如何？”他结结巴巴地说，表情不自然得可怕。

“好像我说了什么吓人的话似的，”列宁娜想道，“哪怕我开了个肮脏的玩笑——比如问起他的母亲是谁什么的，他也不会比现在更生气。”

“我的意思是说，当着这么多人的面……”他慌乱得说不出话来。

列宁娜的笑很坦然，毫无恶意。“你多么好笑！”她说，她的的确确觉得他好笑，“请你提前一个星期通知我，好吗？”她换了一种口气，“我估计我们得乘蓝色太平洋号火箭。从查令T字街[1]大厦起飞，是吗？要不然是从汉普斯特德起飞？”

伯纳还没有来得及回答，电梯就停了。

“屋顶到了！”一个刺耳的声音叫道。

电梯工长得像猴，小个子，穿黑短褂，那是半白痴艾普西隆减们穿的。

“屋顶到了！”

他砰的一声打开大门，午后阳光的温暖和明亮让他一震。“哦，屋顶到了！”他再次带着狂欢的口气说，仿佛猛然从不省人事的昏沉里快活地醒了过来，“屋顶到了。”

他抬头望着客人们的脸笑了，带着有所期待的崇拜，像条狗。客人们说说笑笑地走进阳光里。电梯工望着他们。

“是上屋顶吧？”他迟疑地重复了一句。

一声铃响，电梯天花板上传出扩音器的声音，发出了命令，十分轻柔却也威严。

“下行！”那声音说，“下行。十八楼。下行，下行。十八楼。下行……”

电梯工砰的一声关上门，一按按钮，电梯立即往梯井里嗡嗡响

---

1 伦敦原有查令十字街(Charing Cross)，在书中的新世界里，十字被砍成了T字，所以叫查令T字街。

着的暗处掉了下去，那是他所习惯的黑暗。

房顶温暖而明亮。直升机嗡嗡地飞，飞得夏日的午后睡意朦胧。火箭飞机从五六英里[1]外的晴朗的天空疾速掠过，虽然看不见，它那更加深沉的轰鸣却仿佛是在抚摩着柔和的空气。伯纳·马克思做了一个深呼吸，抬头看了看天空，又看了看四周蓝色的地平线，最后看到了列宁娜的脸。

“多么美丽呀！”他的声音有点颤抖。

她带着最为深沉的同情对他理解地笑了。“玩障碍高尔夫再好不过了，”她欢快地回答，“现在我要飞了，伯纳，老叫亨利等着是会惹他生气的。定好了日期可要及时通知我哟。”她挥着手迈过平坦广阔的屋顶向飞机库走去。伯纳站着，望着离去的白袜的闪光；望着她那晒黑的膝盖矫健地伸直，弯曲，再伸直，再弯曲；望着玻瓶绿的短外衣下那裹身的灯芯绒短裤。他脸上露出了痛苦的表情。

“我要说她真漂亮。”他身后一个声音快活地叫道。

伯纳吃了一惊，回头一看。本尼托·胡佛正低着他那胖乎乎、红扑扑的脸望着他笑——显然是发自内心的笑。本尼托是以温和著称的，大家都说他大概一辈子不必使用唆麻。坏心眼呀，怪脾气呀，能弄得别人非休假不可的东西对他却从来不起作用。在本尼托面前现实永远阳光灿烂。

1　1英里约合1.6千米。

“而且有灵气。多有灵气！”然后他换了一个调子，“可是我说，”他接下去，“你确实一脸忧郁，你需要的是一克唆麻，”他右手伸进口袋，掏出一个小瓶子，“只需吞下一小片，十种烦恼都不见……可是我说！”

伯纳已突然转身匆匆走掉了。

本尼托盯着他看了一会儿。“这家伙究竟是怎么回事？”他感到茫然，摇了摇头，认定关于那可怜家伙的代血剂里放进了过多酒精的故事是真的，“影响了脑袋，我看是。”

他收回了唆麻瓶，掏出了一包性激素口香糖，塞了一片到嘴里，一边纳闷一边慢慢走向飞机库。

亨利·福斯特已经把他的飞机从飞机库推出，列宁娜来到时，他已坐进驾驶舱等候着了。

“晚了四分钟。”他只说了这么一句。她上了飞机，在他身边坐了下来。亨利发动引擎，直升机螺旋桨挂上了挡。飞机垂直射入天空。亨利一加速，螺旋桨尖叫起来，轰鸣声从大黄蜂变成了黄蜂，再从黄蜂变成了蚊子。速度计表明他们正以大约每分钟两千米的速度上升。伦敦在他们身下猛然缩小。几秒之内巨大的平顶建筑便如一片片几何图形的蘑菇，挺立于公园和花园的绿色之上。其中有一个小一点的细茎蘑菇，更高更长，向空中擎起一个亮闪闪的水泥圆盘，那就是查令T字街。

他们头上是巨大蓬松的云朵，犹如几个神话力士的模糊的胴体垂在蔚蓝的空中，或是高耸在他们头上。一只鲜红的小虫突然嗡嗡叫着从一个力士的身子里往下降落。

“那就是红色火箭，”亨利说，“刚从纽约飞到。”他看看表，“迟到了七分钟，”他摇了摇头补充道，“这些大西洋航班——的确误了点，太丢脸了。”

他一松脚下的加速器，头顶上螺旋桨的轰鸣声降低了八度半，从大黄蜂变成了黄蜂、蜜蜂、金龟子、鹿角虫。飞机上升的速度减缓下来，不一会儿他们便一动不动地悬在了空中。亨利推了一根杠杆，咔的一声，他们前面的螺旋桨开始旋转了。起初很缓慢，渐渐变快，最后眼前便成了一片圆形的光雾，悬浮平飞的高速风叫得越发尖厉了。亨利的眼睛盯住转速盘，见那指针指到一千二，便松开了上升螺旋桨。飞机已有足够的前冲量靠机翼维持飞行。

列宁娜透过两腿之间的地板窗户看下去。他们正从六英里的公园地带上空飞过，那一地带把伦敦中心区和第一卫星郊区分隔开来。绿色地带上的缩小了的人群像是蛆虫。树林里闪耀着无数汪汪狗崽离心球游戏塔，犹如森林。牧人灌木丛附近，两千对贝塔减正在进行黎曼面[1]网球混合双打。从诺丁山到维尔施登的干道两旁是五号自动扶梯球场。伊灵运动场上，一场德尔塔体操表演和社会歌曲演唱

1　一种非欧几何形式，其中没有平行线，因为在想象里它的图形是建造在曲面上的，上面的直线都会相交。此处大概是指一种呈某种特殊曲面的网球场。

表演正在进行。

“卡其是多么丑陋的颜色。”列宁娜叙述着她从睡眠教育获得的阶级偏见。

杭斯洛感官片摄制厂占地七公顷半，附近有一支穿黑色卡其制服的劳动者队伍正为西大路重新铺设玻璃而忙碌。他俩飞过时，一个坩埚刚好打开，熔化的玻璃发出刺目的强光滚滚流向路面。石棉压路机碾来碾去，绝缘洒水车后蒸腾起一片白雾。

布伦特福德的电视机工厂简直像一个小市镇。

“他们准是在换班。”列宁娜说。

淡绿色的伽马姑娘和黑衣的半白痴们像蚜虫和蚂蚁一样在门口挤来挤去。有的在排队，准备上单轨电车。在人群中走来走去的是桑葚色的贝塔减。主楼顶上直升机或升或降，一片繁忙景象。

“说心里话，”列宁娜说，“我幸好不是个伽马。”

十分钟后他们已来到斯托克波吉斯，玩起了第一局障碍高尔夫。

2

伯纳匆匆走过屋顶，眼睛一直望着地面，偶尔碰见人就立即悄悄躲开。他像是被敌人追捕，却不愿意看见追捕者，因为怕他们的样子比预想的更可怕。这把他弄得更为内疚，更加无可奈何地孤独。

“那个可怕的本尼托·胡佛！”可那人的用心原本是好的，这就使他的处境更糟糕了。用心良好的人跟居心不良的人做法竟然完全一样，就连列宁娜也让他痛苦。他记得那几星期畏怯犹豫的日子，那时他曾经希冀、渴望有勇气问问她，却又失望了。他有勇气面对遭到轻蔑拒绝的羞辱吗？可她如果出人意料地同意了，他又会狂喜到什么程度！好了，她现在已经对他明确表态了，可他仍然难受——因为她居然认为那天下午最好是用来打障碍高尔夫，而且跟亨利·福斯特一溜烟跑掉了。他不愿在公开场合谈他俩之间最秘密的私事，她居然觉得好笑。总之，他难受，因为她的行为只像个健康的、有道德的英格兰姑娘，毫无其他独特的与众不同之处。

他打开自己的飞机库，叫来两个闲逛着的德尔塔减随从把他的飞机推到屋顶上去。飞机库的管理员是同一组波坎诺夫斯基化的多生子，一模一样地矮小、黧黑、狰狞。伯纳像一个对自己的优越性不太有把握的人一样发出命令，口气尖厉，带着几分傲慢，甚至有些气势汹汹。伯纳对跟种姓低的人打交道有非常痛苦的经验，因为不管原因何在，伯纳的身体并不比一般的伽马好。关于他代血剂里的酒精的流言很有可能确有其事，因为意外总是会发生的。他的个子比标准阿尔法矮了八厘米，身体也相应单薄了许多。跟下级成员的接触总让他痛苦地想起自己的这种身体缺陷。“我是我，却希望没有我。”他的自我意识很强烈，很痛苦。他发现每一次自己平视着（而不是俯视着）一个德尔塔的脸时便不禁感到受了侮辱。那家伙会不会以对待我的种姓应有的尊重对待我？那问题叫他日夜不安，却并非没有道理。因为伽马们、德尔塔们和艾普西隆们经过一定程度的条件设置，总是把社会地位的优越性和个子的大小挂钩。实际上，由于睡眠教育，有利于大个子的偏见普遍存在，因此他追求的女人嘲笑他，跟他同级的男人拿他恶作剧。种种嘲笑使他觉得自己是个局外人。既以局外人自居，他的行为举止也就像个局外人了，这就更加深了别人对他的偏见，加剧了他身体缺陷所导致的轻蔑和敌意，从而又反过来加深了他的局外感和孤独感。一种怕被轻视的长期畏惧使他回避他的同级人，使他在处理下级问题时怀揣很强烈的自尊意识。他多么妒忌亨利·福斯特和本尼托·胡佛呀！那些人要一个艾普西隆服从并不需要大喊大叫，把自己的地位看作是理所当然的，他们在种姓制度里如鱼得水，悠然自得，没有自我意识，对自己环境的优越和舒适也熟视无睹。

他仿佛觉得那两个随从把他的飞机推上屋顶时有点不大情愿，动作慢吞吞的。

“快点！”伯纳生气地说。有个随从瞟了他一眼。他从那双茫然的灰白的眼里觉察到的是一种畜生般的藐视吗？“快点！”他喊叫得更大声了，声音里夹着一种难听的干涩。

他上了飞机，一分钟后已向南边的河上飞去。

几个宣传局和情绪工程学院都在海军大街一幢六十层的大楼里。那楼的地下室和下面几层由伦敦的三大报纸《每时广播》（一种供高种姓阅读的报纸）、浅绿色的《伽马杂志》和咖啡色的完全使用单音节字的《德尔塔镜报》的印刷厂和办公室占用。往上分别是电视宣传局、感官电影宣传局、合成声宣传局与音乐宣传局——一共占了二十二层。再往上是研究实验室和铺设软地毯的房间——供录音带作曲家和合成音乐作曲家精心创作的地方。最上面的十八层楼全部由情绪工程学院占用。

伯纳在宣传大厦楼顶降落，下了飞机。

“给下面赫姆霍尔兹·华生先生打个电话，”他命令门房的伽马加，“通知他伯纳·马克思在屋顶上等候。”

他坐下来点燃了一支香烟。

电话打来时，赫姆霍尔兹·华生先生正在写作。

“告诉他我立刻就来。”赫姆霍尔兹·华生说毕挂上了话筒，然后转身对秘书说，“我的东西就交给你收拾了。”他对她那明媚的微笑不予理会，仍用公事公办的口气说着话，同时站起身子，迅速来到了门边。

赫姆霍尔兹·华生先生身体强壮，胸膛厚实，肩头宽阔，身材魁梧，行动迅速，步履矫捷而富于弹性。他的脖子像一根结实的圆柱，撑起了轮廓优美的头。他有着深色的鬈发，五官棱角分明，的确英俊非凡，引人注目。正如他的秘书不知疲倦地重复的那样：每一厘米都是个阿尔法加。他的职业是情绪工程学院写作系的讲师，业余还从事教育活动，是个在职的情绪工程师。他定期为《每时广播》写稿，写感官片脚本，而且精通写口号和睡眠教育顺口溜的奥妙。

“能干，”他的上司对他的评价是，“也许，”说到此他们便摇摇头，讳莫如深地放低了嗓门，“过分能干了一点。”

是的，过分能干了一点，他们没有错。智力过高对于赫姆霍尔兹·华生所产生的后果跟生理缺陷对于伯纳·马克思所产生的后果颇为相似。骨架太小、肌肉太少让伯纳和他的伙伴们疏远了。从一切流行标准看来，那种疏远都是心灵所难以承受的，于是他和他们之间疏远得更厉害了。使赫姆霍尔兹极不愉快地意识到自己和自己的孤独的则是过分能干。两人共同的感觉都是孤独。可是有生理缺陷的伯纳感到孤独的痛苦是与生俱来的；而赫姆霍尔兹·华生因为意识到自己过分聪明、跟周围的人有差异却是新近的事。这位自动扶梯手球冠军，这位不知疲倦的情人（据说他四年不到就有过六百四十个不同的姑娘），这位可敬的委员、交际能手最近才突然明白了一个道理：游戏、女人、社交对他而言只能算是第二等的好事。实际上（也是根本上）他感兴趣的是另外一个问题。什么问题？那正是伯纳要来跟他讨论的问题——或者说，要来听他再谈谈的问题，因为讲话的永远是赫姆霍尔兹。

赫姆霍尔兹一跨出电梯便受到三个迷人的姑娘的拦路袭击——她们刚踏出合成声宣传局。

“哦，赫姆霍尔兹，亲爱的，晚饭时一定到老荒原来吧，跟我们一起野餐。”她们缠住他乞求道。

他摇摇头，从姑娘们中挤了出来。“不行，不行。”

“别的男人我们一个都不请。”

但就连这样动人的承诺也打动不了赫姆霍尔兹。“不行，”他仍然说，“我有事。”说完便径直走掉了。姑娘们跟在他身后，直到赫姆霍尔兹上了伯纳的飞机，砰的一声关上了门，才放弃了追逐。她们对他并非没有抱怨。

“这些女人！”飞机升上天空，赫姆霍尔兹说，“这些女人，”他说话时摇着脑袋，皱起眉头，“真叫人吃不消！”伯纳假惺惺地表示同意，说话时倒恨不得也像赫姆霍尔兹一样能够有那么多姑娘、那么少烦恼。一种自我吹嘘的迫切需要突然攫住了他。“我要带列宁娜到新墨西哥州去。”他竭力装出漫不经心的样子说。

“是吗？”赫姆霍尔兹毫无兴趣地回答，稍停之后他又说了下去，“前一两周我谢绝了所有的委员会会议和所有的姑娘。姑娘们为了这个在学院里大吵大闹，那场面你简直难以想象。不过，倒还是值得的。其结果是……”他犹豫了一下，“总之，她们非常奇怪，非常奇怪。”

生理上的缺陷可能造成一种心理上的过分负担，那过程似乎也能够逆反。心理上的过分负担为了它自身的目的也可能蓄意孤立自己，从而造成自觉的盲目和聋聩，人为地产生禁欲主义的性无能。

短暂飞行的剩下的部分是在沉默里度过的。他俩来到伯纳的房间，在气垫沙发上舒舒服服地伸展开来之后，赫姆霍尔兹又开始讲话了。

话说得很慢。“你曾经有过这种感觉没有，”他问道，“你身子里好像有了什么东西，一直等着你给它机会宣泄？某种过剩的精力，你不会使用的精力——你知道，就像所有的水都流成了瀑布，并没有冲动涡轮，你有过这种感觉没有？”他带着疑问望着伯纳。

“你是说，如果不是我们现在生活的环境，人们可能产生的感觉？”

赫姆霍尔兹摇摇头。“不完全是。我想的是我有时候产生的一种奇怪感觉，一种我有重要的话要说，也有力量说的感觉——可是我不知道那是什么感觉，那力量也使不出来。如果能够用什么不同的话把它描述出来的话……或是用别的什么办法写出来的话……”说到这里他忽然打住了，“你看，”他终于又说，“我还是擅长说话的——我说的话能够刺激得你猛然蹦起来，像是坐到了针尖上。我的话听上去那么新、那么尖锐，虽然都是些睡眠教育里的明显道理。可那似乎还不够，光是词句好还是不够的，还得意思好才行。”

“可是你说的东西都是好的，赫姆霍尔兹。”

“哦，行得通的时候倒还好，”赫姆霍尔兹耸了耸肩，“可是我的话不大行得通。在一定程度上我的话并不重要。我觉得我可以做的事要重要得多。是的，是些我更为迫切地、强烈地想做的事。可那是什么事？我是说：什么东西更重要？别人要求你写的东西怎么可能让你迫切得起来？话语就像X光，使用得当能穿透一切。你一读就被穿透了。那是我努力教给学生的东西之一——怎样写作才能够入木三分。可是叫一篇论《本分歌》或是写香味乐器最新改进的文章穿透又有什么意思！而且，写那些玩意，你的话真能够入木三分吗？真能够像最强烈的X射线吗？没有意义的东西你能写出意义来吗？我的意思归根到底就是这样。我曾经一再努力……”

“小声点！”伯纳突然伸出一根指头警告，两人听了听。“我确定门口有人。”他低声说。

赫姆霍尔兹站了起来，踮起脚穿过房间，猛然甩开了大门。当然没有人。

“对不起，”伯纳说，他感到难堪、不自然，满脸尴尬，“我大概是精神负担过重。别人怀疑你，你也就会怀疑别人的。”

他用手擦了擦眼睛，叹了一口气，语气很伤感，他在为自己辩解。

“你要是知道我最近受到的压力就好了。”他几乎要流泪了，一种自怜之情犹如泉水一样汹涌而出，“你要是知道就好了！”

赫姆霍尔兹·华生带着某种不安听着。“可怜的小伯纳！”他心想，同时也替他的朋友感到羞愧，他希望伯纳能表现出更多的自尊。

- 第五章 -

1

八点钟天色渐渐暗去，斯托克波吉斯俱乐部大楼高塔上的扩音器开始宣布游戏结束，那男高音是超越人类的。列宁娜和亨利玩完游戏，回到俱乐部去。内外分泌托拉斯的牧场上传来数千头牛的叫声。那些牲畜把激素和牛奶提供给法纳姆罗亚尔那座巨大的工厂，作为生产原料。

暮色里塞满了直升机断续的嗡嗡声。每隔两分半钟就有铃声和汽笛声宣布一列轻便单轨火车开出，那是运载下层种姓的球客们从各个高尔夫球场回都市去的。

列宁娜和亨利上了飞机出发了。亨利在八百米高处放慢了直升机螺旋桨的旋转速度，两人在逐渐暗淡的景物上空悬挂了一两分钟。山毛榉林犹如一片浓黑的巨大沼泽，往西天还亮的岸边伸展。地平线上的落日余晖一片鲜红，往上渐渐转为橘红色和黄色，直到浅淡的湖绿色。往北望去，森林外的天空里，二十层楼的内外分泌公司的窗户里的灯光全部亮了，闪耀着炽热电光的灿烂。往下是高尔夫球俱乐部大楼，亦即低种姓的巨大营房。隔离墙那边是保留给阿尔法和贝塔们的较小的房舍。通向单轨火车的路上黑压压地挤满了像蚁群一样活动的低种姓人。一列火车从玻璃的拱门下灯火通明地开进了露天里。两人的眼睛随着火车越过了黑暗的平原，被羽蜕火葬场巍峨的大楼吸引了去。为了夜间飞行安全，火葬场四个高烟囱都有刺眼的泛光照耀，顶上还装有红色的警灯，警灯同时也是里程符号。

“烟囱上为什么有阳台一样的东西围绕？”列宁娜问。

“磷回收，”亨利简短地说，“气体在升上烟囱时要经过四道不同的工序。过去五氧化二磷都在人体烧化时流失了，现在其中的百分之九十八都能回收。一个成年人的尸体能回收到一公斤半以上的磷。光是在英格兰，每年回收的磷就多达四百吨。”亨利得意扬扬地说，他为这种成绩由衷地感到高兴，仿佛那是自己的成绩，“想到我们死了之后还能继续对社会做贡献，帮助植物生长，那是很愉快的。”

此时列宁娜已经望着别处。她正俯瞰着单轨火车站。“是的，”

她同意，“可奇怪的是：阿尔法和贝塔们死去之后，为什么不能比低种姓的伽马、德尔塔和艾普西隆滋养更多的树呢？”

“从物理化学上说，人类是天生平等的，”亨利的话像格言，“而且，即使是艾普西隆的贡献也是必不可少的。”

“即使是艾普西隆……”列宁娜想起了一件事。那时她还是小姑娘，还在学校里读书，她半夜醒了过来，第一次意识到了在她每次入睡后萦绕着她的那种细语。她眼前出现了那月光，那排小白床；听见了那轻悄的柔和的细语（那声音依然在耳，经过了那么多个长夜的一再重复，她没有忘记，也无法忘记）。那细语在说：“每个人都为每个别的人工作。没有别的人我们是不行的。即使是艾普西隆也有用处，没有艾普西隆我们也是不行的。每个人都为每个别的人工作，没有别的人我们是不行的……”列宁娜记起了她第一次听到这话时感到的震惊和意外。她辗转了半个小时，睡不着。然后，由于那永远重复的话语，她的心灵逐渐舒坦起来，舒坦起来，平静下去，于是睡意悄悄到来。

“我估计艾普西隆们并不真的在乎当艾普西隆。”她大声说道。

“他们当然不在乎。他们怎么会在乎呢？他们并不知道做其他种类的人的感觉。而我们当然是会在乎的，可是，我们接受了不同的条件设计，何况遗传也根本不同。”

“我很高兴不是个艾普西隆。”列宁娜深信不疑地说。

“可你如果是个艾普西隆，”亨利说，“你的条件设置就会让你感谢福帝，不亚于自己是个贝塔或阿尔法。”他给前飞推进器挂上挡，让飞机往伦敦城飞去。他们背后，西方的深红与橘红已然淡去，漠漠的乌云爬上了天顶。越过火葬场时，从高高的烟囱中升起的热气把飞机抬升了起来，直到飞进下降的冷空气气流里，才又突然沉降。

“多么有趣的沉浮！”列宁娜快活地笑了。

可是亨利的调子竟一度是忧伤的。“你知道那升降是什么意思吗？”他说，“那意味着一个人最终消失了，一去不复返了，变作了一股热气，升了上来。要是能够知道那是什么人，一定会很有趣——是男人，是妇女，是阿尔法，或是艾普西隆……”他叹了口气，然后以一种坚决的快活的声音结束道，“总之，有一点我们可以肯定：不管他原来是什么，他活着的时候是幸福的。现在每个人都很幸福。”

“是的，现在每个人都很幸福。”列宁娜重复道。他俩每天晚上要听这话重复一百五十次，已经听了十二年。

亨利的公寓在西敏寺，有四十层楼，他们在楼顶降落下来，径直往餐厅走去。他俩在那儿跟一群喧嚣快活的伙伴吃了一顿可口的晚餐。唆麻跟咖啡同时送上。列宁娜吃了两个半克，亨利吃了三个半克。九点二十分两人横过了大街，来到新开的西敏寺歌舞餐厅。那天晚上几乎没有云，也没有月亮，只有星星，幸好这叫人沮丧的事实没有让列宁娜和亨利注意到，因为天空的灯光招牌有效地掩饰了天外的黑暗。“加尔文·斯托普斯率十六位色唆风[1]手演出”。巨大的字体在西敏寺新的门面上闪着诱惑的光：“伦敦最佳色香乐队演奏最新合成音乐”。

两人进了场。龙涎香和檀香的气味似乎让空气变得又热又闷。设色器在大厅的拱形天花板上画出了一片赤道落日的景象。十六位色唆风手正演奏着一支人们喜爱的老曲子：“全世界呀，就没有这样的瓶子，能够比上你呀，我亲爱的小瓶子。”四百对舞伴在光滑的地板上跳着五步舞。列宁娜和亨利立即结成了第四百零一对。色唆风呜咽着，像猫在月光下和谐地对叫。女中音和男高音呻吟着，仿佛经历着那短短的死亡。双方的颤抖的和鸣有着丰富的和声，逐渐升向高潮，越升越高，越升越高——终于，指挥一挥手，最后的粉碎性的仙乐软了下来，直叫那十六个尘世的号手魄散魂销。A降调雷霆怒吼，随即逐渐下落，diminuendo[2]以四分之一音阶逐渐下滑，下滑，几乎没有了声音和亮光，下滑为极轻柔的耳语似的主和弦。那和弦回环往复（四五拍子的旋律仍在背后搏动），把强烈的企盼赋予昏沉中的每一秒。最终，企盼满足了，突然出现了旭日东升的景象，十六种声音同时高声歌唱：

---

1 原文为 sexophone，和 saxophone（萨克斯管）只有一个字母之差。但前者头三个字母为 sex，意思是性，显然作者在暗示这是一种色情乐器，从下面描写的演奏看来，产生的也的确是色情效果，所以译作色唆风。

2 音乐术语，渐弱，意大利语。

我的瓶子呀，我永远需要的瓶子！

我的瓶子呀，我为何要换瓶出世？

在你的怀里呀，天空一片蔚蓝，

在你的怀里呀，永远风和日丽；

因为

全世界呀，就没有这样的瓶子，

能够比上你呀，我亲爱的小瓶子。

列宁娜和亨利跟别的四百对舞伴一起在西敏寺转着圈跳着五步舞时，也漫舞于另外一个世界——那温馨的、绚丽的、情意缠绵的唆麻假日的世界。每一个人都那么和善，那么漂亮，那么风趣可爱！“我的瓶子呀，我永远需要的瓶子……”可是列宁娜和亨利已经得到了他们所需要的东西……他们此时此地已经在瓶子里，在安安稳稳的瓶子里，那里永远春风和煦，天空四季蔚蓝。在十六个人筋疲力尽地放下色唆风之后，合成音乐音响放起了最新的马尔萨斯忧伤曲，此时他俩差不多就是一对孪生的胚胎，在瓶里的代血剂的海浪中轻轻地起伏漂荡。

“晚安，亲爱的朋友们。晚安，亲爱的朋友们。”大喇叭用亲切悦耳的礼貌用语掩盖着发出的命令，“晚安，亲爱的朋友们……”

列宁娜和亨利跟众人一起规规矩矩地离开了大楼。令人沮丧的星星已经在天顶运行了好长一截路，可是尽管空中的隔离屏已经大多消失，两个年轻人仍然欢天喜地，没有意识到黑夜的降临。

在舞会结束前半小时就吞下的第二剂唆麻已在现实世界跟他俩之间竖起了一堵穿不透的墙壁。两人在瓶子里穿过了街道，在瓶子里搭电梯来到了二十八楼亨利的房间。可是，虽然在瓶子里，而且吞了第二剂唆麻,列宁娜并没有忘记按照规定做好一切避孕的准备。多年来的深入的睡眠教育和从十二岁到十七岁每周三次的马尔萨斯操训练，已经把采取这类预防措施弄得像眨眼睛一样，完全自动化，不能缺少了。

“哦，我想起来了，”列宁娜从浴室回来时说，“范妮·克朗想要知道，你给我的那条可爱的绿色摩洛哥皮的药囊带是从什么地方弄到的。”

2

每隔一周的周四是伯纳的团结祈祷日。在爱神会堂（最近赫姆霍尔兹按照第二条款被选进了会堂管委会）提前吃过午饭，伯纳告别了朋友，在房顶上叫了一架出租飞机，命令驾驶员往福特森社区歌厅飞去。飞机上升约两百米便转向了东方，转弯时伯纳眼前已出现了那巍峨壮丽的歌厅大楼。三百二十米高的人造卡拉拉大理石[1]建筑被炽热的白色泛光灯映照着，高耸于拉德盖特山之上。大楼的直升机平台四角各有一个硕大无朋的T字架，在夜色衬托下闪着红光，二十四支金喇叭呜呜地演奏着庄严的合成音乐。

“倒霉，迟到了。”伯纳一看见歌厅大钟大亨利[2]就自言自语起来。的确，在他付出租飞机费时大亨利已经敲响。“福，”金钟宽洪的低音齐声讴歌起来，“福，福，福……”连敲了九下。伯纳直奔电梯而去。

福帝日庆祝暨社区群众歌咏会的礼堂在大楼底层，上面是七千间房，每层一百间，团结小组便在这里进行双周祈祷。伯纳下到第三十三层，匆忙跑过走廊，在三二一〇室门口迟疑了一下，鼓足了勇气，走了进去。

感谢福帝！他还不是最后一个。围着桌子共有十二把椅子，还有三把空着。他尽可能不惹眼地溜到了最近的椅子旁边，打算对后来的人皱眉头——不管是谁。

“你今天下午玩的是什么？”他左边的一个姑娘转身向他问道，“障碍球还是电磁球？”

伯纳望了她一眼（天哪！是摩尔根娜·罗斯柴尔德），便红着

1　卡拉拉在意大利的托斯卡纳大区，自古以盛产细腻的白色大理石著名，文艺复兴时期的好些著名雕塑都是用卡拉拉大理石雕刻成的。

2　伦敦有座钟，叫作大本钟（Big Ben，人们戏译“大笨钟”），是伦敦一景。此处大约暗示着它。大亨利（Big Henry）指亨利福帝。

脸告诉她他什么也没有玩。摩尔根娜惊讶地看着他。出现了短暂的尴尬的沉默。

然后她怒冲冲地转过身，跟她左边较为有趣的人谈话去了。

“好一个团结祈祷的开端。”伯纳痛苦地想道，他预感到自己救赎的意图又要落空。他要是没有匆匆抢个最近的座位，而让自己先打量打量周围就好了！他就可能坐在菲菲·布拉劳芙和乔安娜·狄塞耳之间了。可他稀里糊涂把自己塞在了摩尔根娜旁边。摩尔根娜！我主福帝呀！她那两道眉毛（倒不如说是一道眉毛，因为在鼻梁上方连成了一气）！而在他的右边呢，偏偏又是克拉拉·德特丁。是的，德特丁的眉毛倒没有连成一气，可她又灵气得过分了。菲菲和乔安娜倒是长得绝对恰到好处：丰满，金发，不太高。而现在，那个大笨蛋川口却坐在了她俩之间。

最后到场的是萨罗吉尼·恩格斯。

“你迟到了，”小组长严厉地说，“以后可不能这样。”

萨罗吉尼道了歉，溜到吉姆·波坎诺夫斯基和赫伯特·巴枯宁之间的座位上去了。全组的人到齐，团结小组已经完整，没有人缺席。一男，一女，一男，一女……围着桌子形成了圆圈，无穷地交替着。十二个人做好了准备，等待着融合，化为一体，在更大的生存空间里放弃十二种各不相同的个性。

组长起立，画了个T字，打开了合成音乐，放送出不间断的轻柔的鼓点和器乐合奏——管乐轻柔，弦乐杳渺，团结圣歌的简短旋律不断地重复，回环萦绕，无法逃避。重复，再重复，听见那搏动着的节奏的不再是耳朵，而是下腹部。那反复出现的旋律里的喊叫声和打击声围绕的不再是心灵，而是渴望同心同德的脏腑。

组长又画了一个T字，坐了下来。祈祷已经开始。奉献的唆麻片放在桌子正中。草莓冰激凌唆麻的爱之杯轮流传递，按照“我为我的消灭干杯”的公式干杯十二次，然后在合成乐队的伴奏之下唱起了团结圣歌第一章。

啊，福帝，让我们十二人融为一体，
犹如注入社会洪流的涓涓水滴；
啊，让我们现在就汇流到一起，
犹如您闪光的轿车一样迅疾。

十二个心情迫切的诗节。爱之杯第二次传递。此刻的口号是“我为更大的存在干杯”。每个人都干了杯。音乐不间断地演奏，鼓点频频，乐曲里的喊叫声与敲击声使销魂的柔情为之沉醉。

来吧，社会的朋友，更大的存在，
销毁掉十二个，再融合到一块儿。
我们渴望死亡，因为我们的毁坏
意味着更伟大的新生命的到来。

又是十二个小节。这时唆麻已开始起作用。眼睛发亮了，面颊泛红了，内心的博爱之光闪耀在每一张脸上，绽放为幸福和友好的欢笑。即使是伯纳也觉得多少融化了一些。摩尔根娜·罗斯柴尔德回头对他笑着的时候，他也尽可能报以微笑。可是那眉毛，那连成一道的眉毛——唉！还是那样子，他不能视而不见。不行，无论他怎样勉强自己都不行。大概是融合的火候还没有到家吧！可他如果坐在了菲菲和乔安娜之间，说不定就……爱之杯第三次传递。“我为他的即将到来干杯。”摩尔根娜·罗斯柴尔德说。传杯仪式正好轮到她启动。她的声音高亢而欢乐。她喝过唆麻，递给了伯纳。“我为他的即将到来干杯。”伯纳重复着她的话，打心眼里努力想着他即将到来，但那一道眉毛仍然萦绕不去。对伯纳来说，他的到来还远得可怕。他喝了唆麻，把杯子传给了德特丁。“看来这一次又要失败了，”他心想，“会失败的，我知道。”可是他仍然竭尽全力地欢笑着。

这一轮爱之杯传递完毕，组长举手发出信号，合唱爆发为团结圣歌第三章：

体会吧，更伟大的存在如何降临！

欢乐吧，我们在欢乐之中隐遁！

融合了！在嘭嘭的鼓点里融合！

因为你们便是我，我也是你们！

一支歌接着一支歌，歌声越来越激动、高亢。他即将降临之感犹如空中积蓄的雷电。组长终止了乐曲，随着乐曲的最后一个音符的消失，出现了绝对的寂静——长期渴望所形成的寂静在带电的生命里颤抖着，爬行着。组长伸出了一只手。突然，一个声音，一个深沉雄浑的声音，比人世间的任何声音都更悦耳、更丰富、更温暖，更加颤动着爱和同情，一个精彩的、神秘的、超自然的声音在人们的头顶上非常缓慢地传来："哦，福帝，福帝，福帝。"那声音逐渐微弱，逐渐降低。一阵浓郁的温馨从听众的太阳神经丛惊心动魄地辐射出来，透入他们身上的每一个极点；他们不禁热泪盈眶，五脏六腑似乎都在随着一个独立的生命悸动。"福帝！"他们瘫软了，"福帝！"他们融化了，融化了。然后，那声音又突然以另一种调子令人震惊地呼叫起来。"听呀！"那声音像从喇叭中发出，"听呀！"他们听着。过了一会儿，那声音又降为一种低语继续说着，那低语却比最高亢的声音还要动人心魄。"那更伟大的存在的脚步。"那低语继续重复，说到"那更伟大的存在的脚步"时几乎听不见了。"那更伟大的存在的脚步已经来到楼梯上。"又是寂静。那暂时松懈的期望又绷紧了，越来越紧，越来越紧，几乎要绷断了。更伟大的存在的脚步——哦，他们听见了，听见了，从楼梯上款款地走下来了，从看不见的楼梯上逐渐走近了。更伟大的存在的脚步突然来到了断裂点，摩尔根娜·罗斯柴尔德瞪大眼睛，张大嘴巴，跳了起来。

"我听见他了，"她叫道，"我听见他了。"

“他来了。”萨罗吉尼·恩格斯叫了起来。

“对，他来了，我听见他的声音了。”菲菲·布拉劳芙和汤姆·川口两人同时跳了起来。

“哦，哦，哦！”乔安娜也来含混不清地做证。

“他来了！”吉姆·波坎诺夫斯基高声叫道。

组长身子前倾，按了一下，放出了一片铙钹的呓语、铜管的高腔和鼓点的急响。

“啊，他来了！”克拉拉·德特丁尖叫着，“啊咦！”仿佛有人割着她的喉咙。

伯纳觉得该是他有所动作的时候了，便也跳了起来，叫道：“我听见了，他来了。”可他那话是假的，他什么也没听见，也没有觉得有谁到来。谁也没有——尽管有那样的音乐，尽管大家越来越激动。他一个劲地挥舞着双手，跟着他们之中最激动的人大喊大叫。别人开始手舞足蹈地乱蹦，他也手舞足蹈地乱蹦。

他们围成了一圈，转着圈跳起舞来。每个人的手扶住前面人的腰，一圈又一圈地跳着，齐声呼喊着，脚下踏着音乐的节拍，然后用手拍打着前面人的屁股；十二双手统一地拍打，拍得十二个屁股啪啪地响。十二个人合成了一个，十二合一了。“我听见他来了，我听见他来了。”音乐加快了，步伐加快了，拍手的节奏也加快了。突然，一种合成低音嗡嗡地唱出了话语，宣布了赎罪的降临、团结的完成、十二合一的到来。十二合一就是伟大存在的肉身体现。那低音唱道：“欢快呀淋漓。”鼓点嘭嘭，继续敲打出狂热的节奏：

欢快呀淋漓，快活呀福帝，
亲亲大姑娘，亲得她与你合为一，
姑娘和小伙子静静地偎依，
发泄呀狂喜，痛快又淋漓。

“欢快呀淋漓，”舞蹈者跟着祷告词的叠句唱了起来，“快活呀福帝，亲亲大姑娘……”唱着唱着，灯光慢慢转暗了——转暗了，同时温暖起来，甜美起来，更红了，最后他们已是在胚胎库的红色朦胧中舞蹈。“欢快呀淋漓……”舞蹈者在他们那胚胎的血红的昏暗中继续转了几圈，不知疲倦地敲打着节奏。“欢快呀淋漓……”终于，那圆圈动摇了，分散了，捉对躺到了周围的睡榻上——那些睡榻绕着桌子和它周围的椅子围成了一圈又一圈。“欢快呀淋漓……”那深沉的声音温柔地低吟着，细语着；昏暗的红色中仿佛有一只硕大无朋的黑鸽爱意殷勤地悬浮在此刻俯仰颠倒的跳舞的人群上空。

他们俩站在屋顶上。大亨利刚唱过十一点。夜平静而温暖。

“真美妙，不是吗？”菲菲·布拉劳芙说，“确实美妙极了，不是吗？”她一脸兴奋的表情望着伯纳，那欢乐里再没有丝毫激动或兴奋的迹象——因为兴奋意味着没有餍足，而她所得到的是完成之后的狂欢、心满意足的平静。那平静不是空洞的满足与无聊，而是匀称的生命和获得休息与平衡的精力,是一种丰富而生动的平静。因为团结祈祷既是索取也是给予,索取原是为了补偿。菲菲充实了,菲菲完美了,她仍然感情丰沛,喜不自胜。“你不觉得美妙吗?”她用她那闪耀着超自然光芒的眼睛望着伯纳的脸,盯着他问。

“美妙,我觉得很美妙。”他望着一边,撒了个谎。他那张不自然的脸对他那分裂的性格既是指责,也是讽刺性的暴露。他现在仍孤独得痛苦,跟开始祈祷时一样——由于没有得到救赎的空虚和死板的餍足,他反倒觉得更加孤独了。在别人融会成更伟大的存在时,他却处于局外,没有得到救赎。即使在摩尔根娜的怀抱里他也孤独——实际上更为孤独,是比平生任何时候都更加绝望的孤独。他是带着强化到痛苦程度的自我意识从猩红的昏暗中进入普通的电灯灯光里的。他通体悲凉。也许那得怪他自己(她那闪亮的眼睛指责着他)。“很美妙。”他重复道。可是他唯一能够想起的是摩尔根娜那一道眉毛。

- 第六章 -

1

古怪，古怪，太古怪。这是列宁娜对伯纳·马克思所下的断语。太古怪，以后的几周，她曾不止一次地考虑要不要改变跟他到新墨西哥去旅游的打算，而跟本尼托·胡佛一起到北极去。问题是她已经去过北极，去年夏天才跟乔治·埃泽尔去过，而且觉得那儿相当难受。无事可做。旅馆又老式得要命。寝室里没有配备电视。没有香味乐器，只有最讨厌的合成音乐。两千多客人只有二十五个自动扶梯手球场。不行，她绝对不能再到北极去玩。何况她还只去过美国一次，去得多么糟糕！只在纽约过了一个廉价的周末，是跟让-雅克·哈比布拉还是跟波坎诺夫斯基·琼斯去的她已经不记得了，那一点也不重要。再到西方去过整整一周，对她还是很有吸引力的。何况其中至少可以有三天在野蛮人保留地度过——那地方在整个胎孕中心只有六七个人去过。她知道伯纳是个阿尔法加，心理学家，是少数几个被批准有资格去的人之一。对她来说，那是个罕见的机会。而伯纳的古怪也罕见，要接受伯纳，她感到犹豫，实际上她还考虑过冒一冒险，跟有趣的本尼托再去一趟北极。本尼托至少是正常的，而伯纳……

范妮对每一种怪脾气的解释都是："代血剂里的酒精。"但是有天晚上列宁娜跟亨利一起在床上很焦急地谈起她那新情人时，亨利却把可怜的伯纳比作一头犀牛。

"你可没有法子教犀牛玩花样，"他以他那简短有力的风格解释，"有些人简直跟犀牛差不多，对于条件设置不能正常反应。可怜的怪物！伯纳就是一个。幸好他业务还挺棒，否则主任早开除他了。不过，"他安慰说，"我觉得他倒无伤大雅。"

无伤大雅，也许，可也叫人很不放心。首先，他那老干私事的怪癖实际上就是游手好闲。一个人私下能够有什么可干的？（当然，除了上床之外，可人总不能老上床。）而床上能干什么？没有多少可干的。他们俩第一次出去那天天气特别好。列宁娜建议去牛津联合会吃饭，然后到托开乡村俱乐部游泳，可是伯纳嫌人多。那么到圣安德鲁司去打电磁高尔夫呢？仍然不同意。玩电磁高尔夫总不能被认为是浪费时间吧！

“那么时间是拿来干什么的呢？”列宁娜多少有些惊讶地问。

那显然是到湖区去散步了，因为那就是他现在提出的建议。在斯基朵的尽头上岸，到石楠丛里去转一两个小时。“跟你单独在一起，列宁娜。”

“但是，伯纳，我们整个晚上都要单独在一起的。”

伯纳红了脸，望向了别处。“我的意思是，单独在一起聊聊。”他嘟哝道。

“聊聊？可是聊什么呀？”用散步聊天来消磨下午时光是一种奇怪的生活方式。

最后她总算说服了他，坐飞机到阿姆斯特丹去看女子重量级摔跤比赛四分之一决赛，尽管他很不情愿。

“挤在一大堆人里，”他嘟哝道，“跟平常一样。”整个下午他一直闷闷不乐，不肯跟列宁娜的朋友交谈。在摔跤比赛的间隙里他们到唆麻冰激凌店去，遇见了好几十个她的朋友，而且尽管他很不快活，却坚决拒绝她劝他吃半克覆盆子唆麻冰激凌。“我宁可当我自己，”他说，“当我这个讨人嫌的自己，不当别人，不管他们多么快活。”

“及时一克抵九克[1]。”列宁娜说话时拿出了睡眠中接受的智慧。

---

1 此语套自英国谚语：及时一针抵九针。

伯纳不耐烦地推开了递来的杯子。

“现在可别发你那脾气，”她说，“记住，‘只需吞下一小片，十种烦恼都不见’。”

“啊，别闹了，看在福帝的分上。”他叫了起来。

列宁娜耸了耸肩。“与其受烦恼，不如唆麻好。”她郑重地下了结论，自己吃光了水果冰激凌。

在他们俩回来路过英吉利海峡的时候，伯纳坚持要关掉推进器，靠螺旋桨悬浮在海浪上空一百英尺的地方。天气在变坏，刮起了西南风，天空很阴暗。

“看呀。”他命令道。

“太可怕了。”列宁娜说，她从窗口缩了回来。那急速袭来的空旷的夜色、她身下那汹涌澎湃的黑浪、在飞掠的云层中露出苍白的脸的烦恼憔悴的月亮，都教她毛骨悚然。“咱们打开收音机吧，快！”她伸手去找仪表盘上的旋钮，随手打开了。

“……在你的心间，天空一片蔚蓝，”十六种颤声用假嗓唱着，“永远晴空万……”

那声音打了一个嗝，停了——伯纳关掉了电源。

“我想静静地看看海，”他说，“老听着那讨厌的声音，连海也看不好。”

“可音乐很好听，而且我也不想看海。”

“可是我想看，”他坚持道，“那教我感到好像……”他犹豫了一下，搜寻着话语来表达自己的意思，“更像是我自己了，你要是懂得我的意思的话。更像是由自己做主，不完全属于别人了，不光是一个社会集体的细胞了。你有这种感觉没有，列宁娜？”

可是列宁娜已经叫了起来。“太可怕了，太可怕了，”她反复大叫，“你怎么能够说这样的话，不愿意做社会集体的一部分？我们毕竟是人人为我，我为人人的。没有别人我们是不行的。即使是艾普西隆……”

“是的，我懂。”伯纳嗤之以鼻，“‘即使是艾普西隆也有用处’，我也有用处。可我他妈的真恨不得没有用处！”

他这番亵渎的话叫列宁娜大吃了一惊。“伯纳！”她抗议道，声音恐怖而痛苦，“你怎么能这样讲？”

“我怎么不能这样讲？”他换了一种语调沉思着说，“不，真正的问题还在于我为什么就不能讲？或者不如说——因为我非常清楚我为什么不能讲——我如果能讲又会怎么样，如果我是自由的，没有变成为我设置的条件的奴隶的话。”

“可是伯纳，你说的话太骇人听闻了。”

“你就不希望自己自由吗，列宁娜？”

“我不明白你的意思，我本来就是自由的，有玩个痛快的自由。现在每个人都很幸福。”

他哈哈大笑。“不错，‘现在每个人都很幸福’，我们从五岁起就被这样教育。可是，你就不喜欢以另外一种方式自由自在地选择幸福吗，列宁娜？比如，以你自己的方式，而不以其他任何人的方式？”

“我不懂你的意思。”她向他转过身子重复道，“啊，我们回去吧，伯纳，”她乞求他，“我非常讨厌这地方。”

“你不是喜欢跟我在一起吗？”

“当然喜欢，伯纳。我不喜欢的是这可怕的地方。”

“我还以为我们在这儿彼此能更接近呢——除了大海和月亮什么都没有，比在人群里接近得多，甚至比在我屋里还接近。你明白我的意思吗？”

“我什么都不明白。”她肯定地说，决心不让她那糊涂头脑受到玷污，“什么都不，一点也不。”她换了个调子说下去，“你发现那些可怕的念头时为什么不吃点唆麻？这样你就能把它们全忘掉，就只会快活，不会痛苦了。非常快活。”她重复了一句，微笑着。尽管她眼里仍有迷惑和焦急，却还希望以她的微笑的魅力和冶艳劝服他。

他一声不响地盯着她看了一会儿，脸上非常严肃，没有反应。几秒过去，列宁娜退缩了，发出一声神经质的短笑，想找点话说，却没有找到。沉默继续。

伯纳终于说话了，声音低沉而厌倦。“那好，我们回去吧。”他猛踩加速器，把飞机像火箭一样送上了天空。两人在天上飞了一两分钟，伯纳突然哈哈大笑。稀奇古怪，列宁娜想。可他毕竟是在笑。

“觉得好过些了吗？”她鼓起勇气问道。

作为回答，他抬起一只手，离开了操纵系统，搂住了她，开始抚弄她的乳房。

“谢谢福帝，”她心想，“他又正常了。”

半小时之后，他俩回到了伯纳的屋子里。伯纳一口气吞下了四片唆麻，打开收音机和电视，开始脱衣服。

“好了，”两人第二天下午在屋顶上见面时，列宁娜故作调皮地问道，“你觉得昨天好玩吗？”

伯纳点点头。两人上了飞机。一阵微震，他们已经出发。

“大家都说我极有灵气。”列宁娜拍着两腿，若有所思地说。

“极有灵气。”伯纳的眼里却是痛苦的表情。“像个躯壳。”他想。

她带着几分焦虑抬头看他。“但是你不会认为我太丰满吧？”

他摇摇头，就像那么大一个肉体。

“你觉得我可爱？”又是点点头。“各方面都可爱吗？”

“无懈可击。”他大声说。心里却想：“她自以为是，并不在乎当一个躯壳。”

列宁娜胜利地笑了，但是她得意得太早。

“可是，”伯纳稍停之后说了下去，“我仍然很希望昨天换个方式结束。”

“换个方式？还能以什么别的方式结束吗？”

“我希望不是以我俩上床的方式结束。”他解释道。

列宁娜大吃一惊。

“不是立即上床，头一天就上床。”

“可那样……”

他开始说起许多玄妙的废话；列宁娜尽可能堵住自己心灵的耳朵，可总有些话会钻进来。“……看看控制我的冲动后会怎么样。”她听见他说，那些话仿佛触动了她心里的一根弹簧。

“今朝有乐事，何必推明天。”她郑重地说。

“一周两次，从十四点到十六点半，每次重复两百遍。”这是他的评价，他那疯狂的错误言论毫无节制地发表了下去，“我想知道什么是激情，”她听见他说，“我想要产生强烈的感受。”

“‘个人一动感情，社会就难稳定。’”列宁娜断定。

“嗯，让社会摇晃一下为什么就不可以？”

“伯纳！”

可是伯纳仍然不觉得羞耻。

“智力和工作是成年人，”他继续说，“感情和欲望是孩子。”

“我们的福帝喜欢孩子。”

他对她的打岔置之不理。“那天我突然想到，”伯纳说下去，“要永远保持成人状态还是可能的。”

“我不明白。”列宁娜的口气坚定。

“我知道你不会明白。也就是因为这个我们昨天才上了床——跟小娃娃一样，不像大人能够等待。”

“可我们这样很有趣，”列宁娜坚持自己的意见，“不是吗？”

“再有趣不过。”他回答，那声音却非常忧伤，表情里有深沉的痛苦。列宁娜觉得她的胜利突然烟消云散了。说到底，他也许嫌她太胖吧。

“我早告诉过你了，”列宁娜找范妮谈心，范妮说，“全都是因为在他的代血剂里多加了酒精。”

“可都一样，”列宁娜坚持自己的意见，“我喜欢他。他的手太教人喜爱了。还有他晃动肩头的样子——非常有魅力，”她叹了一口气，“可是我希望他不那么稀奇古怪。”

2

伯纳在主任办公室门口站了一会儿，吸了一口气，挺起了胸脯，准备面对抵触和反对——他知道进了屋是一定会遇见的。他敲了敲门，进去了。

“请你签个字批准，主任。”他尽可能堆出笑容说，同时把证件放到写字台上。

主任不高兴地望了他一眼。但是证件顶上是世界总统官邸的大印，底下是穆斯塔法·蒙德的签名，字体粗黑，横贯全页，手续完备，清清楚楚。主任没有别的选择，他用铅笔签上了他的姓名的第一个字母，签在穆斯塔法·蒙德下面，一个寒碜的灰溜溜的小字母。他正打算不说话，也不说“福帝保佑”就把证件还给他，却看见了证件正文里的几句话。

“到新墨西哥的保留地去？”他说，说话的口气和对伯纳抬起的面孔都表现出带着激动的惊讶。

他的惊讶使伯纳吃了一惊。伯纳点了点头，沉默了片刻。

主任皱起眉头，身子往后一靠。“那是多久以前的事了？”他与其说是在对伯纳说，毋宁说是在对自己说，“二十年了吧？我看，差不多二十五年了。我那时准是在你的年龄……”他叹了口气，摇了摇头。

伯纳觉得非常别扭。像主任那样遵循传统、那样规行矩步的人——竟然会这样严重地失态！他不禁想捂住自己的脸，跑出屋去。倒不是亲眼看见别人谈起遥远的过去有什么本质上令人厌恶的东西——那是睡眠教育的偏见，那是他自以为已经完全摆脱了的。教他感到不好意思的是他知道主任不赞成这一套——既然不赞成，为什么又失于检点，去干禁止的事呢？是受到什么内在压力了吗？尽管别扭，伯纳却迫切地听着。

“那时我跟你的想法一样，”主任说，“想去看看野蛮人。我弄到了去新墨西哥的批准书，打算到那儿去过暑假，跟我那时的女朋友一起。那是一个贝塔减，我觉得，”他闭上了眼睛，“我觉得她的头发是黄色的，总之很有灵气，特别有灵气，这我记得。喏，我们到了那儿，看见了野蛮人，骑了马到处跑，做了些诸如此类的事。然后，几乎就在我假期的最后一天，你瞧，她失踪了。我们俩在那些教人恶心的山上骑马玩，天热得可怕，又闷。午饭后我们去睡了。至少我是睡了。她肯定是一个人散步去了。总而言之，我醒来时她不在了。而那时我所遇到过的最可怕的风暴正在我们头上发威。雷声隆隆，电光闪闪，倾盆大雨。我们的马挣脱缰绳逃掉了。我想抓住马，却摔倒了，伤了膝盖，几乎不能走路。我仍然一边喊一边找，一边喊一边找，可是什么都没有找到。我猜想她说不定已经一个人回去了，就沿着来时的路爬下山谷。我的膝盖痛得要命，却又弄丢了唆麻。我走了好几个小时，直到半夜才回到住处，可是她仍然不在。”主任沉默了一会儿，“喏，”他终于说了下去，“第二天又找，仍然找不到。她一定是在什么地方摔到了山沟里，或是叫山上的狮子吃了。福帝知道！总之，那是很可怕的，我心里难过极了，肯定超过了应有的限度——因为那种意外毕竟可能发生在任何人身上；尽管构成社会的细胞可能变化，社会群体却万古长青。”但是这种睡眠教育的安慰似乎不大起作用，他摇摇头，“实际上我有时候会梦见这事，”主任语调低沉地说下去，“梦见被隆隆的雷声惊醒，发现她不见了，自己在树下找呀，找呀。”他沉默了，堕入了回忆。

“你一定是吓坏了。”伯纳几乎要羡慕他了。

主任听见伯纳说话，猛然一惊，意识到了自己的处境，不安起来。他瞥了伯纳一眼，满脸通红，回避着他的眼睛，又突然产生了疑心，瞥了他一眼，出于尊严，又瞥了他一眼。“别胡思乱想。”他说，“别以为我跟那姑娘有什么不正当的关系。我们没有感情，没有拖泥带水，完全是健康的、正常的。”他把批准书交给了伯纳，“我真不知道为什么会拿这件琐事来让你心烦。”他因为透露了一个不光彩的秘密对自己生了气，却把怒气发泄到伯纳身上。现在他的眼神已带着明显的恶意。“我想利用这个机会告诉你，马克思先生，”他说了下去，“我收到了关于你的业余行为的报告，我一点也不满意。你可以认为这不关我的事，但是，它是我的事。我得考虑本中心的名声。我的工作人员绝不能受到怀疑，特别是最高种姓的人。阿尔法的条件设置是：他们的情感行为不必一定要像婴儿。但是，正因为如此，他们就该特别努力恪守习俗。他们的责任是要像婴儿，即使不愿意也得像。因此，马克思先生，我给你一个严正的警告。”主任的声音颤抖起来，他此时所表现的已是凛凛正气和无私的愤怒了——已是代表着社会本身的反对，“如果我再听见你违背正常的婴儿行为规范，我就要请求把你调到下级中心去——很有可能是冰岛。再见。”他在转椅上一转，抓起笔写了起来。

“那可以给他个教训。”他对自己说。但是他错了，因为伯纳是大摇大摆离开屋子的，而且砰的一声关上门时心里很得意。他认为自己是在单枪匹马地向现存的秩序挑战。因为意识到自己的意义和重要性，他很激动，甚至兴高采烈，即使想到要受迫害也满不在乎。他不但没有泄气，反倒是更加振作了。他觉得自己有足够的力量面对痛苦，战胜痛苦，甚至有足够的力量面对冰岛，因为他从来不相信人家真会要求他面对什么，所以更有信心了。人是不会因为那样的理由而被调职的。冰岛只不过是一种威胁，一种最刺激人、使人振奋的威胁。他沿着走廊走着，居然吹起了口哨。

他在谈起那天晚上跟主任的会见时是自命英勇的。“接着，”他用这样的话下了结论，“我叫他滚回到往昔的无底深渊去，然后大步走出了房间。事实就是这样。”他期待地望着赫姆霍尔兹·华生，等着他以同情、鼓励和钦佩作为回答。可是赫姆霍尔兹只默默地望着地板，一言不发。

赫姆霍尔兹喜欢伯纳。他感谢他，因为在他所认识的人里，他是唯一可以就他心里那个重要话题交换意见的。不过伯纳身上也有他讨厌的东西，比如他好吹牛，有时又夹杂着一种卑贱与自我怜悯；还有他那可鄙的“事后逞英雄，场外夸从容（异常从容）”的毛病。赫姆霍尔兹讨厌这类东西——正是因为他喜欢伯纳，所以讨厌它们。时间一秒一秒过去，赫姆霍尔兹继续呆望着地板。伯纳突然脸红了，掉开了头。

3

旅途风平浪静。蓝色太平洋号火箭在新奥尔良早了两分半钟，过得克萨斯州时遇上龙卷风耽误了四分半钟，但到西经九十五度又遇上了一股有利的气流，这就让他们在到达圣菲时只迟了四十秒。

“六个半小时的飞行只迟到四十秒，不算坏。”列宁娜承认道。

那天晚上他们在圣菲睡觉。旅馆很出色——比如，跟极光宫就有天壤之别，那儿简直吓人，去年夏天列宁娜在那儿受过许多苦。而这儿有吹拂的风，有电视、真空振动按摩器、收音机、滚烫的咖啡和温暖的避孕用品，每间寝室都摆着八种不同的香水，他们进大厅时音响正放着合成音乐。总之应有尽有。电梯里的通知介绍说旅馆里有六十个自动扶梯手球场，园林里可以玩障碍高尔夫和电磁高尔夫。

“听起来好像好极了，”列宁娜叫道，“我几乎希望能够在这儿长期待下去。六十个自动扶梯手球场……”

“到了保留地可就一个都没有了，”伯纳警告她，“而且没有香水，没有电视，甚至没有热水。你要是怕受不了，就留在这儿等我回来吧。”

列宁娜很生气：“我当然受得了。我只不过说这儿很好，因为……因为先进是好的，对不对？”

“从十三岁到十七岁，每周重复五百次。”伯纳厌倦地说，仿佛是自言自语。

“你说什么？”

“我是说先进是好的。那正是你现在不能去保留地的理由，除非你真想去。”

“可是我的确想去。”

“那好。”伯纳说。这话几乎是一种威胁。

他们的批准书需要总监签字，两人第二天早上就来到了总监的办公室。一个艾普西隆加黑人门房把他们的名片送了进去，他们俩立马就受到了接待。

总监是个金头发白皮肤的阿尔法减，矮个儿，脸短而圆，像月亮，粉红色，肩膀宽阔，声音高亢且有回声，善于展现睡眠教育的智慧。他是座装满了七零八碎的消息和不请自来的友情忠告的矿山，话匣子一打开就没完没了——共鸣腔嗡嗡地响。

“……五十六万平方千米明确划分为四个保留区，每个区都由高压电网隔离。”

这时伯纳却毫无缘由地想起了他让浴室里的古龙香水龙头大开着，香水不断在流。

“……高压电是由大峡谷水电站供应的。”

“我回去时怕要花掉一大笔钱呢。”他心里的眼睛看见那香水指针一圈一圈不知疲倦地走着，像蚂蚁一样，“赶快给赫姆霍尔兹·华生打个电话。”

“……五千多千米的电网，电压六千伏特。”

“真的吗？”列宁娜礼貌地说。她并不真正明白总监说的是什么，只按照他那戏剧性的停顿做出的暗示表现反应。她在总监的大嗓门开始嗡嗡响时就已经悄悄吞服了半克唆麻，现在可以心平气和地坐着不听，只让她那蓝色的大眼睛好像很入神地盯住总监的脸。

“一接触到电网就意味着死亡，”总监庄严地宣布，“要想从保留地逃出是绝对办不到的。”

“逃”给了他暗示。“也许，”伯纳欠起身子，“我们应该考虑告辞了。”那小黑针在匆匆走着。那是一只虫子，啮食着时间，吞噬着他的钱。

“逃是逃不掉的。”总监重复那话，挥手叫他们坐回椅子。伯纳只好服从，批准书毕竟还没有签字。“那些在保留地里出生的人，记住，亲爱的小姐，”他淫亵地望了列宁娜一眼，用一种不老实的声音说，“记住，在保留地，孩子还是生下来的。是的，虽然教人恶心，但实际上还是生下来的……”他希望提起这个话题会教列宁娜脸红，但是她只装作聪明的样子微笑着说：“真的吗？”总监失望了，又接着说了下去：“在保留地出生的人都是注定要在保留地死去的。”

注定要死……一分钟一百毫升古龙香水，一小时六升。“也许，”

伯纳再做努力，“我们应该……”

总监弓起身来用食指敲着桌子。“你问我我的人在保留地是怎么生活的，我的回答是——”他得意扬扬地说，“不知道，我们只能猜测。”

“真的？”

“我亲爱的小姐，真的。”

六乘以二十四——不，差不多已是六乘以三十六了。伯纳苍白了脸，着急得发抖，可那个嗡嗡的声音还在无情地继续着。

“……大约有六万印第安人和混血儿……绝对的野蛮人……我们的检查官有时会去访问……除此之外跟文明世界再没有任何往来……还保留着他们那些令人厌恶的习惯和风俗……婚姻，如果你知道那是什么的话，亲爱的小姐；家庭……没有条件设计……骇人听闻的迷信……基督教、图腾崇拜，还有祖先崇拜……死去的语言，比如祖尼语、西班牙语和阿塔帕斯坎语……美洲豹、箭猪和其他的凶猛动物……传染病……祭司……毒蜥蜴……”

“真的吗？”

他们终于走掉了。伯纳冲到电话前面。快，快！可是光跟赫姆霍尔兹接通电话就费了他几乎三分钟时间。“我们好像已经在野蛮人中了，”他抱怨道，“没有效率，他妈的！”

“来一克吧。”列宁娜建议。

他拒绝了，宁可生气。最后，谢谢福帝，接通了，是赫姆霍尔兹。

他向赫姆霍尔兹解释了已经发生的事，赫姆霍尔兹答应立即去关掉龙头，立即去，是的，立即去。但是赫姆霍尔兹抓住机会告诉了他主任在昨天夜里会上的话……

“什么？他在物色人选取代我的工作？”伯纳的声音很痛苦，“那么已经决定了？他提到冰岛没有？你是说提到了？福帝呀！冰岛……”他挂上听筒转身对着列宁娜，面孔苍白，表情绝望沮丧。

“怎么回事？”她问。

“怎么回事？”他重重地跌倒在椅子里，“我要给调到冰岛去了。”

他以前曾经多次设想过，不用吞唆麻而全靠内心的力量来接受某种严峻的考验，体验受到某种痛苦、某种迫害是怎么回事，他甚至渴望过苦难。就在一周以前，在主任的办公室里，他还曾想象自己做了英勇的反抗，像苦行僧一样默默承受过苦难。主任的威胁实际上教他得意，让他觉得自己比实际高大了许多。可他现在才明白，他并不曾严肃地考虑过威胁，他不相信主任到时候真会采取什么行动。可现在看来那威胁好像要成真了。伯纳吓坏了。他想象中的苦行主义和理论上的勇气已经完全没有了。

他对自己大发雷霆——多么愚蠢！竟然对主任发起脾气来，不给他另外的机会，那无疑是他一向想得到的。多么不公平。可是冰岛，冰岛……

列宁娜摇摇头。“过去和未来教我心烦，”她引用道，“吞下唆麻只剩下眼前。”

最后她说服他吞下了四克唆麻。五分钟以后根柢和果实全部消除，眼前绽放出了粉红色的花朵。门房送来了消息，按照总监的命令，一个保留地卫士已开来一架飞机，在旅馆房顶待命。他们立即上了房顶。一个穿伽马绿制服的八分之一混血儿敬了个礼，开始报告早上的日程。

他们先要鸟瞰十来个主要的印第安村庄，然后在马尔帕伊斯谷降落，吃午饭，那里的宾馆比较舒服。而在上面的印第安村庄里，野蛮人可能要庆祝夏令节，在那儿过夜最好。

他们上了飞机，出发几分钟之后已经跨过了文明与野蛮的边界。他们时起时伏地飞着，飞过了盐漠、沙漠、森林，进入了大峡谷的紫罗兰色的深处；飞过了峰峦、山岩和崖顶塬。电网连绵不断，是一条不可抗拒的直线，是一个象征了人类征服意志的几何图形。在电网之下零零星星点缀着白骨，黄褐色的背景衬托出了还没有完全腐烂的黑色尸体，说明受到腐尸气味引诱的鹿、小公牛、美洲豹、箭猪、郊狼或是贪婪的兀鹰太靠近毁灭性的电线了，挨了电击，仿佛遭到了报应。

“它们从来不会吸取教训，”穿绿色制服的驾驶员指着机下地面的累累白骨说，“也从来不打算吸取教训。”他又加上一句，笑了，仿佛是他自己击败了被电击死的动物。

伯纳也笑了，吞过两克唆麻之后，那玩笑因为某种理由似乎风趣起来了。但他刚笑完便几乎马上睡着了。他在睡梦中飞过了陶斯、特苏基，飞过了南姆、比玖里司和波瓦基，飞过了西雅和科奇蒂，飞过了拉古纳、阿科马和为魔法所控制的崖顶塬，飞过了祖尼、锡沃拉和奥霍卡连特。等他终于醒来时，发现飞机已在地面降落，列宁娜正把手提箱提到一间方形的小屋里去，那穿伽马绿的八分之一混血儿正跟一个年轻的印第安人用他们听不懂的话交谈。

“马尔帕伊斯，”伯纳下飞机时驾驶员解释道，“这就是宾馆。今天下午在印第安村里有一场舞蹈表演，由他带你们去。”他指着那个阴沉着脸的年轻野人说，“我希望你们会感兴趣。”驾驶员咧开嘴笑了，“他们干的事都很有趣。”他说完便上了飞机，发动了引擎。“我明天回来接你们，记住，”他向列宁娜保证说，“野蛮人都非常驯服，对你们是不会有丝毫伤害的。他们有过太多挨毒气弹的经历，懂得不能够玩任何花样。”他仍然笑着，给直升机螺旋桨挂了挡，一踩加速器飞走了。

- 第七章 -

崖顶塬像一艘静静停泊在狮子一般黄的海湾边的船。峡谷迤逦在陡峭的谷岸里，谷里一道道崖壁逐渐矮去，露出一带绿色——那是河流和它的原野。海峡正中的石船头上，伸出一片呈几何形状的光溜溜的整齐的山崖，马尔帕伊斯印第安人村就在那里，好像是石船的一部分。那高高的房屋一幢一幢直往蓝天伸去，越高越小，宛如一级一级砍掉了角的金字塔。脚下是七零八落的矮屋的纵横交错的墙壁。悬崖峭壁从三面直落平原。没有风，几缕炊烟笔直地升上来，消失了。

“这儿很怪，”列宁娜说，“太怪了。”那是她表示谴责的一贯用语，“我不喜欢，那个人我也不喜欢。”她指着被指定带他们上印第安村落去的向导说。她的感觉显然得到了印证。走在他们前面的人就连后背也带着敌意和阴沉的轻蔑。

“而且，”她放低了声音说，“他有臭味。”

伯纳不打算反对。他们往前走去。

突然，整个空气似乎都活跃了起来，搏动起来，以不间断的脉冲跳动着——在上面，马尔帕伊斯，有人在打鼓。他们踏着那神秘的心跳的节拍，加快了步伐，沿着小径来到了悬崖底下。那硕大的石塬船的峭壁高耸在他们头上，船舷距地面有三百米之高。

“我真恨不得能够带了飞机来，”列宁娜抬头望着那高峻逼人的绝壁，气恼地说，“我讨厌走路，在高山下的地面上走路，教人觉得渺小。”

他们在石塬的阴影里走过一段路，绕过一道突岩，崖水浸渍的峡谷中有一条小径通向“舰艇军官扶梯”。他们开始爬山。山道陡峭，在山谷两边拐来拐去。那搏动的鼓点有时几乎听不见了，有时又仿佛拐过弯就能看见鼓。他们爬到半山，一只苍鹰贴面飞过，翅膀扇来一阵寒风，吹到他们脸上。岩石的缝隙里有一堆狰狞可怕的白骨。一切都奇怪得惊人。印第安人的气味越来越浓。他们终于走出峡谷，进入阳光。石塬的顶是平坦的“甲板”。

“跟查令T字街大楼一样。”列宁娜评价道。但是她没有多少时间欣赏这个令她欣慰的发现，一阵软底鞋发出的脚步声教他们转过了身子。两个印第安人跑了过来。两人都从喉咙赤裸到肚脐，黑褐色的身子上画着白道道（像铺沥青的网球场，列宁娜后来解释说），脸上涂满朱红、漆黑和黄褐，已经不像人样。黑头发用狐狸毛和红色的法兰绒编成辫子，肩膀上扑扇着火鸡毛，巨大的翎冠在他们的头顶鲜艳地散开。银手镯、骨项链和绿松石珠子随着每一步运动叮当作响。两个人踏着鹿皮靴一声不响地跑上前来。有一个手上拿了一把羽毛掸子，另一个两只手各抓了三四条远看像是粗绳的东西，其中一条不舒服地扭动着。列宁娜突然发现那是蛇。

两人越走越近，他们的黑眼睛望见了她，却没有丝毫认识、看见或意识到她的存在的表情。那扭动的蛇懒懒地垂了下去，跟别的蛇一样。两人走掉了。

“我不喜欢，”列宁娜说，“不喜欢。”

向导把他们俩扔在那儿自己接受指示去了。更教她不喜欢的东西正在石塬门口等待着她，首先是垃圾堆、灰尘、狗和苍蝇。她的脸皱成了一团，表现出了厌恶，用手绢捂住了嘴。

“他们这样怎么能够过日子？”她愤愤地叫出声来，难以相信。（太不像话了。）

伯纳带哲学意味地耸了耸肩。“可毕竟，在已经过去的五六千年里他们就是这样过的，因此我估计他们现在早习惯了。”

“但是‘清洁卫生与福帝为邻’。”她坚持说。

“是的，‘文明卫生就是消毒杀菌’。”伯纳接了下去，他用讽刺的口吻重复着睡眠教育里的卫生基础知识第二课，“可是这些人从来没有听说过我们的福帝，也不文明卫生，因此说这话毫无……"

"啊！"她抓住他的胳臂，"看。"

一个几乎全裸的印第安人正从附近一幢房子的二楼楼梯上非常缓慢地往下走——一个非常衰老的人，谨慎地颤巍巍地一级一级往下挪。他的脸很黑，有很深的皱纹，好像个黑曜石的面具。没牙的嘴瘪了下去，嘴角与下巴两侧有几根长胡子，被黑皮肤一衬，闪着几乎是白色的光。没有编成辫子的头发披散下来，垂在脸上，呈一绺绺的灰白色。他全身佝偻，瘦骨嶙峋，几乎没有肉。他非常缓慢地下着楼梯，每冒险踏出一步都要在梯子横档上停一停。

"他怎么了？"列宁娜低声地说，她因为恐惧和惊讶瞪大了眼睛。

"他只不过是老了而已。"伯纳尽可能满不在乎地回答。他也感到震惊，却竭力装出无动于衷的样子。

"老了？"她重复道，"可是主任也老了，许多人都老了，却都不像那样。"

"那是因为我们不让他们像那样。我们给他们保健，不让他们生病，人工维持他们的内分泌，使内分泌平衡，像年轻人一样。我们不让他们的镁钙比值降低到三十岁时的水平以下。我们给他们输进年轻人的血液，保证他们的新陈代谢永远活跃，因此他们就不会老。还有，"他又说，"这儿的大部分人还没有活到这个老人的年龄就死了。很年轻，几乎毫发无损，然后，突然就完了。"

可是列宁娜已经不再听他的了。她在看着那老头。老头非常缓慢地往下走着，脚踩到了地上，转过了身子。他那深陷在眼窝里的眼睛异常明亮，没有表情地望了她许久，并不惊讶，好像她根本不在那儿，然后才慢慢弓着身子从他们身边擦过，趔趔趄趄地走掉了。

“可这很可怕，”列宁娜低声说，“很可怕。我们不该来的。”她到口袋里去摸唆麻，却发现由于从来没有过的粗心把唆麻瓶忘在宾馆里了。伯纳的口袋里也是空的。

列宁娜只好孤苦无靠地面对马尔帕伊斯的种种恐怖，而恐怖也确实接踵而至。两个年轻的妇女给孩子喂奶臊得她转过了脸，她一辈子都没有见过这么猥亵的事。更糟糕的是，伯纳对这令人作呕的胎生场面不但不是巧妙地置之不理，反倒公开发表起了意见。唆麻效力已经过去，他已为早上在宾馆的软弱表现感到羞耻，便一反常态，表现起自己的坚强与非正统来。

“这种亲密关系多么美妙呀，”他故意教人难堪地说，“它会激发出多么深厚的感情呀！我常常在想，我们因为没有母亲可能失去了什么，而你因为没有做过母亲也可能失去了一些东西。列宁娜，想象你自己坐在那儿喂着自己的婴儿吧……”

“伯纳！你怎么能这样？”一个患结膜炎和皮肤病的老年妇女吸引了她的注意，岔开了她的义愤。

“咱们走吧，”她求他，“我不喜欢这儿。”

但是这时他们的向导已经回来。他招呼他们跟在身后，带着他们沿着房屋之间的狭窄街道走去，绕过了一个街角。一条死狗躺在垃圾堆上，一个长着瘤子的妇女正在一个小姑娘的头发里捉虱子。向导在一架梯子旁边停住了，手垂直一举，然后向水平方向一挥。他们按照他的无言的指示行事——爬上了梯子，穿过了梯子通向的门，进了一个狭长的房间。房间相当暗，发出烟味、油腻味和穿了很久没洗的衣服味。房间的那头又是一道门，阳光与鼓声便是从那道门传出来的。鼓声很响亮，很近。

他们跨过门槛发现自己来到了一片广阔的台地上，下面就是印第安人的广场，那里挤满了人，四面有高房包围着。鲜亮的毛毡，黑头发里的鸟翎，绿松石的闪光，热得发亮的黑皮肤。列宁娜又拿手绢捂住了鼻子。广场正中的空地上有两个圆形的台子，是石头和夯实的土筑成的，显然是地下室的房顶。因为在每个台子正中都开有一个楼梯口，一架楼梯还架在下面，伸向黑暗。地下有笛声传来，却消失在持续不断的残忍的嘭嘭的鼓点里。

列宁娜喜欢那鼓声。她闭上眼睛听任自己为那轻柔反复的雷鸣所左右，听任它越来越完全地侵入她的意识，最后，除了那唯一的深沉的脉动声，世界上便一无所有了。那声音令她欣慰地想起团结祈祷和福帝日庆祝活动的合成音乐。“欢快呀淋漓。”她悄悄地说道。这鼓点敲出的是同样的节奏。

惊人的歌声突然爆发——几百个男性的喉咙激烈地尖叫着，众口一声，发出了刺耳的金属般的合声：几个长音符，安静了——雷鸣般的鼓点之后的安静。然后便是女人的回答，唱的是最高音，尖厉得像马嘶。接着又是鼓点。男人们再一次用深沉的声音野蛮地证实了他们的男子汉气概。

怪，是的。地点怪，音乐怪，衣服、瘤子、皮肤病和老年人都怪。但是那表演似乎并不特别怪。

“这教我想起低种姓的社区合唱。”她对伯纳说。

可是不久以后，那合唱令她想起的却不是那种无害的效果了，因为有一群狰狞的魔鬼突然从那圆形的地下室里冒了出来。他们戴着恐怖的面具，画上非人的容颜，绕着广场跳着一种奇怪的瘸腿舞。他们载歌载舞，一圈又一圈地跳着唱着，一圈又一圈，一圈比一圈快。鼓声变了，节奏加快了，听上去好像发烧时的脉搏跳动。周围的人也跟着唱了起来，声音越来越大。一个女人开始尖叫，接着便一个又一个都尖叫起来，好像有人要杀她们。然后领舞的人离开了队伍，跑到广场尽头一个大木柜子旁边，打开盖子，抓出了两条黑蛇。人们呜哇一声大叫起来，其他的舞者全都两手前伸，向他跑去。那人把蛇抛向了跑来的第一群人，又伸手到柜子里去抓。越来越多的黑蛇、黄蛇和花蛇被扔了出来。舞蹈以另一种节奏重新开始。人们抓住蛇一圈又一圈地跳着，膝盖和腰像蛇一样柔和地扭动着。然后领舞人发出信号，人们又把蛇一条接一条地扔向广场中心。一个老头从地下室出来了，把玉米片撒到蛇身上。另一个妇女又从另一个地下室钻了出来，把一黑罐里的水洒到蛇身上。然后老头举起了双手。出现了惊人的、意外的、绝对的寂静。鼓声停止了，生命也似乎停止了。老头用手指了指两个通向地下世界的洞口，这时从一个洞口出现了一只画的鹰，像是被一只看不见的手举起的；从另一个洞口出现了一个钉在十字架上的赤裸的人的画像。两幅画悬在那里，好像靠自己的力量支撑着，在打量着人群。老人拍拍手，一个大约十八岁的小伙子走出人群。他除了腰上有一块白棉布外，全身一丝不挂。小伙子在胸前交叉两手，低头站到老人面前。老人在他头上画了一个十字，转过身子。小伙子绕着那堆扭来扭去的蛇慢吞吞地转起圈来。第一圈转完，第二圈才转了一半，又有一个人走出了跳舞的人群。那人高个子，戴一个郊狼面具，手上拿一根皮带编成的鞭子，向小伙子走去。小伙子继续转着圈，仿佛不知道那人的存在。郊狼人举起鞭子，等了许久，一个猛烈的动作，一声呼啸，鞭子响亮地抽打在皮肉上。小伙子身子一抖，却没有出声，继续以同样缓慢稳定的步伐转着圈。郊狼又是一鞭，再一鞭，人群起初倒抽了一口气，接着便发出了低沉的呻吟。小伙子继续走。一圈，两圈，三圈，他围着圈子走了四圈，流起血来。五圈，六圈。列宁娜突然用手捂住自己的脸啜泣了。“啊，叫他们别打了，别打了！”她哀求道。但是鞭子一鞭又一鞭无情地抽着，七圈。小伙子突然打了一个趔趄，却仍然没有出声，只是扑倒在地。老头俯身向他，用一根白色的长羽毛蘸了蘸他的背，举起来让人们看，鲜红色。然后在蛇堆上晃了三晃，几滴血洒落下来。鼓声突然紧张而匆忙地擂了起来，人们随之大叫。

舞者向前扑去，抓起蛇跑出了广场。男人、女人、孩子都跟着，一窝蜂全跑掉了。一会儿工夫广场已经空了，只剩下那小伙子还趴在倒下的地方，一动不动。三个老女人从一间屋里走了出来，费了些力气才扶起他，将他带进了屋子。空荡荡的印第安村庄里只有那画上的鹰和十字架上的人守望了一会儿。然后，他们也好像是看够了，慢慢沉入地下室，去了阴间，看不见了。

列宁娜还在抽泣。“太可怕了。”她不断地重复着。伯纳的一切安慰都没有用。“太可怕了，那血！”她毛骨悚然，“啊，我希望带着我的唆麻。”

内室里有脚步声传来。

列宁娜没有动，只用手捂住脸坐在一边不看。伯纳转过了身子。

现在来到台地上的是一个穿印第安服装的小伙子，他那编了辫子的头发是浅黄色的，眼睛是淡蓝色的，已晒成古铜色的皮肤原是白色的。

“哈啰，日安，”陌生人用没有毛病但有些特别的英语说，“你们是文明人，是吗？从那边，从保留地外面来的，是吗？”

“你究竟……”伯纳大吃一惊，说话了。

小伙子叹了口气，摇摇头。“一个最不幸的绅士。”他指着广场正中的血迹说，“看见那倒霉的地方了吗？”他问时声音激动得发抖。

“与其受烦恼，不如唆麻好。”列宁娜还捂着脸，机械地说着，

“我真希望带着我的唆麻。”

“到那儿去的应该是我，”年轻人继续说，“他们为什么不拿我去做牺牲？我能够走十圈，走十二圈、十五圈。帕罗提瓦只走了七圈。他们可以从我身上得到两倍的血，把一碧无垠的海水染成殷红[1]。”他挥出双臂夸张地做了个手势，随即失望地放了下来，“可是他们不肯让我去。他们因为我的肤色而不喜欢我，他们一向这样，一向。”青年的眼里噙满了泪水，他感到不好意思，转开了身子。

惊讶使列宁娜忘记自己没带唆麻。她松开手，第一次看见了那青年。“你是说你想要去挨鞭子吗？”

年轻人仍然别开身子，却做了个动作，表示肯定。“为了村子，为了求雨，为了庄稼生长，为了讨菩公和耶稣的欢喜，也为了表现我能够忍受痛苦，不哭不叫，我想挨鞭子。”他的声音突然换了一种新的共鸣，他一挺胸脯，骄傲地、挑战地扬起了下巴，“为了表现我是个男子汉……啊！”他倒抽了一口气，张着嘴，不说话了。他是平生第一次看见这样一个姑娘，面庞并非巧克力色或狗皮色；头发红褐色，永远拳曲；脸上表现出温厚的关怀（奇怪得惊人！）。列宁娜对他笑着。多么好看的小伙子，她在想，真正漂亮的身材。

1　“把一碧无垠的海水染成殷红”语出莎士比亚戏剧《麦克白》第二幕第二场五十八至六十行。麦克白谋杀国王之后望着手上的鲜血说：“恐怕我这一手的血，倒要把一碧无垠的海水染成一片殷红呢。”

血涌上了小伙子的脸，他低下头，好一会儿才抬起来，却发现她还在对他笑。他太激动了，只好掉开了头，假装专心望着广场对面的什么东西。

伯纳提出的几个问题岔开了他的注意：他是什么人？从哪儿来的？为什么来？什么时候来的？青年把眼睛盯在伯纳脸上（他急于想看那姑娘的微笑，却不敢看她），对自己的情况做了解释。在保留地，琳达（他妈妈，列宁娜一听“妈妈”两字就不好意思了）和他都是外来人。琳达是很久以前跟一个男人从“那边”来的，那时他还没有出生。那男人就是他的父亲。（伯纳竖起了耳朵。）琳达从那边的山里独自往北方走，摔到了一道悬崖下面，脑袋受了伤。（“说吧，说吧。”伯纳激动地说。）几个从马尔帕伊斯去的猎人发现了她，把她带回了村子。琳达从此再也没有见过那个男人，他的父亲。那人的名字叫托马金（没有错，主任的名字就是托马金）。他一定是飞走了，没有带她就回到那另外的地方去了——那是个狠心的、不近人情的坏蛋。

“因此我就在马尔帕伊斯出生了，”他结束了他的话，“在马尔帕伊斯出生了。”他摇了摇头。

村庄附近那小屋可真肮脏！

一片满是沙尘和垃圾的空地把这小屋跟村子分了开来，两条饥饿的狗在小屋门前的垃圾里不知羞耻地嗅着。他们走进屋里。屋里臭烘烘的，苍蝇的嗡嗡声很大。

“琳达。”年轻人叫道。

“来了。”一个很嘶哑的女声回答。

他们等着。地上的几个碗里有吃剩的饭，说不定已是好几顿剩下的了。

门开了。一个非常肥壮的金发白肤的印第安女人跨出了门槛，大张着嘴站在那儿，呆望着两个生客，不敢相信。列宁娜厌恶地注意到，女人已掉了两颗门牙，还没有掉的那些牙的颜色也……她起了鸡皮疙瘩。比刚才那老头还糟。那么胖，脸上那些线条，那松弛的皮肉，那皱纹，那下垂的脸皮上长着的浅紫色的疙瘩，还有充血的眼睛和鼻子上那红色的血管。那脖子——那脖子，裹在头上那毛毡——又破烂又肮脏。还有那棕色的口袋一样的短衫下的巨大的乳房和凸出的肚子，那腰身，啊，比那老头糟糕多了，糟糕多了！那可怜的女人竟突然叽里呱啦地说着，伸出双手向他们跑来——福帝呀！福帝呀！那女人竟紧紧地搂住了列宁娜，把她搂在自己那乳房和大肚子上，还亲她。太恶心了，再这样下去她就要呕吐了。那人唾沫滴答地亲吻着她，满身奇臭，显然从来没有洗过澡。还有那简直跟放进德尔塔和艾普西隆瓶里的东西一样的怪味(不，关于伯纳的传闻不会是真的)，肯定是酒精的味道。她尽快挣脱了她，躲开了。

她面前是一张哭得歪扭的脏脸。那老女人在哭。

“哦，亲爱的，亲爱的。”话语中夹杂着哽咽，滔滔不绝，“你要是知道我有多么高兴就好了，这么多年没有见到过一副文明面孔，是的，没有见到过一件文明衣服。我以为再也见不到真正的人造丝衣服了呢。”她用指头捻着列宁娜的衬衫袖子，扣子是黑色的，“还有这可爱的黏胶天鹅绒的短裤！你知道吗，我亲爱的，我的那些旧衣服还留着——我穿来的那些，保存在一个箱子里，等会儿给你们看，尽管全都破了。还有非常可爱的白皮带——但我不得不说你这摩洛哥皮绿皮带更好。”她又开始流泪了，“我估计约翰告诉过你了，我受过许多苦，而且一点唆麻都没有，只能偶尔喝点波培带来的美似可[1]。波培是我认识的一个小伙子。但是喝过之后非常难受，美似可本来就那样。喝沛瑶特[2]教人恶心，而且会产生一种可怕的感觉，第二天更感到丢脸。我就觉得非常丢脸。你想想看，我，一个贝塔，竟然生了个孩子，你设身处地地想想看。”（只这么提了一句，列宁娜就已经吓坏了。）“虽然我可以发誓那不能怪我，因为我至今还不知道是怎么回事。所有的马尔萨斯操我都做了，总是按照顺序，一、二、三、四全做，我发誓。可照样出了事，当然，这儿是不会有人流中心的。顺带问一句，人流中心还在切尔西吗？”她问。列宁娜点点头。“星期二和星期五还有泛光照明吗？”列宁娜又点了点头。“那可爱的玻璃大楼呀！”可怜的琳达扬起脸闭上

1　一种无色的酒精饮料，用龙舌兰汁发酵制成。

2　用龙舌兰汁发酵制成的另一种酒精饮料。

眼睛狂喜地想象着那回忆中的灿烂景象。“还有河上的夜景。”老太婆低声说，大颗大颗的泪珠从她紧闭的眼睑中缓缓渗出，“晚上从斯托克波吉斯飞回去，洗一个热水澡，来一次真空振动按摩……唉！”她深深地吸了一口气，摇了摇头，又睁开了眼睛，用鼻子嗅了一两下，用手指擤了鼻涕，揩在自己的短衫衣襟上。“啊，对不起。”她看见列宁娜下意识的厌恶表情，说，“对不起，我不该这么做，可要是你，没有手绢你又能怎么办？我记得当初那种肮脏多教我生气，所有的东西都没有防腐。他们最初带我来时，我头上有一个可怕的伤口。你都想象不出他们拿什么东西涂在伤口上。污秽，只有污秽。‘文明就是消毒。’我老对他们说，甚至对他们说顺口溜，‘链球菌马儿右转弯，转到班伯里T字边，T字边去把什么干？看看漂亮的洗手间。’就好像他们全是些娃娃。但是他们当然不会懂。他们怎么会懂呢？我最后也就习惯了。何况没有安热水管，怎么干净得了？你看这些衣服。这种丑八怪毛呢老穿不破，不像人造丝，而且按要求破了你还得补。可我是个贝塔，是在授精室工作的，谁也没有教过我干这种活儿，那不是我分内的事。何况在我们那儿修补是一种错误。有了窟窿就扔掉，买新的。‘越缝越穷’，这话难道不对吗？修补是反社会的行为，可在这儿就不同了。简直像是跟疯子生活在一起。他们干的每一件事都是发疯。”她向四面一望，见约翰和伯纳已经离开了她，在屋子外面的沙尘和垃圾中走来走去，却仍然放低嗓门，悄悄地猫着腰靠了过来，列宁娜僵硬着身子退开了。老太婆那毒害胚胎的臭味吹动了列宁娜面颊上的汗毛。“比如，”她低声沙哑地说，“就拿他们这儿男女相处的方式来说吧。那是发疯，绝对发疯。人人属于彼此——他们会这样吗？会吗？”她揪着列宁娜的袖子追问道。列宁娜把头扭到一边，点了点头，出了一口气（她刚才屏住了呼吸），设法吸了一口相对没太受污染的空气。“哼，人在这儿是不会属于一个以上的人的。你要是按照常规接受男人，人家就说你坏、反社会，就会仇恨你，瞧不起你。有一回一大批女人来找我大闹了一场，因为她们的男人来看我。哼，为什么不能来看我？然后，她们向我冲了过来……不，太可怕了！我没法告诉你。”琳达用手遮住脸，吓坏了，“这儿的女人非常可恨，她们疯狂，疯狂而且残忍。她们当然不懂得马尔萨斯操、培养瓶、换瓶和诸如此类的东西。太教人受不了了。想想看，我居然……啊，福帝，福帝，福帝！可是约翰对我来说倒的确是个很大的安慰。要是没有他，我真不知道会干出什么事来。即使他常常因为我有男人……而很伤心，就连还是个娃娃的时候他也……有一回，他甚至因为我常跟可怜的魏胡西瓦——也许是波培？——睡觉，就想杀死他（不过，那时约翰已经大了一些）。我从来无法让他懂得那是文明人应当做的事。我觉得疯狂是会传染的。总之，约翰似乎从印第安人那儿传染上了疯病，当然，因为他跟他们在一起的时候很多。尽管他们对他的态度很恶劣，也不让他做别的小伙子可以做的事，但这在一定意义上倒是好事，因为那可以让我更容易为他设置条件，虽然你不知道那有多么困难。我不知道的东西太多了。我本来是没有义务去知道那些事的。我是说，孩子问你，直升机是怎么飞的，世界是什么东西造的——你看，你如果是个一直就在授精室工作的贝塔，你怎么回答？你能够拿什么话回答？”

- 第八章 -

外面，在沙尘和垃圾之中（那儿现在有四条狗了），伯纳和约翰在缓缓地走来走去。

“我很难明白，”伯纳说，“也很难重新组合成印象。我们好像生活在不同的星球上，不同的世纪里。有个母亲，有这么多肮脏的东西，有上帝，有衰老，还有疾病……”他摇摇头，“几乎难以想象。我永远都不会明白，除非你解释清楚。”

“解释什么？”

“解释这个，”他指着印第安村庄，“那个。”指着村子外那间小屋，“解释这一切，你们的生活。”

“可那有什么可解释的？”

“从头解释。解释你能够回忆起的一切。”

“我能够回忆起的一切。”约翰皱起了眉头，沉默了很久。

天气炎热，母子俩吃了很多玉米摊饼和甜玉米。琳达说：“来躺一躺，孩子。”母子俩在大床上躺了下来，“唱歌。”琳达唱起了“链球菌马儿右转弯，转到班伯里T字边”和“再见吧宝贝班廷，你马上就要换瓶”。歌声越来越含糊……

一阵响动，约翰给惊醒了，有个男人在对琳达说着什么，琳达在笑。她原把毛毯拉到了下巴底下，那人却把它全掀开了。那人的头发像两根黑色的绳子，手臂上有一只可爱的银臂钏，镶嵌着蓝色的石头。约翰喜欢那臂钏，可仍然害怕。他把脸躲到琳达怀里，琳达搂住他，他感到了安全。他听见琳达用他听不大懂的话说：“不行，约翰在这儿。”那人看了看他，又看了看琳达，温柔地说了几句什么。琳达说：“不行。”那人却弯过身子对着他。那脸大而可怕，头发碰到了毛毯上。“不。”琳达又说，他感到她的手搂得更紧了。“不，不。”但是那人抓住了他的一条胳臂，抓得他生疼，他尖叫起来。那人伸出另一只手抱起他来。琳达仍然抱住他说：“不行，不行。”那人说了些生气的话，很短促。琳达的手突然松开了。“琳达，琳达。”他又是踢腿又是挣扎。但是那人把他抱到了门边，开了门，把他放在另一间屋子正中，自己走掉了，并在身后关上了门。他爬起来跑到门口。他踮起脚勉强可以摸到那巨大的木门闩。他抬起门闩一推，却打不开。“琳达。”他大叫。琳达没有回答。

他记起了一间相当阴暗的房间，里面有些奇怪的木头制品，牵着许多线，许多妇女站在周围。琳达说那是在编织毛毡。琳达要他跟别的孩子们一起坐在屋角，她自己去帮女人们工作。他跟小孩子们玩了很久。人们突然非常大声地讲起话来，有女人在推着琳达，要她出去。琳达在哭，在往门边走。他跟了上去，问她那些女人为什么生气。“因为我弄坏了东西。”然后琳达也生气了，“她们那种混账编织法我怎么会知道？”她说，“恶劣的野蛮人。”他问她什么叫野蛮人。他们回到自己的屋子时波培已经等在门口，他跟他俩进了屋。波培有一个大葫芦，里面装着些像水一样的东西，不过不是水，而是一种有臭味、烧嘴巴、能弄得你咳嗽的东西。琳达喝了一点，波培也喝了一点，然后琳达便哈哈大笑，大声说话。再然后她便跟波培进了另一间屋子……波培走掉以后他进了屋子。琳达躺在床上睡得很熟，他没有法子叫醒她。

那时波培来得很勤，他说葫芦里的东西叫美似可，可是琳达说那应该叫作唆麻，只是喝了之后不舒服。他恨波培，也恨所有的人——所有来看琳达的男人。有天下午他正在跟别的孩子玩——那天很冷，他记得，山上有雪，却听见寝室里有愤怒的叫喊声。是女人的声音，说的话他听不懂，但知道那是可怕的话。然后，突然叭的一声响，有什么东西摔倒了。他听见人们跑来跑去。然后又是叭的一声，再然后是像驴子挨鞭打的声音，只是挨打的东西不像驴那么瘦。琳达尖叫起来。“啊，别，别，别打！”她说。他跑了进去，三个妇女披着黑毡子，琳达在床上。一个妇女抓住她的手腕；另一个压在她的腿上，不让她踢；第三个妇女正在用鞭子抽她。一鞭，两鞭，三鞭，每一鞭抽下去琳达都尖声大叫。他哭着拽那女人的毡子边。“求你啦，求你啦。”他说。那女人用手把他拉开，又抽了一鞭子，琳达又尖叫起来。他两手抓住那女人褐色的大手，使尽力气咬了下去。那女人叫了起来，挣脱了手，狠命地一巴掌把他推倒在地上，还趁他躺在地上时抽了他三鞭子。那鞭子比什么都厉害，他痛得像火烧。鞭子又呼啸了，抽了下来。可这一次叫喊的是琳达。

“她们为什么要伤害你，琳达？”那天晚上他问道。他哭着，因为自己背上那些红色的鞭痕还痛得厉害，也因为人们太野蛮，太不公平，还因为他自己是个孩子，无法反抗。琳达也在哭。她倒是成年人，可她只有一个人，打不过她们三个。那对她也不公平。“她们为什么要欺负你，琳达？”

“我不知道，我怎么会知道？”她的话听不清，因为她趴在床上，脸埋在枕头里。“她们说那些男人是她们的。”她说下去，好像根本不是在对他讲话，而是在跟她内心的什么人讲话。她的话很长，他听不懂。最后她开始哭了，哭声比任何时候都大。

“啊，别哭，琳达，别哭。”

他靠过去，靠得紧紧的，伸手搂住她的脖子。琳达叫了起来：“哦，别碰，我的肩膀！哦！”她使劲推开了他。他的脑袋撞在了墙上。“小白痴！”她叫道，然后她开始打他耳光。叭！叭！……

“琳达，”他叫了出来，“哦，妈妈。别打了！”

“我不是你妈妈。我不要做你妈妈。”

“可是琳达……哦！”她又给了他一耳光。

“变成了野蛮人，”她大叫，“像野兽一样下崽……要不是因为你，我就可能去找探长，就有可能走掉。可带着孩子是不行的，那太丢脸。”

他见她又要打他，举起手臂想遮住脸。“哦，琳达，别打，求你别打。”

“小畜生！”她拉下了他的胳臂，脸露了出来。

“别打了，琳达。”他闭上眼睛，等着挨打。

可是她没有打。过了一会儿他睁开了眼睛，看见她正望着他。他勉强对她笑了笑。她突然双手搂住了他，亲他，亲了又亲。

有时琳达几天不起床，躺在床上伤心，或者又喝波培带来的东西，然后就老笑，又睡觉。有时她生病了，常常忘记给他洗脸洗澡，他除了冷玉米摊饼没有别的东西吃。他记得她第一次在他的头发里发现那些小动物时，大惊小怪地叫个没完。

他们最快活的时候是当她向他讲述那个地方。“任何时候你想飞，你都可以飞，这是真的吗？”

“任何时候你想飞都可以的。”她告诉他从一个盒子里放出来的好听的音乐，好玩的、好吃的、好喝的东西；在墙上的一个东西上一按，就会发出亮光；还有图画，不光是看得见，而且还听得见、摸得着、闻得出；还有一种盒子，能够发出令人愉快的香味；还有山那么高的房子，粉红色的，绿色的，蓝色的，银灰色的。那儿每个人都非常快活，没有人会伤心或者生气。每个人都属于每个其他的人。还有那些盒子，在那儿你可以看见和听见世界那一边发生的事情，还有瓶子里的可爱的小婴儿——一切都那么干净，没有臭味，没有肮脏，人们从来不会孤独，大家在一起快快活活地过日子，像在这马尔帕伊斯开夏令节舞会时一样，只是快活得多，而且每天都快活，每天都快活……他一小时一小时地听着。有时他跟别的孩子玩腻了，村子里的老人会用另外的语言给他们讲故事。讲世界的伟大的改造者；讲左手跟右手、干和湿之间的长期斗争；讲晚上一想就想出了大雾，然后又把全世界从雾里救出来的阿沃那维洛纳；讲地母和天父；讲战争与机遇的孪生子阿海玉塔和玛特塞勒玛；讲耶稣和菩公；讲玛丽和让自己青春重现的伊泰沙那雷；讲拉古纳的黑石头和阿科马的大鹰与圣母。全是些离奇的故事，因为是用另一种语言讲的，不大听得懂，所以特别好听。他常躺在床上想着天堂和伦敦、阿科马圣母和一排排清洁的瓶子里的婴儿。耶稣飞上天，琳达飞上天，还有世界孵化中心的伟大主任和阿沃那维洛纳。

许多男人来看琳达。孩子们开始用指头指他。他们用那另外一种陌生语言说琳达是坏女人。他们叫了她一些名字，他听不懂，却明白都是坏名字。有一天他们唱了一个关于她的歌，唱了又唱。他对他们扔石头，他们也扔石头打他。一块尖石头砸伤了他的脸，血流不止，他满身是血。

琳达教他读书，她用一块木炭在墙上画了些画——一只动物坐着，一个婴儿在瓶子里，然后又写些字母。写：小小子蹲瓶子，小猫咪坐垫子。他学得又快又轻松。在他会读墙上所有的字之后，琳达打开了她的大木箱，从那些她从来不穿的滑稽的小红裤下面抽出了一本薄薄的小书，那书他以前常看见。“你长大以后，”她说，“就可以读了。”好了，现在他长大了，他觉得骄傲。“我担心你会觉得这书不能教你太激动，”她说，“但这是我唯一的东西，”她叹了一口气，“你要是能够看见那些可爱的朗读机就好了！我们在伦敦常用的。”他读了起来，《胚胎的化学和细菌学条件设置》《胚胎库贝塔工作人员基本守则》。光是读那标题就花了他一刻钟。他把书扔到了地上。“讨厌，讨厌的书！”他哭了起来。

孩子们仍然唱着那支关于琳达的可怕的歌。有时他们又嘲笑他穿得太破烂。他的衣裳破了，琳达不知道怎么补。她告诉他在那另外的地方，衣服有了洞就扔掉，买新的。“破烂儿，破烂儿！”孩子们对他喊。“可是我会读书，”他想，“他们不会，连什么是读书都不知道。”他们嘲笑他时，他努力想着读书，就很容易对付了。他可以装着不在乎。于是他又要求琳达把书给他。

孩子们越是唱歌，指指戳戳，他越是用功读书。那些字他很快就读得很好了，就连最长的词也一样。但那是什么意思呢？他问琳达，她一般答不上来，即使能答上来，她也解释不清楚。

“什么叫化学药品？”他有时问。

“哦，比如镁盐，比如保持德尔塔和艾普西隆们瘦小落后的酒精，比如制造骨头的碳酸钙和诸如此类的东西。”

“可是化学药品怎么制造呢，琳达？化学药品是从哪里来的呢？”

“我不知道，是从瓶子里取出来的。瓶子空了就打发人到药品仓库去要。是药品仓库的人制造的，我估计。或者是他们打发人到工厂去取来的，我不知道。我从来没有搞过化学，我一向只搞胚胎。”

他问她其他问题也都一样，琳达好像什么都不知道。印第安村的老年人的回答却要确切得多。

“人和一切生物的种子，太阳的种子、大地的种子、天的种子都是阿沃那维洛纳用繁衍神雾创造出来的。现在世界有四个子宫，他把种子放进了最低的子宫里。种子渐渐成长……”

有一天（约翰后来算出那准是他十二岁生日后不久），他回家发现寝室地上有一本他从来没有见过的书。那书很厚，样子很古老；书脊叫耗子咬坏了；有些书页散了，皱了。他捡了起来，看了看书名页，那书叫作《威廉·莎士比亚全集》。

琳达躺在床上，从一个杯子里啜着一种非常难闻的美似可。“那书是波培拿来的。”她说，她的嗓子又粗又哑，仿佛是别人的声音，“原来放在羚羊圣窟的一个箱子里，据说已经放了好几百年。我觉得此话不假，因为我看了看，里面满是废话，不文明，可是用来训练你读书还是可以的。”她喝完最后一口，把杯子放在床边地面上，转过身子，打了一两个嗝，睡着了。

他随意翻开了书。

不，而是生活
在油渍斑斑汗臭熏人的床上。
浸渍在腐败、调情和做爱里，
下面是恶心的猪圈……[1]

那些奇怪的话在他心里翻腾，犹如滚滚雷霆；犹如夏令节舞会上的大鼓敲击声——若是鼓声也能表达意思的话；犹如唱玉米之歌的男声，很美，很美，美得教你想哭；犹如老米季马摇晃着羽翎、雕花手杖，以及石头、骨头物件时所念的咒语——佳特拉、其录、喜洛亏、喜洛亏、凄哀、喜卢、喜卢、其托，但比那咒语好，因为它有更多的意思，因为那是说给他听的。说得好极了，而且教人听得似懂非懂，

---

1 见莎士比亚戏剧《哈姆莱特》第三幕第四场九十一至九十四行，是哈姆莱特痛斥他的母亲与他的叔父匆匆结婚的话，内容与约翰此刻见到的情况略微相似。

那是一种美丽得慑人的咒语，是关于琳达，关于琳达躺在那儿打呼噜，床前地上摆着空杯子的；是关于琳达与波培，琳达与波培的。

他越来越恨波培了。一个人能够笑呀笑呀却仍然是个恶棍。一个不肯悔改的、欺诈的、荒淫的、狠毒的恶棍[1]。那话究竟是什么意思？让他似懂非懂，却很有魅力，老在他脑袋里轰隆隆地震响。不知道为什么，他觉得他以前好像从来没有真正恨过波培；没有真正恨过他，因为他从来说不清对他的恨有多深。可现在他听见了这些咒语，它们像鼓点，像歌声，像魔法。这些咒语和包含咒语的那个非常奇怪的故事（那故事他虽不大清楚，但照样觉得非常非常精彩），它们给了他仇恨波培的理由，使他的仇恨更真实，甚至使波培也更真实了。

有一天他玩耍回来，内室的门开着，他看见他俩一起躺在床上睡着了——雪白的琳达和她身边的几乎是黑色的波培。波培一只胳臂在她脖子底下，另外一只黑手放在她的乳房上，他的一根长辫子缠在她的喉头，像是条黑蛇想要缠死她。波培的葫芦和一个杯子放在床边的地面上。琳达在打鼾。

他的心仿佛不见了，只剩下了一个空洞。他被掏空了，空而且冷，感到很恶心，很眩晕。他靠在墙上稳住了自己。“不肯悔改的、

1 见莎士比亚戏剧《哈姆莱特》第二幕第二场五百八十一行，是主角哈姆莱特描写他叔父篡位的话。

欺诈的、荒淫的……”这话在他的脑袋里重复着，重复着，像嘭嘭的鼓声，像讴歌玉米的歌声，像咒语。他突然从浑身冰凉变得满身燥热。他的血液在奔流，面颊在燃烧，屋子在他面前旋转着，阴暗了。他咬牙切齿。“我要杀死他。我要杀死他。”他不断地说。突然，更多的话出现了：

等他在酗酒昏睡，或怒不可遏的时候，

等他躺在淫乱的贪欢的床上的时候……[1]

咒语在为他说话，咒语解释了命令，发出了命令。他退回到外面的屋子。“等他在酗酒昏睡……”切肉的刀子就在火炉边的地上。他捡起刀子踮起脚回到了门边。“等他在酗酒昏睡，酗酒昏睡……”他冲过房间，一刀刺去。啊，血！——又是一刀，波培惊醒了。他举起手又是一刀，手却被抓住了——哦，哦！——被扭开了。他不能动了，逃不掉了。波培的那双黑黑的小眼睛非常近地盯着他的眼睛。他把头扭到了一边。波培的左肩上有两个伤口。“啊，看那血！”琳达在叫喊，“看那血！”流血的景象从来就教她受不了。波培举

1 此语见《哈姆莱特》第三幕第三场八十九至九十行，是哈姆莱特见他的叔父在做祷告考虑是否杀他时说的话。哈姆莱特认为应当趁他在罪恶关头杀死他，才能使他万劫不复。

起了自己的另一只手——约翰以为波培要打他，便僵直了身子，准备挨打，但是那手只是抓住了他的下巴，把他的脸扭了过来，使他不得不再望着波培的脸。他们俩对视了很久，对视了几个小时，又几个小时。突然，他哭了起来——因为忍不住。波培哈哈大笑。“去吧，”他用另一种印第安语说，“去吧，勇敢的阿海玉塔。”约翰逃了出去，到另外那间屋子隐藏他的眼泪去了。

“你十五岁了，”老米季马用印第安语说，“现在我可以教你团泥土了。”

两人蹲在江边，一起工作。

“首先，”米季马两手抓起一团湿泥说，“我们做一个小月亮。”老头把泥捏成了一个圆饼，然后让饼边竖起了一点，“月亮”变成了浅杯。

他慢慢地笨拙地学着老人那巧妙的动作。

“月亮，杯子，现在是蛇，”米季马把另一块泥土搓成了一根可以盘曲的长条，盘成了一个圆圈，再把它在杯子口上压紧，“然后又是一条蛇，又是一条蛇，再一条蛇。”米季马一圈又一圈地塑造出了罐子的边。那罐子原来窄小，现在鼓了出来，到了罐口又窄小了。米季马挤压着，拍打着，抹着，刮着；最后那罐子站在了那里，就是在马尔帕伊斯常见的那种水罐，只是颜色是奶油白，而不是黑的，而且摸起来还软。约翰的罐子站在米季马的罐子旁边，那是对米季马的罐子的歪曲的摹本。他望着两个罐子，忍不住笑了。

“下一个就会好一些了。”他说，开始润湿另一块泥。

团弄，成型，感觉到自己的手越来越巧、越来越有力——这给了他不寻常的快乐。“A呀B呀C，维呀他命D；”他一边工作一边唱歌，“脂肪在肝中，鳘鱼在海里。”米季马也唱了起来——那是关于杀熊的歌。他们俩工作了一整天，让他一整天都充满了强烈的令人陶醉的欢乐。

“明年冬天，”老米季马说，“我教你做弓。”

他在屋外站了很久。里面的仪式终于结束了，门打开了，人们走了出来。科特路首先出现，他握紧了右手伸在前面，好像捏着什么值钱的珍宝。季雅纪美跟在后面，她也捏紧一只手，同样伸了出去。他们俩默默地走着，后面跟着他们的嫡、堂、表兄弟姐妹和所有的老人。

他们走出了印第安村落，穿过了石塬，来到悬崖边上，面对着清晨的太阳站住了。科特路张开了手，一把玉米面白森森地躺在他手掌里，他对着玉米面呼出一口气，喃喃地说了几句，把那白色的粉末对着太阳撒去。季雅纪美也这样做。然后季雅纪美的父亲走上前来，举起一根带羽翎的祈祷杖，做了一个很长的祈祷，之后把那祈祷杖也随着玉米面扔了出去。

“礼成，”米季马大声说，“他们俩结婚了。”

“礼成了，”当人们转过身来时，琳达说，“我能够说的只有一句话：这的确好像是小题大做。在文明社会，一个男孩子想要一个女孩子只需要……可是，你要到哪儿去，约翰？”

约翰不管她的招呼，只顾跑，要跑掉，跑掉，跑到能让他一个人孤独地待着的地方去。

礼成。老米季马的话在他的心里不断重复。礼成，礼成……他曾经爱过季雅纪美，默默地、远远地，然而热烈，不顾一切，没有希望。可现在已经“礼成”。那时他十六岁。

在月圆的日子，羚羊圣窟里常有人倾诉秘密、行秘密之事、制造新的秘密。人们到那儿去，到羚羊圣窟去，去时是孩子，回来变成了成人。男孩都害怕，却又渴望，那一天终于来了。太阳落了山，月亮升了起来。他跟别人去了。几个男人的黑影站在圣窟门口，梯子往下伸到了红灯照着的深处。带头的几个男孩已经开始往下爬。一个男人突然走了出来，抓住他胳臂把他拖出了行列。他挣脱之后又回到行列里去。这一回那人揍了他，扯了他的头发。“你没有资格，白毛！”“那母狗下的崽没有资格！”有个人说。男孩子们笑了。“滚！”因为他仍在人群边逗留，不肯离开，人们又叫了起来。有人弯下腰捡起石头砸他。“滚，滚，滚！”石头像雨点一样飞来。他流着血逃到了阴暗处。红灯照耀的圣窟里，歌唱开始了。最后的男孩已经爬下梯子。他完全孤独了。

在印第安人村庄外面光秃秃的石塬平顶上，他完全孤独了。月光下的岩石像漂白了的骷髅，高崖下的山谷里，郊狼在对着月亮嗥叫。他受伤的地方很疼，伤口还在流血。他抽泣，并非因为痛，而是因为孤独。他一个人被赶了出来，进入了像骷髅一样的岩石和月光的世界。他在悬崖边上背着月光坐下了。他向下看看石塬漆黑的影子，看看死亡漆黑的影子。他只要向前一步，轻轻一跳……他把右手伸进月光里。手腕上的伤口还在渗血，几秒滴一滴。一滴，一滴，又一滴。明天，明天，还有明天……

他已经找到了时间、死亡和上帝。

“孤独，永远孤独。”小伙子说。

那话在伯纳心里引起了一种凄凉的共鸣。孤独，孤独……“我也孤独，”他情不自禁地说了句体己话，“孤独得可怕。”

“你也孤独吗？”约翰露出一脸惊讶，“我还以为在那边……我是说琳达总说那边的人从来不会孤独。”

伯纳忸怩地涨红了脸。“你看，”他嘟哝着，眼睛望着别处，“我估计，我跟我们那儿的人很不相同。如果一个人换瓶时就有了不同……”

“对，说得真好，”小伙子点点头，“如果有了不同，就必定会孤独。他们对我太凶恶。他们把我完全排斥在一切之外，你知道吗？别的小伙子被打发上山去过夜——你知道，那是你必须想出你的神圣动物的时候，他们却不让我跟他们去，什么秘密都不告诉我。

可我自己告诉了我自己。”他说下去，“我五天没有吃东西，然后那天晚上我一个人出去了，进入了那边的山。”他指点着说。

伯纳居高临下地笑了。“你想出什么了吗？”他问。

对方点点头。“但是我不能告诉你是什么，”他停了一会儿，低声说，“有一回，”他说下去，“我做了一件别人从没有做过的事。夏天的正午，我双臂伸开靠在一块岩石上，好像十字架上的耶稣。”

“为什么？”

“我想知道被钉在十字架上是什么滋味。吊在那儿，太阳光里……”

“可你是为了什么？”

“为了什么？嗯……”他犹豫了一下，“因为我觉得，既然耶稣受得了，我也就应该受得了。而且，一个人如果做了什么错事……况且我很不开心，这也是一个理由。”

“用这种办法治疗你的不开心似乎有些好笑。”伯纳说。可是再想一下，他觉得这样做也有一定的道理，总比吃唆麻好……

“过了一会儿，我晕了过去，”小伙子说，“扑倒在地上。你看见我受伤的地方了吗？”他从他的额头上捋起了那厚密的黄头发，露出了右太阳穴上的伤疤。一道灰痕。

伯纳看了一眼，但心里立即一怔，望向了另一边。他的条件设置使他不那么容易产生怜悯之心，却十分敏感娇气。提起疾病和痛苦，他不但害怕，而且抵触，甚至厌恶，像遇见了肮脏、畸形或是衰老。

他赶紧换了个话题。

“我不知道，你是否愿意跟我们一起回到伦敦去？”他问道。他迈出了他这场战役的第一步。他在那小房间里已看出了那野蛮人的“父亲”是谁，从那时起他就在秘密地酝酿着他的战略。“你愿去吗？”

那小伙子的脸上放出了光彩。“你真有那意思？”

“当然，就是说我如果能够得到批准的话。”

“琳达也去？”

“嗯……”他犹豫了，没有把握。那个讨厌的东西！不，那办不到。除非，除非……伯纳突然想到她那令人恶心的样子可能是一笔巨大的财富。“但是当然。”他叫道，用过分的热衷代替了他开初的迟疑。

小伙子深深地吸了一口气。“想想看，我平生的梦想竟然得以实现。你还记得米兰达的话吗？”

“米兰达是谁？”

但是那小伙子显然没有听见他提问。“啊，奇迹！”他在念着，他眼睛发光，面颊泛出明亮的红晕，“这儿有多少美好的人！人是多么美丽！[1]”红晕突然加深了。他想到了列宁娜，一个穿玻瓶绿黏

1　这一段话来自莎士比亚的戏剧《暴风雨》第五幕第一场一百八十一至一百八十四行。米兰达是会法术的国王普洛斯彼罗的女儿，从小生长在荒岛上，没有见过人类。在暴风雨之后她见到了因海难而漂流到海岛上的人，觉得好看极了，不禁脱口而出。随后又说道：“啊，美丽新世界！”本书就是以这句话命名的。

胶衣裳的天使，青春年少和皮肤营养霜使她显得容光焕发、丰腴美艳，并经常和善地微笑着。他的声音迟疑了。“啊，美丽新世界！”他背起书来，又突然打住了。血液已经离开了他的面颊，他的面孔苍白得像纸。“你跟她结婚了吗？”他问。

“我什么？”

“结婚。你知道——永不分离。他们用印第安语说：永不分离。婚姻是不能分离的。”

“福帝呀，没有！”伯纳忍不住笑了。

约翰也笑了，却是因为别的原因——纯粹是因为高兴。

“啊，美丽新世界，”他重复了一句，“啊，美丽新世界，有多么出色的人物。咱们立即出发吧。”

“你说话的方式有时候很特别，”伯纳又迷惑又惊讶地盯着小伙子，“不过，等到你真正看见新世界时再说，好不好？”

– 第九章 –

有了一天的离奇与恐怖的经历，列宁娜觉得自己有充分的权利享受一个完全的、绝对的假期。两人一回到宾馆她就吞下了六片半克的唆麻，在床上躺了下来，不到十分钟就已经飞往月宫的永恒里，至少得十八个小时才能醒来。

这时伯纳却躺在黑暗里瞪着大眼想着心事，半夜后许久才入睡，可他的失眠并非没有收获。他拟定了一个计划。

第二天早上十点，穿绿制服的八分之一混血儿准时下了直升机。伯纳在龙舌兰丛中等着他。

“克朗小姐度唆麻假去了，”伯纳解释道，“看来五点以前是不会回来的。这就给了我们七个小时。”

他可以飞到圣菲办完必须办的事，然后回到马尔帕伊斯，到她醒来时间还多。

“她一个人在这儿安全吗？”

“跟在直升机一样安全。”混血儿向他保证。

两人上了飞机立即出发。十点三十四分他们在圣菲邮局房顶降落。十点三十七分伯纳已接通了白厅世界总统办公室。十点三十九分他已在跟总统福下的第四私人秘书谈话。十点四十四分他已在向第一秘书重复他的故事。到十点四十七分半他耳朵里已经震响着穆斯塔法·蒙德本人的深沉洪亮的声音。

“我斗胆地想，”伯纳结巴着说，“福下会发现这件事能引起足够大的科学兴趣……”

“是的，我的确认为它能够引起足够大的科学兴趣，”那深沉的声音说，“那你就把这两个人带到伦敦来吧。”

“福下明白，我需要一张特许证……”

“必要的命令，”穆斯塔法·蒙德说，“此刻正在向保留地总监发出。你立即去总监官邸好了。再见，马克思先生。”

寂静。伯纳挂上电话，匆匆上了房顶。

“总监官邸。”他对伽马八分之一混血儿说。

十点五十四分伯纳已经在跟总监握手。

“很高兴，马克思先生，很高兴，”总监那轰响的嗓音透着尊敬，“我们刚收到了特别命令……”

“我知道，”伯纳打断了总监的话，“我刚才才跟总统阁下通过话。”他一屁股坐进了椅子。他那厌倦的口气暗示着他习惯于每周七天都跟总统阁下通话。“请你尽快采取必要措施，尽快。”他特别强调尽快。他对自己十分欣赏。

十一点零三分，所有的文件已经进了他的口袋。

“再见。”他居高临下地对总监说。总监已经陪着他走到了电梯门口。

他步行到了宾馆，洗了个澡，做了真空振动按摩，用电动刀刮了胡子，听了早间新闻，看了半小时电视，才慢条斯理地吃了午饭。两点半，他已经跟八分之一混血儿一起飞回了马尔帕伊斯。

小伙子站在宾馆门外。

“伯纳，”他叫道，“伯纳！”没有人回答。

小伙子穿着鹿皮靴，走路没有声音。他跑上台阶，拽了拽门，门关着。

他们走了！那是他所遇到过的最可怕的事。列宁娜请他来看他们，他们却走掉了。他在台阶上坐下，哭了起来。

半小时后他想起往窗户里望望。他看见的第一件东西是一个绿色手提箱，箱盖上印着列宁娜姓名的第一个字母 L. C.。欢乐像火焰一样从他心里燃起。他捡起一块石头。碎玻璃落在地上当当地响。不久以后他已进了屋子。一打开绿色的手提箱，他立即闻到了列宁娜的香水味。那香味弥漫了他的肺叶，那是列宁娜的香味呢。他的心脏急剧地跳动起来，他几乎晕了过去。他把身子弯在那宝贵的箱子上，抚摩着，翻看着，拿到光线里审视着。他起初对列宁娜用来换洗的黏胶天鹅绒短裤上的拉链弄不明白，到他明白过来时，便觉得很好玩；拉过去，拉过来，再拉过去，又拉过来；他着迷了。列宁娜的绿色拖鞋是他平生见过的最精美的东西。他展开一件贴身拉链衫，不禁羞红了脸，赶快放到了一边。但是他亲吻了一下一条人造丝手绢，又把一条围巾围到了脖子上。他打开一个盒子，一股香粉喷了出来，喷在他手上。他把它擦在胸口、肩膀和光胳臂上。多好闻的香味！他闭上眼睛，用脸挨了挨擦了粉的胳臂。滑腻的皮肤挨紧他的脸，麝香味的粉香透进了他的鼻子——是活生生的她呀。“列宁娜，”他轻声说，“列宁娜！”

有什么响动吓了他一跳，他心虚地转过身子，把偷看着的东西塞回手提箱，盖上盖，又听了听，看了看。没有活动的迹象，也没有声音。可他确实听见过什么声音——好像是有人叹气，好像是木头的吱嘎声。他踮起脚，走到门边，小心翼翼地开了道缝，发现自己望着的是一片宽阔的平台，平台对面是另一道虚掩着的门。他走过去推开门，偷看起来。

列宁娜躺在矮床上，睡得正香。她穿着一件粉红拉链睡衣，床单掀开。鬈发衬着她的脸，多么美丽！那粉红的脚趾，那安详的熟睡的面庞，像孩子一样打动人心；那无力松垂的手，那柔软的胳臂，是那么坦然而无助。他的眼里不禁噙满了泪水。

他做了充分的预防措施——其实很不必要，因为除非开枪，否则是无法把列宁娜从预定的唆麻假日中提前惊醒的。他进了屋子，跪在床边的地板上，双手十指交叉，注视着她。“她的眼睛。”他喃喃地说道。

你总在言谈里说起她的眼睛、头发、
面颊、步态、声音；啊，还有她那纤手！
在那双纤手面前，一切白色都只是污秽，
写下的全是自我谴责；连小天鹅的茸毛
跟它柔腻的一握相比，也透着粗糙……[1]

一只苍蝇围着列宁娜嗡嗡地飞，他挥手把它赶走了。“苍蝇。”他记起：

即使是朱丽叶皎洁纤手上的苍蝇，
也可以从她唇上盗窃永恒的祝福，
而她，也会因纯洁的处女娇羞而脸红，

1　这一段见莎士比亚戏剧《特洛伊罗斯与克瑞西达》第一幕第一场五十五至五十九行。

好像叫苍蝇吻了也是罪过……[1]

他非常缓慢地伸出手去，好像想抚摩一只胆小却又颇为危险的鸟。他的手颤抖着，悬在空中，离她那松弛的手指只有一英寸[2]，差不多要碰到了。他敢用自己最卑贱的手指去亵渎吗？不，他不敢。那鸟太危险。他的手又垂了下来。她多么美丽呀！多么美丽呀！

他突然发现自己在思考着：只要抓住她脖子边的拉链扣，使劲一拉……他闭上了眼睛，摇着头，像刚从水里冒出的狗一样摇晃着脑袋。可耻的念头！他为自己难堪。纯洁的处女娇羞……

空气里有一种嗡嗡声。又有苍蝇想盗窃永恒的祝福吗？是黄蜂吗？他望了望，什么都没看见。嗡嗡声越来越大，好像选定了要待在百叶窗外面。飞机！他狼狈不堪地跳了起来，跑回了另一间房，跳出了敞开的窗户。他在高高的龙舌兰丛间的小径上奔跑时，看见伯纳从直升机上下来了。

1　这一段见莎士比亚戏剧《罗密欧与朱丽叶》第三幕第三场三十五至三十九行。

2　1 英寸合 2.54 厘米。

- 第十章 -

布卢姆斯伯里中心，四千个房间里的四千座电钟的指针都指着两点二十七分。这座“工业的蜂巢”（主任喜欢这样叫它）正嗡嗡地忙碌着。人人都在忙，事事都井井有条地进行着。显微镜下精子正扬着脑袋，使劲甩着长尾巴，狠命往卵子里钻。卵子在膨胀，在分裂，若是波坎诺夫斯基化过的，则在萌孽，分裂成无数个胚胎。自动扶梯正从社会条件预定室呜呜地驶进地下室。在那昏暗的红光里，胚胎躺在腹膜片上，冒着蒸熏一样的燠热，饱餐着代血剂和激素长大，再长大。若是中了毒，就伤感地变作发育受阻的艾普西隆。瓶架带着轻微的嗡嗡声和嘎嘎声，带着重新获得的永恒，一礼拜一礼拜难以觉察地移动着。直到有一天，新换瓶的胎儿在换瓶室发出了第一声害怕而吃惊的尖叫。

地下室下层的发电机呜呜响着，电梯匆匆地升降。十一个楼层的孵化室全部到了哺育时间。一千八百个婴儿正同时从一千八百个瓶子里吮吸着各自那一品脱[1]消过毒的外分泌液。

楼上，依次往上的十层宿舍里，幼小得还需要午睡的男童和女童跟所有的人一样忙碌着，虽然他们自己并不知道。他们在不自觉地听着睡眠教育里的卫生课、社交课、阶级意识课和幼儿爱情生活课。再往上去，已经下起了雨，九百个略大的儿童在那儿玩着积木和胶泥，玩着“找拉链”和性爱的游戏。

嗡嗡嗡，蜂巢忙碌地、欢快地吟唱着。姑娘们照看着试管，唱着欢乐幸福的歌。条件设置工一边上班，一边吹着口哨。而在换瓶室里的瓶子上方，又有多么有趣的谈笑在进行！但是主任和亨利·福斯特一起走进授精室时一本正经，脸严肃地绷着。

“他成了这屋里众人的榜样了，”主任说，“因为这屋里的高种姓人员比中心的其他任何单位都多。我告诉过他两点半到这儿来见我的。”

“他的工作倒还是不错。”亨利摆出宽容的样子假惺惺地说。

“这我知道，但正因为如此才更需要严格要求。他在智力上的优势意味着相应的道德责任。一个人越有才能，引错路的能量就越大。个别人受点苦总比让大家都腐败好。只要考虑问题不带温情，

1　1品脱（英制）约合0.57升。

福斯特先生，你就会明白，一切错误都不及离经叛道严重。谋杀只能杀死个别的人，而个别的人，说到底，算得了什么？”他挥了挥手，指着一排排的显微镜、试管和孵化器说，“我们不费吹灰之力就可以制造一个新的——想造多少就造多少。而离经叛道威胁的不只是个体，而是整个社会。是的，整个社会。”他重复了一句，“啊，他来了。”

伯纳已经进了屋子，从一排排授精员中间向他们走来。一种表面的扬扬得意的自信浅浅地掩饰着他的紧张情绪。“早上好，主任。”说话时声音高得荒谬，为了掩饰这个错误，他又说，“你要我到这儿来谈话。”那声音又柔和得荒谬，像耗子叫。

“不错，马克思先生，”主任拿着架子说，“我的确要你到这儿来见我。我知道你昨天晚上已经结束假期，回家来了。”

“是的。”伯纳回答。

“是——是的。”主任拉长了声音像蛇一样咝咝地说，随即又提高了嗓门，“女士们，先生们，”他的声音像喇叭，“女士们，先生们。”

姑娘们对着试管上空唱的歌和显微镜工心不在焉的口哨全部突然停止。一片深沉的寂静。大家都四下望着。

“女士们，先生们，”主任又重复了一句，“我这样打断你们的劳动，很抱歉。是一种痛苦的责任感促使我这样做的。因为社会的安全和稳定遭到了威胁。是的，遭到了威胁。女士们，先生们，”

他谴责地指着伯纳，“现在站在你们面前的这个人，这个阿尔法加得到的很多，因此，我们也有理由要求他很多。你们的这位同事——我也许应该提前叫他‘这位以前的同事’——严重地辜负了大家对他的信任。由于他对体育运动和唆麻的异教徒式的观点，由于他的性生活的恬不知耻的离经叛道，由于他拒绝了我主福帝在下班之后行为要‘恰如婴儿’的教导（说到这儿主任画了一个T字），他已经证明自己成了社会的公敌，是一切秩序和安定的颠覆者。女士们，先生们，他是对抗文明的阴谋家，因此，我建议开除他，把他从本中心开除出去，让他声名狼藉。我建议立即向上面申报，把他调到最下级的中心去，为了使对他的惩罚对社会最有利，把他调到距离重要人口中心最远的地方去。到了冰岛他就没有多少机会用他那些非福帝的行为引诱别人走上邪路了。”主任住了口，交叉双手，威风凛凛地转向了伯纳，“伯纳，你能够提出理由反对我执行对你的处分吗？”

“是的，我能够。”伯纳用非常响亮的声音回答。

主任多少吓了一跳，但仍然神气十足。“那你就提出来吧。”

“当然要提出来，但我的理由还在走道里，请稍候。”伯纳匆匆走到门边，甩开了门。“进来。”他命令道，那“理由”便走了进来，露出了“它”的形象。

人们倒吸了一口气，发出一阵惊愕和恐惧的低语；一个姑娘尖叫起来；一个人站到椅子上，想看得更清楚，却打翻了两根满装精子的试管。在那些青春娇健的身子和没有扭曲的面孔之间出现了一个离奇可怕的中年妖怪：面目浮肿、肌肉松弛——是琳达走进了房间。她卖弄风情地微笑着，那微笑褪了色，七零八碎。她走路时滚动着她那巨大的臀部，却自以为是腰肢款摆，妖冶迷人。伯纳走在她的身边。

“他就在那儿。”伯纳指着主任说。

“你以为我会认不出他呀？”琳达极为气愤地说，然后便转身对着主任，“我当然认得出你，托马金，我到哪儿都能认出你，在一千个人里也认得出你。可你也许忘记了我。你不记得了吗？不记得我了吗，托马金？我是你的琳达。”她站在那儿望着他，歪着头微笑着。可那微笑面对着主任那呆板的、厌恶的脸色，逐渐失去了自信，犹豫了，终于消失了。“你想不起来了吗，托马金？”她重复道，声音颤抖着。她的眼光焦急而痛苦。那肮脏松弛的脸奇异地扭曲了，变成了极端凄惨的怪笑。“托马金！”她伸出双臂。有人哧的一声笑了出来。

“这是什么意思？”主任说话了，“这个吓人的……”

“托马金！”她向他跑来，毛毯拖在身后，伸出双臂搂住了他的脖子，把脸埋在他的胸前。

无法抑制的哈哈大笑爆发了出来。

“……这种恶作剧太不像话！”主任大叫道。

他满脸通红，想挣脱她的拥抱，她却死命地搂紧了他。“我是琳达，我是琳达。”哈哈大笑淹没了她的说话声。“你让我怀了个孩子！”她的尖叫声压倒了哄堂大笑，换来了突然的令人骇然的寂静；大家目光狼狈，闪烁游移，不知道往什么地方看好。主任的脸色突然苍白了，他停止了挣扎，站在那儿，双手握住琳达的手腕，低头凝视着她，吓坏了。“的确，怀了个孩子——而我就是他的母亲。”她把这个猥亵的词扔向了受到侮辱的寂静，仿佛是在挑战。然后她离开了主任，感到了羞耻，羞耻，用双手掩住了面孔，抽泣起来。“可那不是我的错，托马金。因为我一向是做操的。是不是？是不是？一向做的……我也不知道是怎么回事……你要是知道做母亲有多么可怕就好了，托马金……可是儿子对我仍然是一种安慰。”她转身向着门口，“约翰！”她叫道，“约翰！”

约翰应声走了进来。他在门口先停了一会儿，四下望了望，然后，他那穿鹿皮靴的脚一声不响地迅速穿过了房间，双膝落地，跪到了主任面前，清脆地叫了一声：“爸爸！”

那个词，那个猥亵得可笑的词，破除了十分难堪的紧张，因为由“爸爸”引起的联想毕竟跟生育的可憎和道德的邪恶隔了一层，这个词不文明，却只是肮脏而不涉淫秽。这个可笑的肮脏字眼缓和了难以忍受的紧张气氛。笑声爆发了出来，是哄堂大笑，几乎是歇斯底里的笑。笑声一阵接着一阵，仿佛不会停止。我的爸爸——那爸爸却是主任！我的爸爸！啊，福帝！啊，福帝！太精彩了，的确！

哄笑声和吼叫声重新发出，脸都几乎笑破了，笑得眼泪汪汪。又有六支精子试管被打翻了。我的爸爸！

主任的脸变得苍白，用疯狂的目光向四面望着，他羞愧得手足无措，非常痛苦。

我的爸爸！已出现平静迹象的笑声又爆发了出来，比以前更响了。主任用双手捂住耳朵冲出了房间。

- 第十一章 -

授精室那一幕之后，伦敦的上层种姓都迫不及待地想见识一下这位妙人。那野蛮人竟然跑到孵化与条件设置中心主任——倒不如说是前主任，因为这可怜的人随即辞了职，再也没有进过中心——面前，扑通一声跪倒在地，叫他“爸爸”。（这恶作剧精彩得教人不敢相信。）而相反，琳达却没有引起注意，谁也没有想过要看她。把人称作妈妈原本是过分的玩笑，是一种亵渎。何况她跟别人一样，是从瓶子里孵化出来的，是设定过条件的人，不是真正的野蛮人，因此她不可能真正引发人们的怪念头。最后，还有她那副模样——这才是人们不希望看见可怜的琳达的最大理由。青春不再，肥胖臃肿，一口坏牙，满脸斑点。福帝呀！见了她你不能不作呕，打心眼里作呕。因此优秀的人都决心不见琳达，而琳达自己也从来没有想过见他们。

回归文明意味着回归唆麻，不但可以躺在床上一天又一天地享受唆麻假日，而且醒过来不会头痛，恶心，想呕吐。用不着感到像喝了沛瑶特一样心虚，抬不起头，仿佛干了什么反社会的可耻罪行。唆麻不会开这种刻薄的玩笑，它所给予的假期是完美的，如果说随后的早上也不愉快的话，那也并非由于内在的感受，只是觉得不如唆麻假日那么快活而已。补救的办法是继续度假。她不断贪婪地吵着要求增加唆麻的剂量和次数。萧医生起初反对，后来就按照她的要求给她。她一天吞下的唆麻竟达二十克之多。

“那会让她在一两个月之内死去的。”医生对伯纳透露了实情，“有一天她的呼吸系统中心会瘫痪，不能呼吸，于是就完了。倒也是好事。我们如果能够返老还童，那又是另外一回事了，可惜办不到。”

出乎每个人的意料（琳达在度唆麻假，不会碍事），提出反对的倒是约翰。

“你们给她那么大的分量岂不是会缩短她的寿命？”

“从某种意义上讲，是的，”萧医生承认，“可是从另一种意义上讲，我们实际上是在延长她的寿命。”小伙子莫名其妙地瞪大了眼睛。“唆麻让你失去了几年寿命，”医生说下去，“但是，想一想它在时间以外给你的悠久岁月吧，那是长得难以计量的。每一次唆麻假在我们祖先的眼里都是永恒呢。”

约翰开始明白了。“原来永恒只在我们嘴上和眼睛里。”他喃喃地说。

“你说什么？”

“没有说什么。”

“当然，”萧医生说下去，“别人有正经工作要做你就不能打发他到永恒去，可是她并没有什么正经工作要做……”

“可我照样，”约翰坚持，“认为这不合适。”

医生耸了耸肩。“好了，如果你宁可让她发疯一样地叫喊，喊个没完的话，你可以……”

约翰最后只好让步了。琳达得到了唆麻，从此以后她便待在三十七楼伯纳公寓的小房间里，躺在床上，永远开着收音机、电视机，永远开着印度薄荷香水，让香水滴着。唆麻片放在一伸手就够得着的地方——她待在那儿，却又压根儿不在那儿。她永远在遥远处度假，在虚无缥缈的地方，在另一个世界。在那儿，收音机的音乐是一个色彩绚烂的深渊，一个滑音演奏的悸动的深渊，通向一个光明灿烂的绝对信念的中心（其间经过了多少美妙的曲折）；在那儿，闪烁在电视机里的形象是某些在美妙得难以描述的、全是歌唱的感官片里的演员；在那儿，滴下的印度薄荷不光是香水，也是阳光，是一百万只色唆风，是跟她做爱的波培，只是比那还要美妙得多，美妙得没法比，而且无穷无尽。

“是的，我们没有办法返老还童，但是我很高兴，”萧医生下了结论，“有这个机会看到了人类衰老的标本。非常感谢你找了我来。”他跟伯纳热烈地握手。

于是人们以后所关注的就只有约翰了。由于只能够通过公认的监护人伯纳才能见到约翰，伯纳现在才平生第一次发现自己不但受到了正常的对待，而且成了一个风云人物。人们再也不谈论他代血剂里的酒精了，也不再嘲笑他的外表了。亨利·福斯特一改常态，对他亲切了起来。本尼托·胡佛送给他一份礼物，六包性激素口香糖。命运预定局局长助理也一反常态，几乎卑躬屈膝地要求伯纳邀请自己去参加他的晚会。至于女人嘛，只要伯纳有一点邀请的暗示，谁都可以让他上手。

“伯纳邀请我下星期三去跟野人见面呢。”范妮得意地宣布。

“我很高兴，”列宁娜说，“现在你得承认你对伯纳的看法是错的了。你不觉得他相当可爱吗？”

范妮点点头。“而且我还要说，”她说道，“我感到惊讶，却愉快。”

装瓶室主任，命运预定局局长和授精室司长的三位助理，情绪工程学院的感官片教授，西敏寺社区歌咏大厅经理，波坎诺夫斯基化监督——伯纳的要人名单没完没了。

“这一星期我到手了六个姑娘，”他对赫姆霍尔兹·华生说体己话，“星期一一个，星期三两个，星期五两个，星期六一个。我要是有时间或是有兴趣的话，至少还有十二个姑娘迫不及待地想要……”

赫姆霍尔兹阴沉着脸，不以为然地听他吹嘘，一声不响。伯纳生气了。

“你妒忌了。”他说。

赫姆霍尔兹摇摇头。“我感到有点悲哀，如此而已。”他说。

伯纳怒气冲冲地走掉了。以后我再也不跟赫姆霍尔兹说话了，他对自己说。

日子一天天过去，成功在伯纳的脑袋里嗞嗞地响，让他跟那个他一向不满的世界和解了，其效果犹如一杯美酒。只要这个社会承认他是个重要人物，一切秩序就都是好的。尽管他的成功使他与世界和解，他仍然拒绝放弃对现存秩序的批判，因为批判行为提高了他的重要性，让他觉得自己很伟大。何况他还真的觉得有些东西应当批判（同时他也确实喜欢做个成功的人，得到想得到的姑娘）。他在因为野蛮人而讨好他的人面前总想摆出一副离经叛道者的挑剔形象。人家当面有礼貌地听着，背后却摇头。“那小青年没有好下场。”他们说，同时很有把握地预言，他们早晚会见到他倒霉的。“那时他就再也找不到第二个野蛮人帮助他摆脱困境了。”他们说。不过，第一个野蛮人还在，他们还得客气。他则因为他们的客气老觉得自己确实伟大——伟大，同时快活得飘飘然，比空气还轻。

“比空气还轻。”伯纳指着天上说。

气象部门的探索气球在阳光里闪着玫瑰色的光，像天上的一颗珍珠，高高飘在他们头顶。

“……对上述野蛮人，”伯纳指点着说，“展示了文明生活的方方面面……”

现在他们正将文明世界的鸟瞰图向野蛮人展示——从查令T字塔平台上看去，航空站站长和现任气象专家在给野蛮人做向导，但大部分的话还是让伯纳包揽了。他非常激动，表现得俨然至少是个前来访问的总统。比空气还轻。

孟买来的绿色火箭从天空降落。乘客们走下火箭。八个穿卡其制服的一模一样的德拉威[1]多生子从机舱的八个舷窗里往外望着——是乘务员。

“每小时一千二百五十千米，”站长引人注目地说，“你对此有何看法，野蛮人先生？”

约翰觉得很好。“不过，”他说，“爱丽儿[2]四十分钟就可以环绕地球一周。”

“令人意外的是，”伯纳在给穆斯塔法·蒙德的报告里说，“野蛮人对于文明的种种发明创造似乎不觉得惊讶，并不肃然起敬。这有一部分无疑是由于一个事实：他听一个叫作琳达的女人告诉过他。琳达是他的母……”

（穆斯塔法·蒙德皱了皱眉头。“那傻瓜难道认为我那么娇气，

1　南亚一个民族，居住在印度南部与斯里兰卡北部。

2　莎士比亚的戏剧《暴风雨》里的角色，是个精灵，来去飘忽，所以可以极快地环绕地球飞行。

连他把‘母亲’这个词写完我都受不了吗？”）

“还有一部分则是由于他的注意力集中到他称之为‘灵魂’的东西上去了，那是他坚持认为独立于物质环境之外的实体。我设法为他指出……”

总统跳过了后面的一些句子，正打算翻到下一页寻找更有趣的具体的东西，眼睛却被几句很不寻常的话抓住了。“虽然在此我必须承认，”他读道，“我也同意野蛮人的看法，文明之中的婴儿时期太轻松，或者用他的话说，不够昂贵，因此我愿意借此机会向阁下进一言……”

穆斯塔法·蒙德立即由愠怒变成了快活。这家伙竟然一本正经地教训起我来了——还奢谈着社会秩序。稀奇古怪，肯定是疯了。“我应当给他点教训。”总统自言自语，然后一抬头，哈哈大笑起来。不过至少此时还不必教训他。

那是一家生产直升机灯座的小厂，是电气设备公司的一个分支。他们在房顶受到了技术总管和人事经理的欢迎（那封传阅的推荐信效果十分神奇）。他们一起下了楼梯，进了工厂。

“每一个步骤，”人事经理解释说，“都尽可能由一个波坎诺夫斯基小组负责。”

结果是：八十三个几乎没有鼻子的短脑袋黑色皮肤德尔塔操作冷轧；五十六个鹰钩鼻子姜黄皮肤的伽马操作五十六部四轴的卡模

铣床；一百零七个按高温条件设置的塞内加尔艾普西隆在铸造车间工作；三十二个德尔塔女性——长脑袋，沙色头发，臀部窄小，高度一米六九（误差在二十毫米以内）——车着螺丝；在装配车间，两组矮个儿的伽马加在装配发电机。两张矮工作台面对面摆着，传送带在两者之间移动，输送着零部件。四十七个金头发白皮肤的工人面对着四十七个褐色皮肤的工人；四十七个鹰钩鼻面对着四十七个狮子鼻；四十七个后缩的下巴面对着四十七个前翘的下巴。完工的机件由十八个一模一样的棕色鬈发姑娘检验，她们一律着绿色伽马服。再由三十四个短腿的左撇子德尔塔减打包进箱。然后由六十三个蓝眼睛、亚麻色头发、长雀斑的半白痴的艾普西隆减搬上等在那儿的卡车。

“啊，美丽新世界……”由于某种记忆里的恶意，那野蛮人发现自己在背诵着米兰达的话，“啊，美丽新世界！这儿有多少美好的人！”

“而且我向你保证，”人事经理在他们离开工厂时总结道，“我们的工人几乎从来不闹事。我们总发现他们……”

但是那野蛮人已突然离开了他的伙伴，在一丛桂树后面剧烈地呕吐起来，仿佛这结实的大地是架在空中遇见了大气旋涡的直升机。

“那个野蛮人，”伯纳写道，“拒绝服用唆麻，而且似乎为他的母……琳达老逗留在假期里感到痛苦。值得注意的是，尽管他的母……很衰老，外形讨厌透顶，野蛮人仍然常去看她，对她表现了强烈的依恋之情——这个例子很有趣，说明了早期条件反射的形成可以制约天然冲动，甚至克服它（在本例里，是回避可恶对象的冲动）。”

他们在伊顿公学的屋顶降落。校园对面五十二层楼的路普顿大厦在太阳中闪着白光。大厦左面是公学，右面是高耸的一幢幢庄重的由钢筋水泥和维他玻璃筑成的学校社区歌咏大厅。方形广场的正中站立着我主福帝的铬钢塑像，古老而奇特。

他们下飞机时，院长嘉福尼博士和校长季特女士接见了他们。

“你们这儿的多生子多吗？”刚开始参观，野蛮人就颇为担心地问道。

“啊，不多。”院长回答，“伊顿是专为上层种姓的子女保留的。一个卵子只生成一个成人。当然，教育起来要费事得多。但是他们是打算用来承担重任和处理意外事件的，只能够这样。”他叹了口气。

此时伯纳已经对季特女士产生了强烈的欲望。“如果你星期一、星期三或是星期五晚上有空的话……”他说着，用大拇指对那野蛮人一戳，“他很特别，你知道，”伯纳加上一句，“怪怪的。”

季特女士笑了（这微笑的确迷人，伯纳想），说了声谢谢，表示他若举行晚会她是乐意出席的。院长开了门。

在阿尔法双加的教室里的五分钟弄得约翰有点糊涂了。

“什么叫作基本相对论？”他悄悄问伯纳。伯纳打算回答，却想了一想，建议他们到别的教室去一趟再说。

一个响亮的女高音在通向贝塔减地理教室的走廊门后叫道：“一、二、三、四。”然后带着疲倦的口气说：“照做。”

“马尔萨斯操，”校长解释道，“当然，我们的姑娘大部分都是不孕女，我自己就是，”她对伯纳笑了笑，“但是我们还有大约八百个没有绝育的姑娘需要经常操练。”

约翰在贝塔减教室的地理课上学到了这样的东西：“野蛮人保留地是由于气候或地理条件不利，或者天然资源缺乏，不值得花费功夫去文明化的地区。”咔嗒一声，房间黑了，老师头顶的银幕上突然出现了阿科马的悔罪人匍匐在圣母像面前的样子。他们也匍匐在十字架上的耶稣面前和菩公鹰像的面前，哀号着悔罪（那是约翰以前听见过的）。年轻的伊顿学生喊叫起来，大笑起来。悔罪人站起身子，仍然哀号着。他脱下了上衣，开始一鞭一鞭地抽打自己。笑声增加了四倍，悔罪人的呻吟声虽被放大，却仍被笑声淹没了。

“他们在笑什么？”野蛮人感到痛心和困惑，他问道。

“笑什么？”院长向他转过仍然满是笑意的脸，“笑什么？不就是因为好笑得超乎寻常嘛。”

在电影的昏暗光线里，伯纳冒险做出了他以前即使在漆黑之中也不敢做的动作。他仗恃新获得的重要身份，伸出胳臂，搂住了女校长的腰。对方如杨柳轻摇般承受了。他正打算偷吻她一两次，或是轻轻捏她一把，百叶窗咔嗒一声又打开了。

“我们还是继续参观吧。”季特女士边说边向门边走去。

“这儿，”过了一会儿，院长说，“是睡眠教育控制室。”

数以百计的综合音乐音响（每间宿舍一个）排列在屋子三面的架上。另一面的鸽笼式文件柜里是一盘盘的录音带，上面是录好的睡眠教育课文。

“把录音带从这儿塞进去，”伯纳打断了嘉福尼博士的话，解释说，“按按这个按钮就……”

“不对，按那个。”院长很不高兴地纠正他。

“那一个，然后，录音带展开，硒质光电管把光波转化为声波，于是……”

“于是你就听见了。”嘉福尼博士总结说。

“他们读莎士比亚吗？”他们在去生物化学实验室的中途，经过了学校图书馆，野蛮人问道。

“当然不读。”女校长涨红了脸说。

“我们的图书馆，”嘉福尼博士说，“只有参考书。如果我们的年轻人需要消遣，可以到感官影院去。我们不鼓励他们耽溺于孤独的娱乐。”

玻璃化的公路上，五辆公共汽车从他们身边驶过，上面是男童女童，他们有的唱歌，有的一声不响地互相拥抱。

“刚刚回来，”嘉福尼博士解释道——此时伯纳悄悄跟女校长定下了当天晚上的约会，“从羽蜕火葬场回来。死亡条件设置从十八个月大就开始。每个幼儿每周都得在医院过两个上午，学习死亡课。最优秀的男孩全留在那儿，到死亡日就给他们吃巧克力汁，让他们学会把死亡当作理所当然的事。”

“跟所有的生理过程一样。”女校长业务性地插嘴道。

八点去萨沃伊，一切都准备好了。

在回伦敦的路上，他们在布伦特福德的电视机工厂逗留了一会儿。

“我去打个电话，你们在这儿等一等好吗？”伯纳问。

野蛮人等着，看着。主白班刚好下班。低种姓的工人们在单轨火车站门前排队——七八百个伽马、德尔塔和艾普西隆男女一共只有十来种面相和身高。售票员在给每个人车票时，无论男女，都再附加一个小纸盒。人的长龙缓缓向前移动。

“小纸盒里，”伯纳回来以后，野蛮人问道（他想起了《威尼斯商人》[1]），“是什么东西？”

“一天的唆麻定量，”伯纳回答含糊，因为嘴里嚼着本尼托·胡佛给他的口香糖，“下班时就发。四片半克的唆麻，还有六片是

1　在莎士比亚的戏剧《威尼斯商人》里，富家女鲍西娅让求婚者就金、银、铅三个匣子进行选择，其中一个里面藏有她的小像，选中小像的人就做她的丈夫。野蛮人不知道那些纸盒里是什么，联想到了这个剧本。

周六用的。”

他热情地抓住约翰的手臂，两人回头向直升机走去。

列宁娜唱着歌走进更衣室。

“你好像对自己很满意。”范妮说。

“我确实是高兴，”她回答。刺啦（拉开了拉链）！“半小时以前伯纳来了电话。”刺啦！刺啦！她扒掉了内衣内裤。“他有个意外的约会。”刺啦！“问我今天晚上是不是可以带野蛮人去看感官电影。我得赶快。”她匆匆跑向浴室。

“好个幸运的姑娘。”范妮眼看着列宁娜走掉，自言自语道。

忠厚的范妮只叙述了事实，话语里没有妒忌。列宁娜确实幸运，因为并不起眼的她竟然走在了潮流的前沿，很大程度上她跟伯纳共享了那野蛮人的巨大名气。福帝女青年会的秘书不是请她去报告过经历吗？爱神会堂不是已经邀请她参加了年度宴会吗？她不是已经上了感官电影新闻吗？——不是教全星球数以亿计的人都看得见，听得清，触摸得着了吗？

显耀人物对她的注意也同样令她得意。驻跸总统的第二秘书请她去用过晚宴，吃过早饭。福帝大法官曾经邀请她一起度过周末，还有个周末是跟坎特伯雷社区首席歌唱家度过的。内外分泌公司的董事长老给她打电话。她还跟欧洲银行副主任去过一趟多维尔。

“当然，很美妙，可是在某种程度上，”她向范妮承认，“我觉得自己有点像在弄虚作假。因为，当然，他们首先想知道的是跟野蛮人做爱是什么滋味，我却只能说我不知道。”她摇摇头，叹了一口气，“他漂亮极了，你不觉得吗？”

“可是他喜欢你吗？”范妮问。

“我觉得他有时喜欢，有时又不喜欢。他总是尽量回避我。我一进房间他就往外走。他总不肯碰我，甚至不肯看我。但是我有时突然转过身去，又会发现他在盯着我。那时候——男人爱上了你的那种情况你是知道的。”

是的，范妮知道。

“我不明白。”列宁娜说。

她就是不明白，不但不明白，而且相当生气。

“因为，你看，范妮，我喜欢他。”

她越来越喜欢他了。哎，总得有个真正的机会，她洗完澡给自己拍香水时想。啪，啪，啪——真正的机会。她那欢乐的心情奔流洋溢，化成了歌声。

抱紧我，让我迷醉，情哥哥；

亲吻我，亲得我发昏入魔；

抱紧我，情哥哥，美妙的兔兔；

像唆麻的爱情，多么舒服。

香味乐器正在演奏一支令人清新愉快的香草随想曲——麝香草、薰衣草、迷迭香、紫苏草、桃金娘和龙蒿发出起伏摇摆的琶音，馥郁的音符通过一连串大胆的变调融入了龙涎香，再通过檀香、樟脑、雪松和新割的干草，缓缓回到乐曲开始时那朴素的香味（其间偶然间杂着微妙的噪音——一点猪腰布丁和似有若无的猪粪味）。掌声在最后的一阵麝香草香气消失时响起，灯光亮了，合成音乐音响里的录音带开始播放，空气里充满了超高音小提琴、超级大提琴和代双簧管三重奏的懒洋洋的悦人的音乐。在三四十个小节之后，一个远超过人类声音的歌喉开始在器乐伴奏中婉转歌唱，时而发喉音，时而发头音，时而悠扬如长笛，时而是表现渴求的和声，从嘉斯帕德·福斯特的破纪录的低音（低到了乐音的极限）轻轻松松升到了蝙蝠般颤抖的高音，比最高 C 还高出许多——那调子在历史上众多的歌唱家之中只有路克利齐亚·阿姑亚莉曾经尖厉地唱出过一次。那是 1770 年，在帕尔马公爵歌剧院，令莫扎特大吃了一惊。

列宁娜和野蛮人陷在他们的充气座位里听着，嗅着。这时已经是使用眼睛和皮肤的时候。

音乐厅的灯光熄灭了，火焰一般的大字鲜明闪亮，好像在黑暗中飘浮：全超级歌唱，合成对话，香味乐器同步伴奏，彩色立体感官电影《直升机里三星期》。

“抓住你椅子扶手上的金属把手，”列宁娜说，“否则你就体会不到感官效果。”

野蛮人按照她的话做了。

此刻那些火焰一样的字母消失了。十秒完全的黑暗，然后，一个硕大无朋的黑人和一个短脑袋的贝塔加金发女郎突然彼此搂抱着站立在那里，比实际的血肉之躯不知道立体多少、耀眼多少，比现实不知道还要现实多少。

野蛮人大吃了一惊。他嘴上是什么感觉呀！他抬手一摸嘴，酥麻感消失了。他的手一落到金属把手上，酥麻感又来了。他的嗅觉器官闻到了纯净的麝香味。录音带上一只超级鸽子像快要死去一样叫着："咕——咕——"每秒只振动三十二次。一个比非洲的低音还低的声音回答道："啊——啊。""呜——啊！呜——啊！"立体的嘴唇再次吻到一起。阿尔汉布拉影院的六千观众脸上的催情区全酥麻了，通体舒畅的欢乐几乎教人受不了。"呜……"

电影的情节极其简单。一支对唱曲唱完，最初的"呜"和"啊"过去（在那张有名的熊皮上的做爱戏演过，每一根毛发都清晰可辨，明确地区分——命运预定局局长助理的话完全没有错），那黑人便遭遇了直升机事故，头朝下摔了下来。砰！脑袋摔得好痛！观众席上爆发出了一大片"哎呀，噢哟"之声。

震荡把黑人的条件设置彻底改变了。他对金发的贝塔女郎产生了排他性的疯狂爱情。女郎抗拒，黑人坚持。斗争，追求，袭击情敌，最后是非常刺激的绑架。金发贝塔被掳掠到了天上，在那儿悬了三个星期，跟那疯狂的黑人单独在一起，严重地妨害了社会。最后，三个英俊的阿尔法经过一连串冒险和许多空中的打斗翻滚，终于把姑娘救了回来，把黑人送到了成人再设置中心。电影快乐地、花哨地结束，金发贝塔成了三个救星的情妇。四个人插入了一个合成音乐四重唱，由超级交响乐队全面伴奏，还配合了嗅觉器官的栀子花香。熊皮终于出现，在响亮的色唛风音乐中，最后的立体接吻在黑暗里淡出，最后的酥麻震颤在唇上颤抖着，颤抖着，犹如濒临死亡的飞蛾，越来越弱，越来越轻，终于静止了，不动了。

但对列宁娜来说，那飞蛾还没有完全死亡。即使在灯光大亮、他们随着人群慢慢往电梯踅去时，那飞蛾的幽灵仍然在她的唇上拍着翅膀，在她的皮肤上散布着精微的、令她震颤的渴求和欢乐。她面颊泛着红晕，抓住野蛮人的手臂，瘫软地搂住它，将它贴在胸前。他低头看了看她，苍白了，痛苦了，动情了，却为自己的欲望感到羞耻。他配不上她，他不够资格……两人的眼光碰上了。她的眼光向他许诺了什么样的珍宝呀！那气质可以抵得上一个王后的赎金。他赶紧看向别处，抽回了被俘虏的手臂。他暗暗害怕，怕她不再是他配不上的那个姑娘。

"我觉得你不应该看那样的东西。"他赶紧把过去和今后可能玷污了她的冰清玉洁的原因转嫁到环境上去。

"什么样的东西，约翰？"

"这样可怕的电影之类的东西。"

"可怕？"列宁娜确实大吃了一惊，"可我觉得很美好。"

“下流，”他义愤地说，“卑鄙。”

她摇摇头。“我不明白你的意思。”他怎么那么奇怪？他怎么会一反常态来破坏情绪？

在出租飞机里他几乎没望过她一眼。他为自己从来没有说出口的誓言所约束，服从着很久没有起过作用的法则。他别过身子坐着，一声不响。有时他整个身子会突然神经质地颤抖起来，好像有手指拨动了一根紧得几乎要断裂的琴弦。

出租飞机在列宁娜公寓的房顶降落。“终于。”她下了飞机兴奋激动地说。终于——哪怕他刚才那么奇怪。她站在一盏灯下望着小镜子。终于到手了，是的，她的鼻子有点发亮。她用粉扑扑上了一点粉。时间正好，他在付出租飞机费。她抹着发光的地方想着：“他漂亮得惊人，其实用不着像伯纳那样害羞。可是……要是换个人，老早就干起来了。好了，现在，终于到手了。”小圆镜里那半张脸突然对她笑了。

“再见。”她身后一个声音吃力地说。列宁娜急忙转过身子。约翰站在出租飞机门口，眼睛紧盯着她，显然从她给鼻子扑粉时起就在盯着，等待着。可他在等什么？是在犹豫，是还没有下定决心，一直在想，想——她想不出他究竟有些什么不寻常的念头。“晚安，列宁娜。”他说着，努力做出个奇怪的面相，想笑。

“可是，约翰……我以为你打算……我是说，你是否……”

他关了门，向前弯过身子对驾驶员说了些什么，出租飞机射向了空中。

野蛮人从机底的窗户往下看，看见了列宁娜仰起的头在淡蓝色的灯光里显得苍白。她的嘴张着，在叫着什么。她那缩小的身姿急速离他而去。房顶那越来越小的方形似乎落进了黑暗里。

五分钟后他已回到了自己的房间。他从隐藏的地方找出了那本被老鼠咬破的书，带着宗教般的细心翻开了那脏污打皱的书页，读起了《奥赛罗》。他记得，奥赛罗跟《直升机里三星期》里的人一样，是黑人。

列宁娜擦着眼睛走过房顶，来到电梯前。在下到二十七楼时，她掏出了她的唆麻瓶子。一克是不会够的，她意识到。她的痛苦比一克要大，但是如果吞下两克，她就有明天早上不能及时醒来的危险。她折中了一下，往她左手手心抖出了三片半克的唆麻。

- 第十二章 -

伯纳只好对紧闭的门大叫，野蛮人却不肯开门。

“可是，大家都在那儿等你。”

“让他们等吧。”屋里传来瓮声瓮气的回答。

“可是你很明白，约翰。（又要大喊大叫，又要带说服口气，多么困难呀！）我是特地让他们来看你的。”

“你倒应该先征求一下我的意见，问问我愿不愿见他们。”

“可你以前总来的，约翰。”

“那正是我再也不愿来的原因。”

“只不过让我高兴一下，”伯纳声嘶力竭地劝说着，“你就不愿意让我高兴一下吗？”

“不愿意。”

“真不愿意？”

“真不愿意。”

绝望了。“那我怎么办呢？”伯纳哀号了起来。

“那你就赶快走！”屋里的声音吼叫着，很懊恼。

“可是坎特伯雷社区首席歌唱家今晚要来。”伯纳几乎要哭了。

“哎，呀，踏夸。”野蛮人只能用祖尼语才能确切表达他对社区首席歌唱家的感受。“哈尼！”他又补充了一句，然后说，“松，厄索，策纳。”（多尖刻的嘲弄口气！）

然后他朝地上吐了一口痰——波培也会这么做的。

伯纳终于泄了气，只好溜回他的屋子，通知等得不耐烦的观众，野蛮人晚上不会来了。客人对这个消息很气愤。男人们气得要命，因为上了当，太给这个无足轻重的、持异端观点的、声名狼藉的人面子。社会地位越高的人越是愤慨。

“跟我开这种玩笑，”首席歌唱家不断地说，“跟我！”

女士们更是生气，认为是听信了假话——叫一个恶劣的小不点涮了，那人的瓶子被误加了酒精，只长了个伽马减的个头。那是对她们的侮辱。她们的声音越来越大。伊顿公学的女校长尤其凶狠。

只有列宁娜一言不发。她苍白了脸，坐在角落里，一种罕见的忧郁使她蓝色的眼睛朦胧了，一种跟周围的人不同的情绪把她和他们隔断了。她来参加晚会时原怀着一种奇怪而急迫的兴奋。“再过几分钟，”她刚进屋时还对自己说，“我就会看见他了。我要告诉他我爱他（她是下了决心来的）——比爱我认识的其他任何人都深。那时他或许会说……”

他会怎么说？血液涌上了她的面颊。

那天晚上看完感官电影后他为什么那么古怪？太古怪了。而我有绝对把握认为他的确相当喜欢我。我有把握……

正是在这个时候伯纳宣布了消息：野蛮人不来参加晚会了。

列宁娜突然有了一种一般只在受到强烈的代动情素处理时才有的感觉——一种可怕的空虚感，一种教人喘不过气来的恐惧感、恶心感。她的心脏仿佛停止了跳动。

“也许是因为他并不爱我。”她对自己说。这种可能性立即变成了确定的事实。约翰拒绝来，是因为他不喜欢她……

“实在太愚蠢了。”伊顿公学的女校长对火葬场与磷回收场场长说，“在我认为实际上……”

“的确，”范妮·克朗的声音传来，“酒精的事绝对是真的。我的一个熟人认识一个当年在胚胎库工作的人。她告诉了我的朋友，我的朋友又告诉了我。”

“太不像话，太不像话了。”亨利·福斯特对社区首席歌唱家表示同情，“你也许会感兴趣：那时我们的前任主任正打算把他下放到冰岛去。”

伯纳那快活自信的气球绷得太紧，大家说出的话把它戳了个千疮百孔，瞬间漏了气。他苍白、沮丧、激动、心慌意乱，在客人之间走来走去，前言不搭后语地嗫嚅着，表达歉意，向他们保证下一回野蛮人准到。他求他们坐下，吃一块胡萝卜素夹心面包，吃一片维生素A小面饼，或是喝一杯代香槟。他们照吃不误，却不理他；他们一面喝着饮料，一面当面出言不逊，或是彼此议论着他，声音又大又不客气，只当他不在。

“现在，我的朋友们，”坎特伯雷社区首席歌唱家用在福帝日庆祝演出里领唱的美丽嘹亮的歌喉说，“现在，我的朋友们，我觉得也许时间已经到了……”他站起身来，放下杯子，从他那紫红色黏胶背心上掸掉不少点心碎屑，向门口走去。

伯纳冲上前去，想留住他。

“您真的非走不可吗，歌唱家先生？……时间还早呢，希望您能够……”

是的，此举很出乎他的意料。列宁娜曾经私下告诉过伯纳，如果他邀请首席歌唱家，他是会接受邀请的。“他确实相当可爱，你知道。”她还让伯纳看了一个T字形的金质小拉链配饰，那是首席歌唱家在他们一起到兰蓓斯过周末时给她的纪念品。为了宣布他的胜利，伯纳曾经在每一份请帖上写上以下的话：与坎特伯雷首席歌唱家和野蛮人先生见面。但是这位野蛮人先生偏偏选在今天晚上把自己关在屋里，而且大叫“哈尼”，甚至“松，厄索，策纳”！幸好伯纳不懂祖尼语。那应当成为伯纳整个事业光辉顶点的时刻竟然变成了让他蒙受奇耻大辱的时刻。

“我曾经非常希望……”他抬头用慌乱和乞求的眼光望着那位大人物，结结巴巴地重复道。

“我的年轻朋友，”社区首席歌唱家用庄重、严厉、响亮的声音说，人们鸦雀无声，“让我给你一句忠告，”他对伯纳晃动着一根指头，“还不算太晚的忠告。”他的声音变得低沉了，“你可要痛改前非，痛改前非。”他在伯纳的头上画了一个T字，转过了身子。“列宁娜，我亲爱的，”他用另一种口气叫道，“跟我来。”

列宁娜服从了，跟在他身后，出了屋子，但是没有笑容，并不得意（丝毫没有受宠若惊的意思）。别的客人在一段意味着尊重的时间之后跟着出去了。最后的客人砰的一声关上门，便只剩下了伯纳一个人。

他的气球给戳破了，完全泄了气，他一屁股坐到了椅子上，用双手捂住脸，哭了起来。过了几分钟，他想通了，吞下了四片唆麻。

野蛮人在楼上读他的《罗密欧与朱丽叶》。

列宁娜和首席歌唱家下了飞机，踏上了兰蓓斯宫的屋顶。“快一点，年轻朋友——我是说你，列宁娜。”首席歌唱家不耐烦地在电梯门口叫道。列宁娜看了看月亮，逗留了一下，然后垂下了眼皮，匆匆走过屋顶，来到他面前。

穆斯塔法·蒙德刚看完一份文件，标题是《一种生物学的新理论》。他沉思地皱起眉头坐了一会儿，然后提起笔在标题页上写道："作者用数学方法处理目标的设想新奇而极富独创性，但为不经之论，对当前社会秩序具潜在的颠覆作用，颇为危险，不予发表。"他在那几个字下画了根线。"对该作者须加监视，必要时下放海军圣赫勒拿[1]生物站工作。"很可惜，他签名时想道，是一篇杰作。但一旦接受从目标出发所做的解释，结果便很难预料。这一类思想极容易破坏上层种姓中思想不坚定分子已设置的条件——让他们对体现最高的"善"的幸福失去信心，转而相信幸福之外还有着存在于当前人类社会以外的目的，从而相信生活的目的不是维护福利，而是深入意识及扩大知识。这话很可能不错，总统想道，但在目前的环境下决不能容许。他再次拿起笔，在"不予发表"下面画上了第二道线，比头一道还要粗黑，然后叹了一口气。"如果人不必考虑幸福的话，"他想，"那会多么有趣！"

约翰闭着眼睛，脸上焕发出欢乐的光彩，他对着虚空柔情脉脉地朗诵道：

啊，连火炬也要学习她明亮的燃烧，
她仿佛是在黑夜的面颊旁闪光熠耀，

1　拿破仑失败后被流放的海岛，在南大西洋，距离非洲还有一千二百英里。

犹如埃塞俄比亚人耳上豪华的耳坠，

太豪华的美，不能用，在人间太宝贵……[1]

金质的T字配饰在列宁娜的胸脯上闪光，社区首席歌唱家抓住它，好玩地拽了几下。“我觉得，”列宁娜打破了长久的沉默说，“我最好吞两克唆麻。”

此时的伯纳却睡得正酣，正对着他梦中的私人天堂微笑，微笑，微笑。但无可改变的是，他床头电钟的分针每三十秒就要发出几乎听不见的一声“嗒”，跳前一步。嗒、嗒、嗒、嗒……于是到了早上。伯纳又回到了时间与空间的苦恼之中。他坐上出租飞机来到条件设置中心上班时，情绪低落到了极点。成功的刺激已经烟消云散，他又清醒了，又依然故我了。跟前几周暂时膨胀的气球一对照，他原来的自我在周围的气氛里似乎空前地沉重了起来。

对这个泄气的伯纳，野蛮人表现出了意料之外的同情。

“你倒更像在马尔帕伊斯时的样子了。”伯纳把自己的悲惨遭遇告诉他时，野蛮人说，“你还记得我们第一次谈话的时候吗？在那座小房子外面。你现在就跟那时一样。”

1　此诗见莎士比亚戏剧《罗密欧与朱丽叶》第一幕第五场四十四至四十七行，是罗密欧第一次见到朱丽叶时的自言自语，原文有韵，照译。

“我又不快活了，原因就在这里。”

“要是我呀，我倒宁愿不快活，而不愿意得到你在这儿的这种谎言换来的快活。”

“可是我喜欢。”伯纳痛苦地说，“这都怪你。你拒绝参加晚会，弄得他们全都反对我！”他明白自己这话不公正，而且很荒谬。他心里也承认野蛮人此刻的话说得很对：能够基于那么微不足道的理由就反目成仇的朋友是没有价值的。尽管他明白而且承认这个，尽管实际上朋友的支持和同情现在是他仅有的安慰，他仍然在心里顽固地、秘密地滋长着一种对那野蛮人的怨恨之情（伴随那怨恨的还有对他的真诚情感），想要对他搞一场小小的报复，给他点苦头吃吃。对首席歌唱家的怨恨是没有用的，要报复装瓶室主任或命运预定局局长助理也办不到。在伯纳看来，将野蛮人作为报复对象却具有超过那几个人的巨大优越性，因为他是可以报复的。朋友的主要功能之一就是：我们想施加而无法施加于敌人的惩罚，他们能够以一种较为温和也较为象征性的形式接受。

伯纳可以伤害的另一个人是赫姆霍尔兹。在心烦的时候，伯纳又去跟赫姆霍尔兹套近乎了（在他得意时则认为那友谊不值得维持的）。赫姆霍尔兹给了他友谊，没有责备，没有指责，好像忘了曾经有过的争吵。伯纳很感动，同时又觉得那种宽容对他来说还是一种侮辱。这种宽容越是不寻常就越是教他丢脸，因为那全是出于赫姆霍尔兹的性格，而与唆麻无关。那是日常生活里不计前嫌、慷慨给予的赫姆霍尔兹，而不是在半克唆麻制造的假期里的赫姆霍尔兹。伯纳照样心怀感激（朋友回到身边是一种巨大的安慰），却也照样心怀不满（若是能够报复一下赫姆霍尔兹的慷慨，倒也是一种乐趣）。

在两人生疏之后第一次见面时，伯纳倾诉了苦痛，接受了安慰。等到他意识到自己并不是唯一遇上麻烦的人因而感到意外和惭愧时，已经是好几天以后的事了。赫姆霍尔兹跟领导之间也有过冲突。

“那是几首顺口溜引起的，”赫姆霍尔兹解释道，“我在教三年级学生高级情绪工程课。分十二讲。其中第七讲是关于顺口溜的。确切地说是‘顺口溜的使用在道德宣传和广告中的作用’。我一向用许多技术上的例子证实我的报告。这一回我觉得应该拿我新写的一首顺口溜作为例子。当然，那纯粹是发疯，但是我忍不住。”他笑了，“我很好奇，想看看学生们的反应。而且，”他更加严肃地说，“我想做一点宣传。我想支配他们，让他们也体会到我写那顺口溜时的感受。福帝呀！”他又笑了，“好个轩然大波！校长叫了我去，威胁说马上要开除我。我受到了他们的注意。”

“你那是个什么顺口溜？”伯纳问。

“那是关于孤独的。”

伯纳扬起了眉头。

“你要是愿意听，我就背给你听听。”赫姆霍尔兹开始了：

委员们昨天开过的会，

只是个破鼓，残留未去，
黑更半夜的这个城市，
不过是真空里几声长笛。
紧闭的嘴唇，满脸的睡意，
已经停开的每一部机器，
扔满杂物的寂静的场地，
会众们就曾在这里来去……
大家都喜欢这片片的寂静，
哭吧，放声大哭或是饮泣；
说话吧——可那说出的话语
是谁的声音，我并不明白。
不在场的人们，比如苏希，
还有艾季丽亚，她也缺席，
她们的胸脯，她们的手臂，
啊，还有臀部，还有那嘴，
一件件都慢慢地变成了现实。
谁的现实？我问，什么现实？
什么东西有这样荒谬的本质？
压根儿就不存在的什么物事
却能够填满这空虚的黑夜，
竟比跟我们亲密接触的东西

存在得更加实际，更加具体——

可为什么好像竟那么污秽？[1]

“哼，我拿这个给学生举了个例，他们就告到校长那儿去了。”

“我并不感到意外，”伯纳说，“这完全是反对他们的睡眠教学的。记住，他们为反对孤独所发出的警告多达数十万次。”

“这我知道，但是我认为应当看效果如何。”

“可不，你现在就看见了。”

赫姆霍尔兹只是笑了笑。“我觉得，”沉默了一会儿，他说，“我好像刚开始有了可写的东西，仿佛刚开始能使用那种我觉得自己内心所具有的力量——那种额外的潜力。似乎有什么东西向我走来了。”伯纳觉得，赫姆霍尔兹尽管遇到了那么多麻烦，倒好像打心眼里觉得快活。

赫姆霍尔兹立即跟野蛮人一见如故，因此伯纳从内心感到一种强烈的妒忌。他跟那野蛮人一起待了好多个星期，却没有跟他建立起赫姆霍尔兹很快就跟他建立起的那种深厚的友谊。他看着他们谈话，听着他们谈话，他发现自己有时怨怼地希望自己从来没有让他俩成为朋友。他为自己的妒忌感到羞愧，因此时而用意志力，时而

---

1 这首顺口溜的韵脚原是abab，cdcd，efef……照这个韵脚译，我国读者怕会觉得不像顺口溜，所以按我国顺口溜习惯用了大体相同的韵脚，一贯到底。

用唆麻来打消自己的这种念头。但是种种努力的作用都不大，而唆麻假总是难免有间歇，那恶劣的情绪不断地回到心头。

在赫姆霍尔兹跟野蛮人第三次见面时，赫姆霍尔兹背诵了他咏叹孤独的顺口溜。

“你觉得这诗怎么样？”背诵完毕他问道。

野蛮人摇摇头。“你听听这个。”他回答道。他打开放着那本叫耗子咬过的书的抽屉，翻开书读道：

阿拉伯唯一的佳树梢，
那只鸟鸣声最高亢，
请伊发表歌声悲怆……[1]

赫姆霍尔兹越来越激动地听着。听见“阿拉伯唯一的佳树梢”时，他吃了一惊。听见“你这个先行官啼声凄厉”时，突然快活地笑了。听见“羽翼凶悍的鸷鸟”时，血便往他面颊上涌。但听见“祭祀的音乐”时，便苍白了脸，带着一种前所未有的情绪颤抖起来。野蛮人继续读道：

1　这是莎士比亚的诗歌《凤凰和斑鸠》的第一小节，下面几句引文也出自这首诗。它是歌唱鸟类女王凤凰和低贱的斑鸠一起自焚的歌，歌颂了为彼此牺牲的爱情。内容暧昧，解释各异，有释为政治讽喻诗的。此处作者似乎是将其当作单纯的爱情诗看。

这一来自我便淡化隐去，
自己跟自己再不相同，
同一本质的两个名称，
既不叫二，也不称一。

眼见得分离的合在一处，
二合为一，双方不见……

“欢快呀淋漓！”伯纳以一种令人不愉快的大笑打断了朗诵，“这不就是一首团结祈祷圣歌吗？”他这是在进行报复，因为那两个朋友之间的感情超过了跟他的感情。

在以后的两三次见面里他还多次重复过这个报复的小动作。这动作虽简单，却非常有效，因为破坏或玷污一首他们喜爱的水晶一样的诗歌能给予赫姆霍尔兹和野蛮人强烈的痛苦。最后赫姆霍尔兹威胁说，他如果再那么打岔，就把他赶出屋子去。然而，奇怪的是，下一次的打岔，最丢脸的打岔，却来自赫姆霍尔兹自己。

野蛮人在大声朗诵《罗密欧与朱丽叶》——带着一种激动而颤抖的激情朗诵着，因为他总是把自己当作罗密欧，而把列宁娜当作朱丽叶。赫姆霍尔兹是带着说不清的兴趣听情人们第一次会见那场戏的。果园那场曾以其诗意令他高兴，但是它所表现的感情教他忍不住想笑。跟一个姑娘闹得那么不可开交，他似乎觉得滑稽。可是在他一点一点地受到文辞感染之后，又觉得它所表达的激情十分精彩。“那个老家伙，”他说，“能叫我们最优秀的宣传专家变成傻瓜呢。”野蛮人得意地笑了，又继续朗诵。一切都进行得相当顺利，直到第三幕的最后一场——凯普莱特和凯普莱特夫人开始强迫朱丽叶嫁给帕里斯的时候。赫姆霍尔兹听那一幕时一直不大安静，但是在这时，朱丽叶用野蛮人模仿出的伤感语调叫道：

在云端难道就没有慈悲的神灵
能看见我心里这悲伤的底奥？
啊，亲爱的妈妈，不要抛弃我，
让婚礼推迟一个月，一个星期吧，
要是不行，就把我的婚床放进
提伯尔特长眠的那昏暗的墓地。

听到这一段时赫姆霍尔兹突然忍不住了，爆发出了一阵哈哈怪笑。

妈妈！爸爸！多么荒唐的猥亵，叫女儿要她不愿意要的人！而那女儿竟然白痴到不知道表明她已经有了心上人（至少那时有）！这样的淫猥荒唐，教人不能够不觉得滑稽。对于从心底升起的笑意，他曾经竭力压制，但是，又是“亲爱的妈妈”（那野蛮人用那伤感的颤抖的语调念出的），又是提伯尔特死了，却躺在那里，显然没有火化，为一座阴暗的陵墓浪费了他的磷。这些都教他实在难以控制自己。他哈哈大笑，再哈哈大笑，笑得眼泪直流。他老是忍不住要笑，野蛮人感到受了侮辱，脸色苍白了，越过书页顶上盯着他。然后，由于他还在笑，野蛮人便愤愤地合上书，站了起来，像一个从猪猡面前收起珍珠的人[1]，把书锁进了抽屉。

“不过，”在赫姆霍尔兹喘过气来可以道歉时，便让野蛮人听了他的解释，消了气，“我很懂得人们是需要那样荒唐疯狂的情节的，因为不那样写就不能写出真正好的东西来。那老家伙为什么能够成为那么了不起的宣传专家呢？因为他有那么多糊涂的、能气死人的故事，能教人激动。他得教你难受，教你生气，否则你就体会不到那些真正美好的、深刻的、像X光一样的词语。可是那些‘爸爸’呀，‘妈妈’呀！”他摇摇头，“在那些‘爸爸’‘妈妈’面前你就无法叫我板着面孔。谁能够因为一个男娃娃有或是没有一个女娃娃而激动呢？”（野蛮人退缩了；但赫姆霍尔兹凝望着地板沉思，没有看见。）“不会的。”他叹了一口气，结束了谈话，“不会激动的。我们需要别的种类的疯狂和暴力。但是，是什么？什么样的？到哪儿找去？”他住了嘴，摇着头说，“我不知道，”最后又说了一句，“我不知道。”

1　英国有句谚语：“在猪猡面前扔珍珠。”此语出自《圣经·马太福音》第七章：“不要把圣物给狗，也不要把你们的珍珠丢在猪前，恐怕它践踏了珍珠，转过来咬你们。”意思近似我国的“对牛弹琴”。

- 第十三章 -

亨利·福斯特在胚胎库的昏暗之中逐渐露出身影。

“今天晚上愿意去看感官电影吗？”

列宁娜没有说话，摇了摇头。

“要跟别人出去吗？”他对什么姑娘在跟他的什么朋友来往很感兴趣。“是本尼托吗？”他问道。

她又摇摇头。

亨利从她那红眼睛里、从她那红斑狼疮式的光线下的苍白里看出了厌倦，从她那没有笑意的鲜红的嘴角看出了悲哀。“你该不是生病了吧？”他问道。他有几分着急，有几种疾病还没有被消灭，他担心她染上了其中之一。

可是列宁娜再一次摇了摇头。

“总之你应该去看看医生，”亨利说，“每天看医生，百病不担心。”他高高兴兴地说，又拍了拍她的肩膀，把他那睡眠教育的格言拍进她心里。“也许你需要一点代妊娠素，”他建议，“再不然就做一次超量的代强烈情素治疗。你知道标准的代动情素并不十分……”

“啊，看在福帝的分上！”一直沉默的列宁娜现在说话了，“别讲了！”她转身又去弄她刚才忽略了的胚胎。

哼，做什么代强烈情素治疗，如果不是痛苦得想哭，她几乎要笑出声来，好像她自己的强烈情绪还不够多似的。她发出了一声深沉的叹息，又吸满了针筒。“约翰，”她喃喃地自语道，“约翰……”然后，“福帝呀！”她糊涂了，“这个胚胎的昏睡病预防针打了没有？没有吗？”她简直不记得了。最后她决定不让它冒挨第二针的危险，便往下做，去打另外一瓶。

从那时起，二十二年八个月零四天之后，姆万扎－姆万扎的一个前途远大的阿尔法减官员将会因患昏睡病死去，那将是半世纪内的第一例。列宁娜叹了一口气，继续工作。

一小时以后，范妮在更衣室里提出了强烈抗议。“但是，让你自己落入这种状态是荒唐的，真是荒唐。”她重复道，“而且是为了什么？为了一个男人，一个男人。”

“可我要的就是他一个。”

“好像世界上的男人不是数以百万计似的。”

“可是别人我都不想要。”

“你连试都没试过怎么知道？”

“我试过了。”

“试过几个？”范妮轻蔑地耸耸肩，问道，“一个？两个？”

“几十个。可是，”她摇摇头，补充道，“毫无用处。”

“那你就应当坚持，”范妮像引用警句一样说，“不能持之以恒，绝对一事无成。”但是她对自己开的药方也失去了信心。

“可我同时……”

“你就别老想着他。”

“我办不到。”

“那你就吞嗖麻。”

“吞过了。”

“再吞。”

“但是醒过来还是想。我永远都要喜欢他。”

“如果是那样，”范妮下了决心似的说，“你为什么不索性去弄到手？管他喜不喜欢。”

“可你不知道他古怪得多可怕。”

“正是因此你才特别喜欢他？”

“说起来倒容易。”

“别管那些胡说八道，上吧。”范妮的声音像喇叭，可以到福帝女青年会当讲师，晚上给贝塔减少年们训话，“对，上，现在就上。”

“我会害怕的。”列宁娜说。

“那就只消先吞下半克唆麻。现在我可要洗澡去了。”范妮拖着毛巾走掉了。

铃声响了，野蛮人跳了起来，向门边走去——他已经等得不耐烦了。赫姆霍尔兹原说那天下午来的——他终于下定决心要跟赫姆霍尔兹谈谈列宁娜的事了，早已迫不及待地想要倾吐心里的话了。

“我早预感到是你来了，赫姆霍尔兹。”他一边开门一边叫道。

站在门口的却是列宁娜，一身白色黏胶绸水手装，左耳边俏皮地斜扣了一顶白色圆帽。

“啊！”野蛮人叫了出来，仿佛有人狠狠给了他一拳。

半克唆麻已足以让列宁娜忘了害怕和羞涩。“嗨，约翰。”她微笑地说着擦过他身边，进了房间。野蛮人机械地关上门，跟在她身后。列宁娜坐了下来。长时间的沉默。

“你见了我好像不太高兴似的，约翰？”她终于说道。

“不高兴？”野蛮人不以为然地望着她，突然在她面前跪了下来，抓住她的手，衷心崇拜地吻着，“不高兴？啊，但愿你能明白我的心。”他低声说，又鼓足了勇气抬起头望着她的脸，“我崇拜的列宁娜，”他说了下去，“你是我最崇拜的人，抵得上世上最珍贵的东西。”

她带着明艳的温柔对他微笑了。“啊，你是那么十全十美。”他说。（她微微张开嘴唇，向他靠了过去。）“你天生就那么无可挑剔、举世无双。”他说。（嘴唇越来越向他靠近了。）“是世间一切生灵的魁首。”（嘴唇更靠近了。）野蛮人突然跳了起来。“因此我打算，”他把脸转开了，“要先完成一件事……来证明我配得上你——并不是说我真有资格，只是想表明我并非绝对配不上你。我想要先办一件事。”

“你为什么非要先办……”列宁娜刚开始，却住了口，口气略带愠怒。人家微微张嘴，向你靠来，越靠越近，却突然发现靠了个空，你这个笨蛋跳到一边去了。哼，尽管有半克唆麻在血液里流动，也免不了有充分的理由教她烦恼。

“要是在马尔帕伊斯，”野蛮人前言不搭后语地叽咕道，“就应该给你带一张山狮皮来——我是说如果想跟你结婚的话，否则带一只狼也行。”

“可是英格兰并没有狮子。”列宁娜几乎怒吼了。

“即使有狮子，”野蛮人突然恨恨地轻蔑地说了下去，“我也担心他们会坐直升机去射杀，或是用毒气之类的东西去捕猎；我可决不会干那种事，列宁娜。”他挺了挺胸，鼓起勇气看着她，却看见列宁娜懊恼地、不理解地反盯着他，他狼狈了，更加语无伦次了，“我一定要做点什么，你要我做什么我就做什么。有一类游戏是很吃力的，但兴趣会使人忘记辛苦。[1]这正是我的感觉。我是说，如果你需要，

1　此语见莎士比亚戏剧《暴风雨》第三幕第一场第一行。

我可以为你扫地。”

“但是我们这儿有真空除尘器，”列宁娜莫名其妙地说，“哪儿用得着扫地呀！”

“当然用不着。有一类卑微的工作是用艰苦卓绝的精神忍受的，最低贱的事往往指向最崇高的目标。[1]我想用艰苦卓绝的精神忍受一些压力。你明白吗？”

“但是，既然有了真空除尘器……”

“问题不在这儿。”

“而且除尘器是供艾普西隆半白痴使用的，”她继续说，“老实说，为什么还要……”

“为什么？为了你，为了你呀。只是为了表示……”

“可是真空除尘器跟狮子能有什么关系？”她越来越气恼了。

“我多爱你呀，列宁娜。”他几乎是气急败坏地和盘托出了。

热血涌上了列宁娜的面颊，象征着欢乐的潮水在她的内心猛烈地激荡。“你真的非常爱我吗，约翰？”

“可是我还没有打算说那句话，”那野蛮人痛苦地将双手十指交叉在一起，叫了起来，“我要等到……听着，列宁娜，在马尔帕伊斯，人们是要结婚的。”

“结什么？”怒气又悄悄潜回了她的声音。在这样的时刻他还

---

1 此语见莎士比亚戏剧《暴风雨》第三幕第一场第二行。

在胡扯些什么呀?

“‘永远。’他们发出诺言，永远生活在一起。”

“多么可怕的念头！”列宁娜真被吓坏了。

“用心灵来超越外表的美丑。因为心灵再生的速度超过了血液的衰老。[1]”

“什么？”

“莎士比亚的戏里是这么说的：‘若是在神圣的礼仪充分完成之前，你就解开了她童贞的结子……’[2]”

“看在福帝的分上，不要再瞎说了。你的话我可是一句也不懂。开头是什么真空除尘器，然后又是什么结子，你快要把我急疯了。”她跳了起来，一把攥住了他的手腕，仿佛既害怕他的肉体会从她身边跑掉，又害怕他的心也会飞走，“回答我这个问题：你真的爱我还是不爱我？”

短时间的沉默。然后他以极其轻柔的声音说道：“我爱你胜过世上的一切。”

“那你为什么不早说？”她叫道，她非常懊恼，尖指甲竟抠进了他的掌心，“为什么要胡扯些结子、除尘器和狮子什么的，教我

1　此语见莎士比亚戏剧《特洛伊罗斯和克瑞西达》第三幕第二场一百六十一至一百六十二行，是特洛伊罗斯向克瑞西达表白爱情的话。

2　此语见莎士比亚戏剧《暴风雨》第四幕第一场十五至十六行，是要嫁女儿的国王对未来的女婿说的话。

痛苦了好几个星期。”

她松开了他的手——气冲冲地把它甩掉。

“我要不是那么爱你的话，就要对你大发脾气了。”

她的手臂突然搂住了他的脖子，他感到她那柔软的双唇贴到了自己的唇上。柔软得那么美妙，那么温暖，那么销魂，他发现自己想起了《直升机里三星期》里的拥抱。呜，呜！那立体的金发女郎，还有，啊！比真实还要真实的黑人。可怕，可怕，可怕……他想挣脱她的拥抱。列宁娜却搂得更紧了。

“那你为什么不早告诉我？”她轻声地说，又挪开了脸盯着他看，眼光里带着温柔的责备。

“即使在最昏暗的洞窟、最方便的场合（良心的声音发出带诗意的雷鸣），有伺机而来的精灵的最强烈的煽惑，也不能把我的廉耻化为肉欲，决不，决不！[1]”他下了决心。

“你这个傻孩子！”她说，“我是多么想要你呀！你既然也想要我，为什么不……”

“可是列宁娜……”他开始反对。她立即抽回了双臂，离开了他。他一时还以为她已经接受了他无言的暗示呢，但是在她解开她那条绿色专利的皮药囊带，把它仔细挂到椅背上时，他开始觉得自己错了。

1　此语见莎士比亚戏剧《暴风雨》第四幕第一场十五至十六行，是要嫁女儿的国王对未来的女婿说的话。

“列宁娜。”他恐惧地重复了一句。

她把手放到脖子边，向下长长一拉，那白色的水手装便已经一解到底。这时怀疑的露水便凝结成了过分、过分坚实的确定。[1]“列宁娜，你在干什么？”

刺啦！刺啦！她做出无声的回答。双腿从灯笼裤里踩了出来，拉链内衣是泛珠光的粉红色，胸前晃动着社区首席歌唱家送她的T字架。

“因为透过胸衣扎进男人眼里的女人的乳峰……[2]”那些雷霆一般的透着玄机的诗句似乎使她变得双倍妖冶，也双倍危险了。柔腻的、柔腻的乳峰有多大的穿透力呀！它们钻穿了，扎透了理智，挖出了隧道，刺穿了决心。“在血里的火焰面前，即使最坚定的誓言也不过是一蓬干草。要越加节制自己，否则……[3]”

刺啦！浑圆的粉红色裂开，像整整齐齐切开的苹果。两条胳臂一晃，右脚一抬，左脚一抬，拉链内衣也落到地上，像是泄了气，

---

1 此语是模拟莎士比亚戏剧《哈姆莱特》里王子哈姆莱特的话，但内容颠倒了过来。王子说但愿自己那过分、过分坚实的肉体会融化，变作露水，这儿却说他原本是虚无的怀疑凝结成了过分、过分坚实的确定。

2 此语见莎士比亚戏剧《雅典人泰孟》第四幕第三场第一百一十六至一百一十八行。全句是：“也不要因为处女的秀颊而让你的剑锋瘫软，因为透过胸衣扎进男人眼里的女人的乳峰，都应当视为叛徒，不能写进怜悯的名单。”

3 此语见莎士比亚戏剧《暴风雨》第四幕第一场五十二至五十三行。未完的一句是：“否则就再见吧，你的誓言。”

失去了生命。

她仍然穿着鞋袜，俏皮地斜戴着白色的小帽，向他走来。“亲爱的，亲爱的！你怎么不早说呢！”她向他伸出了双臂。

可是野蛮人并没有用“亲爱的”作答，也没有伸出胳臂，反倒是吓得倒退了几步，向她连连挥着双手，好像在驱赶着闯进来的毒蛇猛兽，一退四步已经靠近了墙壁。

“亲亲！”列宁娜说，她将双手放到他肩头，身子贴了过去，“抱紧我，抱得我陶醉，我爱。”她的心里也有诗，知道一些能够歌唱的语句。是符咒，是鼓点。“吻我吧。”她闭上了眼睛，声音降成了睡意朦胧的呢喃，“吻得我昏过去吧，拥抱我吧，亲亲，温柔地……”

野蛮人抓住她的手腕，从肩上甩开了她的双臂，粗野地把她推到一臂之外。

“啊，你弄疼我了。你……哦！”她突然不作声了，恐惧已让她忘记了疼痛。她睁开眼睛，看见了他的面孔——不，那不是他的面孔，而是一张陌生人的凶狠的面孔。苍白，扭曲，由于某种疯狂的、难以解释的狂怒抽搐着。她惊呆了。“你怎么啦，约翰？”她低声说。他没有回答，只用那双疯狂的眼睛盯住她的脸。他那握住她手腕的手在发抖。他不规则地深深地喘着气，声音微弱，几乎听不见，却很可怕。她突然听见他在咬牙。“怎么回事？”她几乎尖叫起来。

他仿佛被她的叫声惊醒，抓住她的双肩摇晃着她。“婊子！”他大叫，“不要脸的婊子！”

“啊，别，别。”被他一摇晃，她的声音奇怪地颤抖着抗议道。

“婊子！”

“可别——那么讲。”

“该死的婊子！”

“一克唆麻胜过……”她开始了。

野蛮人猛然一推，她一个趔趄，摔倒了。“滚吧！”他咄咄逼人地俯瞰着她，叫道，“别叫我看见你，否则我杀掉你。”他捏紧了拳头。

列宁娜举起胳臂，想挡住脸：“别，求你别，约翰……”

“快滚，快！”

她用恐惧的眼光盯着他的每一个动作，翻身爬起，仍然举着一条胳臂遮住脸，弓着身子向浴室跑去。

他一巴掌狠狠地打发她快滚，声音像手枪。

“哦呜！”列宁娜往前一蹿。

她把自己关在浴室里，安全有了保证，再慢慢观察自己受到的伤害。她背对着镜子，扭过头从左肩望去，珍珠色的皮肤上有一个鲜明的红色巴掌印。她小心翼翼地揉着受伤的部位。

外面，另外一间屋子里，那野蛮人在大踏步地走来走去，踏着鼓点和魔咒的节奏。“鹪鹩在干那把戏，金色的小苍蝇在我面前也公然交尾。”语句震响在他耳中，令他发疯，“她自己干起那回事来，比臭鼬和膘马还要浪得多呢。她们上半身虽是女人，下半身却是淫荡的妖怪；腰带以上虽由天神占有，腰带以下全归一群魔鬼；那里是地狱，那里是黑暗，那里是硫黄火坑。灼热，恶臭，糜烂。啐！啐！呸！呸！好药剂师，你给我称一两麝香，让我解解我想象中的臭气。[1]”

“约翰，”浴室里传来一阵哀求，“约翰。”

“啊，你这野草闲花啊！你的颜色是这样娇美，你的香气是这样芬芳，人家看见你、嗅到你就会心疼。难道这一本美妙绝伦的书竟是要让人写上‘婊子’两字的吗？天神见了也要掩鼻而过的……[2]”

但是她的香气仍然游荡在他周围，他的短衫上还有白色，那是使她那滑腻的身子芬芳的扑粉。“不要脸的婊子，不要脸的婊子，不要脸的婊子，”那无情的节奏自己拍打了出来，“不要脸的……”

“约翰，你认为我可以穿上衣服吗？”

1　此处两段见莎士比亚戏剧《李尔王》第四幕第六场一百一十二至一百一十三行和一百一十二至一百三十一行。

2　此处一段见莎士比亚戏剧《奥赛罗》第四幕第二场。其实是三句，分别见六十七至六十九行、七十一至七十二行和七十七行。

他抓起了她那灯笼裤、女短衫和拉链内衣裤。

“开门！”他命令道，踢着门。

“不，我不开。”那声音带着畏惧和反抗。

“那我怎么把衣服给你呢？”

“从门上的气窗塞进来。”

他照她要求的做了，又烦躁地在屋子里走来走去。不要脸的婊子，不要脸的婊子。“屁股胖胖的，手指粗得像马铃薯一样的荒淫的魔鬼……[1]”

“约翰。”

他不愿意回答。“屁股胖胖的，手指粗得像马铃薯……”

“约翰。”

“怎么？”他气冲冲地说。

“你能把我的马尔萨斯带给我吗？”

列宁娜坐着，听着隔壁房间里的脚步声。她一边听，一边想着，他要像这样走来走去走多久？她是不是非得等到他离开屋子？能不能够给他一点合理的时间，让他的气消下去，然后打开浴室门冲过去取？会不会有危险？

她正在这样不安地思考着，却被另外那房间里的电话声打断了。

1　此处见莎士比亚戏剧《特洛伊罗斯和克瑞西达》第五幕第二场五十五至五十六行。

脚步声突然停止，她听见野蛮人在跟听不见的声音交谈。

“哈啰。”

……

“我就是。”

……

“如果不是冒充的，那么我就是。”

……

“是的，你没有听见我的话吗？我是野蛮人先生。”

……

“什么？谁病了？我当然有兴趣。”

……

“可是，病得严重吗？”

……

“不在她屋里？把她送到哪儿去了？”

……

“啊，上帝呀。地址是？”

……

“公园巷三号——是吗？三号？谢谢。”

列宁娜听见话筒放回原处咔嗒一响，然后是匆匆的脚步声，门砰的一声关上了。寂静。他真走了吗？

她小心翼翼地把门开了一条缝，往外一看，空无一人。她受到了鼓舞。她把门又开了一点，伸出了头，最后踮着脚走了出去，带着狂跳的心站了几分钟，听了一会儿，然后冲到门口，开门溜出，再砰的一声关上，跑了起来。直到冲进电梯，电梯往下行驶，她才感到了安全。

- 第十四章 -

公园巷弥留医院是一幢樱草花色砖瓦修建的六十层楼大厦。野蛮人下了出租飞机，一列五彩缤纷的空中灵车正好从房顶嗖嗖飞起，掠过公园，向西边的羽蜕火葬场飞去。在电梯门口，门卫组长把他需要的消息告诉了他。他在十七层楼下了电梯，来到八十一号病房（组长解释那是急性衰老病房）。

病房很大，因为阳光和黄色涂料显得明亮。共有二十张床，每张床上都有病人。琳达跟别的病人一起，快要死了——跟别的病人一起，享有一切现代化的设备。空气里永远飘荡着合成音乐愉快的乐曲，每一张床的床尾都有一台电视机，正对着垂死的人，从早到晚开着，像永不关闭的水龙头。病房里的主要香味一刻钟自动改变一次。“我们设法，”从门口起就负责陪同野蛮人的护士解释道，“在这儿创造一种充分的愉快气氛，介乎一流宾馆和感官宫殿之间——如果你能明白我的意思的话。”

“她在哪儿？”野蛮人不理会她这些礼貌的解释，问道。

护士觉得受了冒犯。“你倒是很着急呢。”她说。

“有希望没有？”他问。

“你是说不死的希望吗？”（他点点头。）“当然不会有。送到这儿来的都是没有希望的……”她一见他苍白的脸上那痛苦的表情便吃了一惊，住了嘴。“怎么，有什么大不了的？”她问。对于客人的这种反应她很不习惯。（不过，不是因为这儿的客人不多，其实客人也不应该多。）“你该不是生病了吧？”

他摇摇头。“她是我的母亲。”他用几乎听不见的声音说。

一听这词，护士用惊讶、恐惧的眼光看了他一眼，随即看向别处。她脸红了，从太阳穴一直红到了脖子根。

“带我到她那儿去。”野蛮人竭力用平常的口气说。

她红着脸领他来到了病房。穿过病房时，那些仍然年轻的、尚未衰老的脸（因为衰老发展极为迅速，心脏和脑子老化了，面孔还没有来得及老化）向他们转了过来。第二度婴儿期的茫然的、没有好奇心的眼神追随着他们路过的身影。野蛮人看见他们的样子不禁打了个寒战。

琳达躺在她那一排的最后一张床上，靠着垫子看着南美黎曼曲面球场网球冠军赛半决赛。那情景在床脚的电视屏幕上无声地放映着，画面缩小了。在发光的方形荧屏上，小小的人形不出声地跑来跑去，像水族馆里的鱼——全是另一个世界里的激动却不出声的人。

琳达继续看着电视，露出似懂非懂的暧昧的微笑，苍白浮肿的脸上绽出白痴般的欢喜。她眼皮不时地闭一闭，似乎打了几秒盹，微微一惊，又醒了过来，看见了"水族馆"里的奇怪的网球运动员；听见了超高音沃利策乐器演绎的歌《拥抱我直到我迷醉，亲亲》；嗅到了她头上通风机送来的新鲜马鞭草香——她醒过来时感觉到了这些东西，毋宁说是感觉到了一个梦，一个由经过她血液里的唆麻改造、打扮成的辉煌事物构成的梦。她再次露出婴儿似的满足的微笑，那微笑残破而黯淡。

"好了，我得走了，"护士说，"我的那帮孩子要来了，何况还有三号病床，"她指了指病房那边，"现在随时都有可能去世。好了，你请便吧。"护士匆匆走掉了。

野蛮人在床前坐了下来。

"琳达。"他抓住她的手说。

一听见叫她的名字，病人转动了一下，无神的眼睛闪现出认出了他的光芒。她捏了捏他的手笑了，嘴唇动了动，然后脑袋突然往前一点，睡着了。他坐在那儿望着她，在她那疲倦的身体上寻找着那张曾容光焕发的年轻的脸，那张在马尔帕伊斯陪伴过他的童年时代的脸。他找到了。他闭上了眼，想起了她的声音、她的动作和他们母子俩在一起的全部经历。“链球菌马儿右转弯，转到班伯里T字边……”她唱得多么美！还有那些童谣，多么奇怪和神秘，像魔法一样！

A呀B呀C，维呀他命D；

脂肪在肝中，鳖鱼在海里。

他回忆起了那歌词和琳达背诵时的声音，眼中不禁涌出了热泪。然后是朗读课。“小小子蹲瓶子，小猫咪坐垫子。”还有《胚胎库贝塔工作人员基本守则》。在火塘边的长夜，或是夏季小屋的房顶，那时她给他讲保留地以外的另一个地方的故事——那美好的、美好的另一个地方。他还完整无缺地保留着关于它的记忆——像关于天堂的故事、关于善与美的乐园的故事，并没有让它因为跟真正的伦敦和事实上的文明男女的接触而遭到玷污。

一阵突如其来的尖声吵闹让他睁开了眼睛，他匆匆擦去眼泪，向四面一望。一道仿佛无穷无尽的人流正在往病房里涌动。全是八岁的、长相相同的多生子男孩，一个跟一个，一个跟一个，像梦魇一样进来了。那些面孔，那些老是重复的面孔——那么多人却只有一张脸，一模一样的鼻孔，一模一样的灰色大眼，像哈巴狗一样瞪着，转动着。他们穿着卡其制服，耷拉着嘴唇，尖叫着、叽喳着进来了。顷刻之间，病房里就像爬满了蛆虫。他们有的在病床间挤来挤去，有的在病床上翻来翻去，有的又从病床下钻过，有的则往电视机里张望，有的则对病人做鬼脸。

琳达教他们吃惊，或者说是教他们害怕。一大群人挤在她的床头，带着恐惧而愚昧的好奇盯着她，像野兽突然发现了从未见过的东西。

“啊，看看，看看！”多生子们用恐惧的低声说道，“她这到底是怎么回事？怎么这么肥呀？”

他们以前从来没有见过像她这样的面孔，他们见过的面孔都是年轻的、光洁的，身子都是苗条的、笔挺的。所有这些六十多岁的垂死的人都有着青春少女的容貌。琳达才四十多岁，可对比起来，她已经是一个皮肤松弛、形容扭曲的老妖怪。

“她不是很吓人吗？”悄悄的议论传来，“你看她那牙！”

一个哈巴狗脸的多生子突然从约翰坐的椅子和墙壁之间的床下钻了出来，开始盯着琳达睡着了的脸。

“我说呀……”他开始说话了，可话还没说完，就突然变成了尖叫。野蛮人已抓住他的领子，将他从椅子边提了起来，漂漂亮亮地给了他一巴掌，打得他号叫着逃掉了。

一听见他叫喊，护士长急忙过来营救。

“你对他干了什么？”她凶狠地追问，“我是不会让你打孩子的。”

“那好，你就叫他们别到这床边来。”野蛮人气得声音发抖，“这些肮脏的小鬼头跑到这儿来干什么？丢脸！”

“丢脸？你是什么意思？告诉你，我们正在给他们设置死亡条件，”她恶狠狠地警告，“你要是再干扰他们的条件设置，我就叫门卫来把你轰出去。”

野蛮人站起身子，向她逼近了几步，动作和表情都威风凛凛，吓得护士长直往后退。他费了很大的劲才控制住自己，没有说话，转身又回到床前，坐了下来。

护士长放心了，带着不大有把握的尊严，用稍显尖厉的嗓门说：“你可要记住，我是警告过你的。”不过她总算把那两个小“包打听”带走，让他们玩“找拉链”去了。她的一个同事正在那边组织玩这个游戏。

“赶快去，亲爱的，”她对那护士说，“去喝你那份咖啡饮料。”一运用起权威她就恢复了自信，心里舒服了些。“现在，孩子们！”她叫道。

刚才琳达不舒服地动了动，睁开过一会儿眼睛，蒙眬地向四面看了看，然后又睡着了。野蛮人坐在她身边，竭力想恢复几分钟前的心境。“A 呀 B 呀 C，维呀他命 D……”他背诵着，仿佛这些话是可以让死去的往昔复活的咒语。但是咒语没有起作用，美丽的回忆总顽固地拒绝浮现，真正复活了的倒是关于妒忌、丑恶和苦难的可憎的记忆。肩头被砍伤、滴着血的波培，睡相丑恶的琳达，绕着打翻在床前的美似可嗡嗡乱飞的苍蝇，琳达经过时对她骂怪话的顽童……啊，不，不！他闭上了眼，死命地摇着头，竭力否定着这些回忆。“A 呀 B 呀 C，维呀他命 D……”他努力回忆自己坐在琳达膝盖上的日子。琳达用双臂搂住他，反复地唱着歌，摇晃着他，直到把他摇睡着了：“A 呀 B 呀 C，维呀他命 D，维呀他命 D，维呀他命 D……”

沃利策发出的超级高音逐级上升，已到了如泣如诉的高度。突然香味循环系统的马鞭草香味消失了，换成了浓郁的印度薄荷香。琳达动了动，醒了过来，莫名其妙地看了几秒半决赛运动员，然后抬起头嗅了几下刚换了香味的空气，突然笑了——一种儿童式的非常开心的笑。

“波培！”她喃喃着闭上了眼睛，“啊，我太喜欢这个了，我太喜欢……”她叹了一口气，又倒向枕头。

“可是琳达，”野蛮人哀求道，“你不认识我了吗？”他已经竭尽全力，可为何她总不让他从回忆中解脱出来？他几乎是使着全力紧捏她那软瘫的手，仿佛想强迫她从那淫猥快活的梦里醒来，从那卑贱可憎的回忆里醒来——回到现在来，回到现实来，这恐怖的现在、可怕的现实——而因为使得这一切都可怕的死亡即将到来，那现实又显得崇高、深刻、无比重要。“你不认识我了吗，琳达？”

他隐约感觉到她的手在捏紧，作为回答。他的眼睛里，泪光开始闪烁，他弯下身子亲了亲她。

她的嘴唇动了动。“波培！”她低声说道。他像是被劈头盖脸地泼了一桶大粪。

怒火突然在他心中燃烧。他第二次受到挫折，他忧伤的情绪找到了另一条出路，转化成了激动的悲愤。

“可我是约翰！”他叫了起来，“我是约翰！”他因为极度的痛苦抓住她的肩膀摇晃起来。

琳达的眼睛眨了一下，睁开了，认出了他。“约翰！”——可她又把他那张现实的面孔、现实的粗暴的手放进了一个想象的世界；把他跟隐藏在她心里的薄荷香、超高音沃利策一样看待，跟变了形的回忆、跟构成她那梦幻世界的离奇的错了位的种种感受一样看待。她认得他是她的儿子约翰，可又把他幻想成闯进她马尔帕伊斯乐园的人，而她正在那儿跟波培一起度着唆麻假。约翰生气了，因为她喜欢波培。约翰在摇晃她，因为波培在她床上——好像那是什么错误，好像文明人都不那么干似的。“人人彼此相属……”她的声音突然消失了，转化成了一种喘不过气的、几乎听不见的咯咯声。她的嘴唇耷拉了下来，做了极大的努力要让肺里充满空气，却好像忘掉了怎么样呼吸。她想叫喊，却发不出声音，只有她那瞪大的眼睛里的恐惧表露出她所受到的折磨。她的手伸向了喉咙，然后又抓挠着空气——她再也无法呼吸的空气，对她来说已经不再存在的空气。

野蛮人站了起来，对她弯过身去。“你说什么，琳达？什么？”

他带着乞求的口气说道，好像在求她让他放心。

她在他眼里的样子恐怖得难以描述——恐怖，似乎还在责备他。她想撑起身子，却倒回到枕头上。她的脸扭曲得可怕，嘴唇乌青。

野蛮人转身向病房外走去。

“快！快！”他大叫，“快！”

护士长站在一圈正在玩“找拉链”的多生子之间，转过了头。她起初是一怔，随即不以为意了。“别吵！为孩子们想想。”她皱了皱眉头说，“你可能会破坏条件设置……你在干吗呀？”他已经钻进了圈子。“小心点！”一个孩子在尖叫。

“快点！快点！出事了！我把她弄死了。”

他们回到病房时琳达已经死了。

野蛮人呆住了，他默默地站了一会儿，然后在床前跪下，双手捂住脸，无法抑制地呜咽起来。

护士长犹豫不决地站着，望望跪在床前的人（那表情可真丢脸），再看看孩子们（他们真可怜）。他们已经停止了“找拉链”，从病房那头望了过来，瞪着大眼观看着二十号病床边这场令人恶心的表演。她应当跟他说话，让他恢复羞耻感吗？让他明白自己的处境吗？让他知道他会给这些可怜的天真无邪的孩子带来怎样致命的痛苦吗？他会用他这种恶心的叫喊破坏孩子们一切正常的死亡条件设置的——仿佛死亡是什么可怕的东西，多么严重似的！那很可能让孩子们对这个问题产生最灾难性的想法，搅乱他们，使他们做出完全错误的、反社会的反应。

护士长走上前来，碰了碰他的肩头。“你能不能规矩点？”她怒气冲冲地低声说道。但是她四下看看，有六七个孩子已经站起身子，往病房这边走来了。圆圈快要散了。马上就……不，那太冒险，整个一群孩子的条件设置可能因此而推迟六七个月。她赶快向她负责的遭到危险的孩子们跑去。

“现在，谁要吃巧克力闪电泡芙？”她用快活的口气大声叫道。

“我要吃！”整个波坎诺夫斯基小组的孩子都叫了起来，把二十号病床给忘了。

“啊，上帝呀，上帝呀，上帝呀……”野蛮人不断地自言自语。他的心中充满了痛苦与悔恨，在混沌之中唯一清楚的声音就是上帝。“上帝！”他低声地叫了出来，“上帝……”

“他究竟在说些什么呀？”一个声音在说，那声音很近、很清楚、很尖厉，从超高音沃利策婉转的歌声中穿透出来。

野蛮人猛然转过身子，放开了脸上的手，朝四面看了看。五个穿卡其制服的多生子站成一排，哈巴狗一样瞪着他，每人都用右手拿着半截泡芙，融化了的巧克力在他们一模一样的脸上染出不同形状的污迹。

他们一瞅他的眼睛就同时傻笑起来，其中一个用吃剩的泡芙指着琳达。

“她死了吗？”他问。

野蛮人没有吱声，瞪了他一会儿，然后又默默地站起来，默默地向门口走去。

“她死了吗？”那好发问的多生子吧嗒吧嗒地跟他走着，又问。

野蛮人低头望了望他，仍然没有说话，只把他推开了。那孩子摔到地板上，立即号叫起来。野蛮人连头也没有回。

- 第十五章 -

公园巷弥留医院的体力劳动者是一百六十二个德尔塔，分成两个波坎诺夫斯基小组，其中有八十四个红头发的多生女和七十八个深色皮肤长脸的多生男。六点钟下班，两个小组都在医院走廊上集合，由会计助理给他们发每天的定量唆麻。

野蛮人从电梯出来，走进人群，但他的心还在别处——还跟死亡、忧伤和悔恨交织在一起。他只顾从人群里往外挤，并没有意识到自己在做什么。

“你在挤谁呀？你以为自己是在什么地方走呀？”

一大片喉咙之中只有一高一低两个喉咙在说话，一个娇气，一个粗大。两类面孔，像在一大排镜子里一样无穷无尽地复现着：一类是长雀斑的没有毛的月亮，被一个橘黄色光圈包围着；另一类是瘦削的尖嘴的鸟脸，留了两天的胡子楂。他们全都怒气冲冲地转向他。两种话语和使劲抵在他肋骨上的手肘使他从混沌里惊醒了过来。他再次回到了外在的现实中。他向四面看了看，明白了他眼前是些什么——他是带着一种堕落的恐惧和厌恶明白过来的。他厌恶那日日夜夜反复出现的热病，那些拥来拥去千篇一律的面孔所造成的梦魇。多生子，多生子……他们像蛆虫一样在琳达死亡的迷雾里亵渎地拱来拱去。现在他面前又是蛆虫，只是大多了，长成了人。现在它们正在他的忧伤和悔恨上爬来爬去。他停住脚，用迷惑、恐惧的眼光盯着周围那群穿卡其衣服的暴民。他此刻正站在他们之间，比他们高出了足足一头。“这儿有多少美好的人！”那歌声嘲弄着他，“人是多么美丽！啊，美丽新世界……”

“领唆麻了，”一个声音高叫道，“排好队。那边的人，快一点。”

刚才有一道门已经打开，一套桌椅已经搬到走廊上。说话的是一个神气的年轻阿尔法，他已经捧着一个黑色铁制钱箱走了进来。多生子们怀着欲望，发出一阵满意的呢喃，把野蛮人完全忘了。现在他们的注意力集中到了那钱箱上。年轻人已把钱箱放在桌上，正在打开。箱盖揭开了。

“呜——哇！”一百六十二个人同声叫了起来，像是在看焰火。

年轻人取出一堆小药盒。“现在，”他专断地说，“请走上来，一次一个人，不要挤。”

多生子依次走了上去，没有拥挤。先是两个男性，然后是一个女性，再是一个男性、三个女性，然后……

野蛮人站在那儿望着。“啊，美丽新世界……”他心里的歌似乎改变了调子。在他痛苦和悔恨的时刻，那歌词以多么恶毒的讪笑嘲弄着他！它像魔鬼一样大笑，让那噩梦似的肮脏与令人作呕的丑陋继续折磨着他。到了此时，那歌词突然变成了召唤他拿起武器的号角。“啊，美丽新世界！”米兰达在宣告获得美好的可能，甚至噩梦也可能变成美好高贵的东西，“啊，美丽新世界！”那是一种挑战，一种命令。

“那边的人别挤。”会计助理大发雷霆，他叫道，“你们要是不规规矩矩，我就不发了。”

德尔塔们叽咕了几句，挤了一下，不动了。威胁生了效。扣发唆麻，太可怕了！

“这就好些了。”年轻人说着又打开了箱子。

琳达做过奴隶，琳达已经死去。别的人却应该过自由的生活，应该让世界美丽。那是补救，是一种责任。突然一片光明闪现，仿佛是升起了百叶窗，拉开了窗帘。野蛮人明白了自己该怎么办。

“来吧。”会计助理说。

又一个女卡其走上前来。

“住手！”野蛮人以洪亮的声音大叫，“住手！”

他往桌子边挤了过去。德尔塔们吃惊地盯着他。

“福帝呀！”会计助理放低了声音说，“是野蛮人。”他害怕了。

野蛮人急切地叫了起来。“请借给我你们的耳朵[1]……”以前他从来没有在大庭广众之下说过话，觉得极难表达自己的意思，“那可怕的东西千万别要，那是毒品，是毒品。”

“我说呀，野蛮人先生，”会计助理息事宁人地微笑着说，“你能不能让我先……”

“那是损害灵魂和身体的双重毒品。”

“不错，可是，你先让我发完了再说好不好？好个野蛮人先生。”他像抚摩臭名昭著的危险动物一样拍了拍他的手臂，“你让我先……”

“绝对不行！”野蛮人大叫。

“可是，老兄，听我说……”

“把它们全扔掉——那些可怕的毒品。”

一句“全扔掉”穿透了德尔塔们一重一重混沌的意识，刺痛了他们。人群中发出了愤怒的嘟哝声。

“我是来给你们自由的，”野蛮人转身对着多生子说，“我是来给……”

会计助理没有再听下面的话，他已经溜出了走廊，在电话簿上寻找着一个号码。

1　此语见莎士比亚戏剧《裘力斯·恺撒》第三幕第二场七十三行，是布鲁图杀害恺撒之后安东尼在市场上揭露布鲁图时的开场白。

“他自己的屋子里没有，”伯纳总结道，“我的屋子里没有，你的屋子里没有，爱神会堂没有，孵化中心和学院也没有。他可能到哪儿去呢？”

赫姆霍尔兹耸了耸肩。他们刚才下班回来，以为野蛮人会在平常和他们见面的一两处地方等他们，可是那人连影子也没有。这让他们很扫兴，因为他们原打算乘赫姆霍尔兹的四座体育直升机赶到比亚里茨去。野蛮人要是不马上出现，他们就可能赶不上晚饭了。

“我们再等他五分钟，”赫姆霍尔兹说，“他要再不来，我们就只好……”

他的话被电话铃声打断了，他拿起话筒。“哈啰，我就是。”他听了很久，“福帝在天！”他恶狠狠地说，“我马上来。”

“怎么啦？”伯纳问。

“是我在公园巷弥留医院的一个朋友打来的，”赫姆霍尔兹说，“野蛮人就在那儿，好像发了疯。总之，非常紧急，你愿意跟我去吗？”

两人沿着走廊匆匆向电梯走去。

“可是，你们愿意做奴隶吗？”他俩走进医院时野蛮人正在说话。他满脸通红，眼里闪耀着热情和义愤的光。“你们喜欢做小娃娃吗？是的，哇哇叫，还吐奶的娃娃。”他说下去。他对他想拯救的人畜生一样的愚昧感到烦恼，不禁使用难听的话来骂他们，可他的咒骂撞在对方厚重的蒙昧的甲壳上，又弹了回来。那些人盯着他，目光茫然，表现出迟钝而阴沉的仇恨。“是的，吐奶！”他理直气壮地叫道。现在他把伤心、悔恨、同情和责任全忘光了，这种连禽兽也不如的怪物所引起的难以抑制的憎恨似乎左右了他。“你们就不想自由，不想做人吗？你们就连什么叫人、什么叫自由都不知道吗？”愤怒使他说话流畅起来，滔滔不绝。“不知道吗？”他又问了一句，可是得不到回答。“那好，”他严厉地说，“我就来给你们自由，不管你们要不要。”他推开了一扇朝向医院内部庭院的窗户，把那些装唆麻片的小盒子一把一把扔了下去。

穿卡其的人群看着这过分亵渎的惊人场景，不禁目瞪口呆，恐惧得说不出话来。

“他疯了，”伯纳瞪大了眼睛盯着，悄悄地说，“他们会杀死他的。会……”人们突然大叫起来。一阵涌动，他们向野蛮人气势汹汹地推了过去。“福帝保佑！”伯纳说，他不敢看了。

“福帝帮助自助的人！”赫姆霍尔兹·华生笑了，实际上是狂喜地笑。他推开众人，走上前去。

“自由！自由！”野蛮人大叫，他继续用一只手把唆麻扔到院子里，同时用另一只手击打着向他袭来的面目相同的人。“自由！”赫姆霍尔兹突然到了他的身边——“好赫姆霍尔兹，老兄！”——赫姆霍尔兹也在挥着拳头——“终于做了人了！”说话时赫姆霍尔兹也在一把一把地把毒品往开着的窗户外面扔。“是的，做了人了！做了人了！”毒品一点都不剩了。他抓起钱箱让他们看了看那黑色的空匣子。

德尔塔们呼啸着以四倍的愤怒扑了上来。

伯纳在战斗的边缘犹豫了。“他们完了。”他叫道。突然一股冲动情绪支配了他，他扑上去想救他们俩，可回头一想，又停了步，随即觉得难为情了。他又想扑上去，但是念头一转，站在那儿犹豫了，同时痛苦地感到可耻——他想到如果自己不去帮忙，他俩可能会被杀死；而如果去帮忙，自己又会有生命危险。正在此时，谢谢福帝！戴着鼓眼睛猪鼻子的防毒面具的警察跑了进来。

伯纳冲上去迎接他们，向他们招手。他毕竟在行动，在做着什么。他连叫了几声：“救命！救命！”一声比一声高，他有一种自己在帮忙的幻觉。“救命！救命！救命！”

警察把他推到了一边，自己去执行任务。三个肩上扛着喷雾器的警察向空中喷出了浓浓的唆麻气，另外两个则在手提合成音响前忙碌，还有四个警察冲进了人群，扛着装满强麻醉剂的水枪，对打得难解难分的人一股一股地很有技巧地喷射着。

“快！快！”伯纳大叫，“再不快点他们就要给杀死了。要给……哦！”他的叽叽喳喳惹恼了一个警察，警察对准他射了一支麻醉枪。伯纳的两腿似乎失去了骨头、筋腱和肉，变成了两根胶冻，后来甚至连胶冻也不是，而是成了水。他只摇晃了一两秒，便垮到了地上，瘫痪了。

突然，一个声音在合成音响里说起话来，那是理智的声音、善意的声音。合成音乐录音带正在播放二号（中等强度）反骚乱演说，是从一个不存在的心灵的深处直接发出来的："朋友们，我的朋友们！"那声音带着无限温柔的责备，非常动情地说了起来，就连戴了防毒面具的警察一时都泪眼模糊了。"你们这是什么意思？你们为什么不能让大家幸福和睦地在一起？幸福和睦。"那声音重复道，"和平，和平。"那声音颤抖起来，变成了耳语，暂时消失了。"啊，我真希望你们幸福，"那声音又开始了，带着真心诚意的渴望，"我多么希望你们和睦！我求你们，求你们和睦而……"

两分钟之后演说和唆麻雾气起了作用，德尔塔们已经在泪流满面地互相亲吻拥抱——六七个多生子彼此理解地拥抱在了一起。就连赫姆霍尔兹和野蛮人也差不多要流泪了。有人从会计室又领来了新的唆麻盒，很快分发了下去。多生子们随着那带着深情厚谊的男中音的告别词散开了，好像心都要碎了一样地哽咽着："再见了，我最最亲爱的朋友们，福帝保佑你们！再见吧，最最亲爱的朋友们，福帝保佑你们。再见了，我最最亲爱的朋友们……"

最后一个德尔塔走掉之后，警察关掉了音响。那天使一样的声音停止了。

"你们是不是不出声，跟我们走？"警官问道，"要不要我们用麻醉枪？"他用他那枪威胁。

"哦，我们不出声地跟你走。"野蛮人回答道，同时轻轻抚摩着被打破的嘴唇、挫伤的脖子和被咬伤的左手。

赫姆霍尔兹拿手绢捂住流血的鼻子点头同意。

伯纳醒了过来，腿也管用了，他想利用这个机会尽可能不惹人注意地从门口溜走。

“嘿，那位。”警官叫道。一个戴猪鼻子面具的警察匆匆横过房间，一只手抓住了年轻人的肩膀。

伯纳一脸愤怒的无辜，转过身来。溜？他做梦也没有想过做这样的事。“不过，你们要我干什么？”他对警官说，“我真想象不出来。”

“你是被抓的人的朋友，对不对？”

“嗯……”伯纳说，他犹豫了。对，他的确无法否认。“我凭什么不能够跟他们做朋友？”他问。

“那就来吧。”警官说着就往门口等在那儿的警车走去。

– 第十六章 –

三个人被领进的房间是总统的书房。

“总统阁下马上就下来。”伽马仆役长把他们留在了那里。

赫姆霍尔兹放声大笑。

“这倒不像是审判，而是请喝咖啡。”他说，然后倒进了最奢侈的气垫沙发椅。“别泄气，伯纳。”他瞥见了他的朋友那铁青的不快活的脸，又说。伯纳却泄了气，没有回答，连看也没有看他一眼，只走到屋里最不舒服的一把椅子旁坐下了。那是他小心选择的，暗暗希望多少能够减轻总统的恼怒。

这时野蛮人却在屋子里烦躁地走来走去，他带着一种模糊的表面的好奇窥视着书架上的书、录音带和编了号的小格子里的阅读机线轴。窗户下的桌上有一本巨大的书，柔软的黑色人造皮封面上烫着巨大的金T字。他拿起书，翻了开来。《我的一生及事业》，我主福特著，是福帝知识宣传协会在底特律出版的。他懒洋洋地翻了几页，东看一句，西看一段，正想下结论说这本书引不起他的兴趣，门开了，驻跸西欧的世界总统轻快地踏进门来。

穆斯塔法·蒙德跟他们三个人一一握手，话却是对野蛮人说的。“看来你并不太喜欢文明，野蛮人先生。”他说。

野蛮人看了看他。他曾经打算撒谎、吹牛或是怒气冲冲、一言不发，但是总统脸上那亲切的样子让他放下心来，他决定直截了当说真话。“不喜欢。”他摇摇头。

伯纳吃了一惊，他满脸惶恐。总统会怎么想呢？给他安上个罪名，说他跟不喜欢文明的人做朋友——而且是在总统面前，不是在别人面前公开表示，太可怕了。“可是，约翰……”他说话了。但穆斯塔法·蒙德看了他一眼，他便卑微地闭了嘴。

“当然，”野蛮人继续交代，“有一些很好的东西。比如空中的音乐……”

“有时候千百种弦乐之音会在我耳里缭绕不去，有时又有歌声。[1]”总统说。

野蛮人的脸突然焕发出了欢乐的光彩。“你也读过莎士比亚？”他问道，“我还以为这本书在英格兰这地方没有人知道呢。”

1　此句见莎士比亚戏剧《暴风雨》第三幕第二场一百三十七至一百三十八行。

“几乎没有人知道，我是极少数知道的人之一。那书是被禁止的，你看。但这儿的法律既然是我制定的，我当然也可以不遵守，我有豁免权。马克思先生，”他转身对着伯纳，加上一句，“而你，我怕是不能够不遵守吧。”

伯纳陷入了更加绝望的痛苦之中。

“可是，为什么要禁止莎士比亚呢？”野蛮人问道。由于见到一个读过莎士比亚的人感到兴奋，他暂时忘掉了别的一切。

总统耸了耸肩。“因为莎士比亚古老，那是主要的理由。古老的东西在我们这儿是完全没有用的。”

“即使美也没有用？”

“特别是美的东西。美是有吸引力的，而我们不愿意让人们受到古老的东西吸引。我们要他们喜欢新东西。”

“可这些新东西那么愚蠢而且可怕。那些新戏里除了飞来飞去的直升机和让你感觉得到的接吻，什么都没有。”他做了个鬼脸。“山羊和猴子。[1]”他只有通过《奥赛罗》才能找到表达他的轻蔑和憎恶的词语。

“可爱的、驯服的动物。”总统喃喃地插嘴道。

---

1 野蛮人在这儿使用了莎士比亚戏剧《奥赛罗》里的意象，原句是：“……他们像山羊一样风骚，像猴子一样好色，像豺狼一样贪淫。”见该剧第三幕第三场四百零三至四百零四行，是伊阿古挑拨奥赛罗的话。

“你为什么不换个办法，让他们看看《奥赛罗》？”

“我已经告诉过你，《奥赛罗》太古老。何况他们也读不懂。”

是的，说得对。他想起赫姆霍尔兹曾经怎样嘲笑过《罗密欧与朱丽叶》。“那么，”他停了一会儿说，“弄点他们能够懂的新东西，要像《奥赛罗》那样的。”

“我们想写的正是这种东西。”长时间的沉默，赫姆霍尔兹插嘴打破沉默说。

“可那是你绝对写不出的东西，”总统说，“因为，那东西如果真像《奥赛罗》就没有人懂，不管它有多新。而且如果它是新的，就不可能像《奥赛罗》。”

“为什么？”

“对，为什么？”赫姆霍尔兹问，也已忘掉了自己的狼狈处境。伯纳对处境却牢记在心，他又着急又害怕，铁青着脸。别的人没有理他。“为什么？”

“因为我们的世界跟《奥赛罗》的世界不同。没有钢你就造不出汽车，没有社会的动荡你就造不出悲剧。现在的世界是稳定的，人民过着幸福的生活，要什么有什么，得不到的东西他们绝不会要。他们富裕，他们安全，他们从不生病，也不怕死，他们快快活活，不知道激情和衰老，没有什么爸爸妈妈来给他们添麻烦，也没有妻子儿女和情人令他们产生激情，他们的条件设置使他们实际上不能不按为他们设置的路子行动。万一出了事还有唆麻——那就是你以自由的名义扔到窗外去的东西，野蛮人先生，自由！”他哈哈大笑，“想叫德尔塔们懂得什么叫自由！而现在又希望他们懂得《奥赛罗》！我的好孩子！”

野蛮人沉默了一会儿说：“可是《奥赛罗》是好的，《奥赛罗》要比感官电影好。”

“当然要好，”总统表示同意，“可那正是我们为安定所付出的代价。你不能不在幸福和人们所谓的高雅艺术之间进行选择。我们就用感官电影和香味乐器代替了艺术。”

“可那些东西什么意思都没有。”

“意思就在它们本身。它们对观众意味着大量的感官享受。”

“可是，它们是……是一个白痴所讲的故事[1]。”

总统哈哈大笑。“你对你的朋友华生先生可不太礼貌，他可是最杰出的情绪工程师之一呢……”

“可是他倒说对了，”赫姆霍尔兹阴郁地说，“无事可写却偏要写，确实像个白痴……”

“说得对，但是那正好要求最大的聪明才智，是叫你使用少到不能再少的钢铁去制造汽车——实际上除了感觉之外几乎什么都不用，却制造着艺术品。”

1　此语见莎士比亚戏剧《麦克白》第五幕第五场，全句是：“人生……是一个傻瓜所讲的故事，充满喧哗和骚动，却找不到一点意义。”

野蛮人摇摇头。“在我看来这似乎可怕极了。”

“当然可怕。但是跟受苦受难的太高的代价比起来，现实的幸福看起来往往相当廉价。而且，稳定当然远远不如动乱那么热闹，心满意足也不如跟不幸做殊死斗争那么动人，也不如抗拒引诱或是为激情和怀疑所颠倒那么引人入胜。幸福从来就不伟大。”

“我看倒也是的，”野蛮人沉吟了一会儿说，“可难道非弄得这么糟糕，搞出些多生子来吗？”他用手抹了抹眼睛，仿佛想抹掉装配台上那一大排一大排一模一样的侏儒，抹掉布伦特福德单轨火车站门口排成长龙的多生子群，抹掉在琳达弥留的床边成群结队爬来爬去的人蛆，抹掉攻击他的那些千篇一律的面孔。他看了看他上了绷带的左手，不禁不寒而栗。“恐怖！”

“可是用处多大！你不喜欢我们的波坎诺夫斯基小组，我明白；可是我向你保证，是他们形成了基础，别的一切都是建筑在他们身上的。他们是稳定国家这架火箭飞机、使之按轨道前进的方向陀螺仪。”那深沉的声音令人胆战心惊地震动着，激动的手势暗示着整个宇宙空间和那无法抗拒的飞行器的冲刺。穆斯塔法·蒙德解说的美妙几乎达到了合成音乐的标准。

“我在猜想，”野蛮人说，“你为什么还培育这样的人呢？——既然你从那些瓶子里什么东西都能得到，为什么不把每个人都培养成阿尔法双加呢？”

穆斯塔法·蒙德哈哈大笑。“因为我们不愿意叫人家割断我们的喉咙，”他回答，“我们相信幸福和稳定。一个全阿尔法社会必然动荡而且痛苦。你想象一座全是由阿尔法组成的工厂吧，就是说全是由各自为政、互不关心的个体组成的工厂，他们基因优秀，条件设置适宜在一定范围内自由进行选择，承担责任。你想象一下！”他重复了一句。

野蛮人想象了一下，却想象不出什么道理来。

“那是荒谬的。硬叫按阿尔法标准换瓶和按阿尔法条件设置的人干艾普西隆半白痴的工作，他是会发疯的——发疯，否则他就会砸东西。阿尔法是可以完全社会化的——但是有个条件：你得让他们干阿尔法的活儿。艾普西隆式的牺牲只能由艾普西隆来做。有个很好的理由，艾普西隆们并不觉得在做出牺牲，他们是抵抗力最小的一群。他们的条件设置给他们铺好了轨道，让他们非沿着轨道跑不可，他们早就命定了要倒霉，要情不自禁地跑。即使换了瓶，他们也仍然在瓶子里——他们被一种看不见的瓶子像婴儿一样、胚胎一样固定。当然，我们每个人的一生，”总统沉思着说，“都是在一种瓶子里度过的。可我们如果幸而成了阿尔法，我们的瓶子就相对而言比较宽敞。把我们关在狭窄的空间里，我们就会非常痛苦。理论上很明显，你不能把高种姓的代香槟加进低种姓的瓶子里。而在实践中，也已经得到了证明。塞浦路斯实验的结果是很有说服力的。”

“什么实验？”野蛮人问。

穆斯塔法·蒙德笑了。“你要是愿意，可以称之为重新换瓶实验。是从福帝纪元 473 年开始的。总统清除了塞浦路斯岛上的全体居民，让两万两千个专门准备的阿尔法住了进去，给了他们一切工农业设备，让他们自己管理自己。结果跟所有的理论预计完全吻合。土地耕种不当，工厂全闹罢工，法纪废弛，号令不行。被指派做一段时间低级工作的人总搞阴谋，要换成高级工种。而做着高级工作的人不惜一切代价串联回击，要保住现有职位。不到六年工夫就打起了最高等级的内战。等到两万两千人死掉一万九千人，幸存者们就向世界总统送上了请愿书，要求恢复总统对岛屿的统治。他们接受了。世界上出现过的唯一全阿尔法社会便这样结束了。”

野蛮人深深地叹了一口气。

“人口最佳比例是，”穆斯塔法·蒙德说，“按照冰山模式——九分之八在水下，九分之一在水上。”

“水下的人会幸福吗？”

“比水上的人幸福。比你在这儿的两位朋友快乐，喏。”他指着他们俩。

“尽管做着那种可怕的工作？”

“可怕？他们并不觉得可怕，反倒喜欢，因为清闲呀，简单得像小孩的玩意，不用训练头脑和肌肉。七个半小时不算繁重的劳动，然后有定量的唆麻、游戏、不受限制的性交和感官电影。他们还会有什么要求？不错，”他说下去，“他们可能会要求缩短工作日。我们当然能够给他们缩短。从技术上讲，要把低种姓人的工作日缩短为三四个小时不费吹灰之力。但是他们会因此而多一些幸福吗？不，不会的。一个半世纪以前曾经做过一次实验。爱尔兰全部改成每天工作四小时。结果如何？动荡不安和更高的唆麻消费，如此而已。那多出来的三个半小时空闲远远不足以成为幸福的根源，却使得他们不得不休唆麻假。发明局里塞满了减少劳动的计划提案，有好几千。”穆斯塔法·蒙德做了一个手势，表示很多，“我们为什么不实行？是为了劳动者的利益。拿过多的余暇折磨他们简直就是残酷。农业也一样。只要我们愿意，每一口食物都可以合成。但是我们不干，我们宁可把三分之一的人口保留在土地上，那是为了他们好，因为从土地上取得食物比从工厂要慢。而且我们还得考虑到稳定，不想变。每一次改变都威胁着稳定，那是我们很不愿意应用新发明的又一个原因。纯科学的每一个发现都具有潜在的颠覆性。就连科学有时也会被看作潜在的敌人。是的，就连科学也如此。”

“科学？”野蛮人皱了皱眉头。他知道这个词，可说不清它究竟是什么意思。莎士比亚和印第安村庄的老人就从来没有提起过科学。从琳达那里他也只归纳出了一点最模糊的印象：科学是你用来造直升机的东西，是让你嘲笑玉米舞的东西，是让你不长皱纹、不掉牙齿的东西。他竭尽全力想领会总统的意思。

“不错，”穆斯塔法·蒙德说，“那是为稳定所付出的又一项代价。跟幸福格格不入的不光是艺术，还有科学。科学是危险的，我们得给它小心翼翼地套上笼头，拴上链子。”

“什么？”赫姆霍尔兹吃了一惊，“可我们一向说科学就是一切。那已经是睡眠教育的老调了。”

“十三岁至十七岁，每周三次。”伯纳插嘴道。

“还有我们在大学里所做的一切宣传……”

“对，可那是什么样的科学？”穆斯塔法·蒙德尖刻地说，“你们没有受过科学训练，无法判断。我原来可是个出色的物理学家，可是太善良——我不明白为什么我们所有的科学都不过是一本烹饪书。书上的正统烹饪理论是不容许任何人怀疑的，有一大批烹调技术不经过掌勺师傅的批准是不许写进书里去的。我现在做了掌勺师傅，但以前也是个爱刨根问底的洗碗小工。我开始自己搞一些非法的、不正统的、不正当的烹调。实际上是真正的科学实验。”他沉默了一会儿。

“后来怎么啦？”赫姆霍尔兹·华生问。

总统叹了一口气。“几乎跟你们的遭遇一样，年轻人。我差点被送到一个小岛上。”

一句话吓得伯纳魂不附体，做出了十分不体面的行为。

“送我到岛上去？”他蹦了起来，穿过屋子，来到总统面前比画着，“你不能送我去，我什么也没有做，都是别人做的，我发誓是这样的。”他指着赫姆霍尔兹和野蛮人，“啊，请别把我送到冰岛去。该做什么我保证都做。再给我一个机会吧，求求你啦！”他连眼泪都流出来了，“告诉你吧，那都得怪他们，”他抽泣了起来，“别让我去冰岛。啊，求您了，总统福下。求……”他卑劣的情绪发作，跪倒在总统脚前。穆斯塔法·蒙德想扶他起来，他却赖在地上不动，咿咿唔唔说个没完。最后总统只好按铃叫来了他的第四秘书。

“带三个人来，”他命令道，“把马克思先生带到寝室去，给他一剂唆麻雾，送他上床，让他睡。”

第四秘书出去了，带回来三个穿绿色制服的多生子下人。伯纳叫喊着、抽泣着被带了出去。

“人家还以为要割他的喉咙了呢，”门关上时总统说，“不过他如果有一点点头脑就会明白，这种处分其实是一种弥补。他要被送到一个岛上去了，那就是说他要被送到一个他可以遇见世界上最有趣的男男女女的地方去了。那些人都是因为某种原因而特别自觉地独行其是，他们跟社会生活格格不入，对正统的事物不满，有自己的独立思想。总而言之，算得上个角色。我几乎要妒忌你了呢，华生先生。”

赫姆霍尔兹笑了。“那你现在为什么不是在一个岛上呢？”

“因为我最终选择了这儿，”总统回答，“他们曾经给过我选择：是被送到一个岛上去继续搞我的纯科学，还是进入总统委员会——其远景是在适当的时候继任总统。我选择了这个，放弃了科学。

有时候，”他说，“我为放弃了科学而感到遗憾。幸福是一个很难服侍的老板——特别是别人的幸福。如果一个人并没有特别设置得可以接受幸福而不提出疑问，那么幸福就比真理要难服侍得多。”他叹了一口气，又沉默了，然后才以较为活泼的口气说下去，“好了，职责就是职责，应该如何选择是无法讨价还价的。我对真理感兴趣，我喜欢科学。但是真理是一种威胁，科学危害社会。它的危害之大正如它的好处。它给了我们历史上最平衡的稳定，即使原始的母系社会也不会比我们更稳定。我再说一句，我们要感谢科学，但是我们不能让科学破坏它自己办成的好事，因此我们小心翼翼地控制着它的研究范围——正是因此，我差点被送到岛上去。除了当前最急需解决的问题，我们都不以科学的方式处理，其他一切探索都要非常小心谨慎地遏制。”他沉吟了一会儿，又说，“读一读我主福帝时代的人所写的关于科学进步的文章是很有意思的，”他停了一下又说，“那时候的人似乎畅想着科学是可以无限制地发展下去的，知识是最高的善，真理是最高的价值，其他的一切都是次要的、从属的。不错，甚至在那时候观念就已经开始改变。我主福帝就曾经做过极大的努力，要把强调真与美转轨为强调舒适和幸福。大规模生产需要这种转轨。众人的幸福能让轮子稳定地运转，而真与美不行。而且，当然，只要群众掌握了政权，重要的就会是幸福而不是真与美。尽管如此，那时还是允许无限制地进行科学研究的。人们还在谈着真与美，仿佛它们就是最高的善，一直谈到九年战争之前。是那场战争让他们彻底改变了调子。炭疽杆菌炸弹在你周围爆炸，真呀，美呀，知识呀，对你还有什么意思？就从那时——九年战争之后——开始，科学第一次受到了控制，人们还准备好了连裤带都勒紧呢。为了安定的生活什么都是可以放弃的。我们进行了控制。当然，那对真理不算太好，对幸福却大有好处。有所得必然有所失，获得幸福是要付出代价的。你就要付出代价了，华生先生——因为对美的兴趣太浓厚而付出代价。我曾经对真理的兴趣太浓厚，我也曾经付出过代价。”

“可是你并不曾到海岛上去。”野蛮人打破了长久的沉默说道。

总统笑了。“我的代价是：为幸福服务。为别人的幸福，不是为我自己的幸福服务。幸运的是，”他停了一会儿又接下去说，“世界上有那么多海岛。要是没有那么多海岛，我可真不知道该怎么办了，那样就只好把你们全都送进毒气室了。附带说一句，你喜欢不喜欢赤道气候？比如马克萨斯群岛[1]、萨摩亚群岛，或是别的更能够刺激你的地方？”

赫姆霍尔兹从他的气垫沙发椅上站了起来。“我宁可选一个气候极端恶劣的地方，”他回答，“我相信恶劣的气候会使我写得更好。比如，常常有狂风暴雨……”

总统点头表示赞许。“我就喜欢你这种精神，华生先生，的确

1　在南太平洋东部，属法属波利尼西亚群岛。

非常喜欢，喜欢得就像我正式反对它一样。”他笑了，“那么福克兰群岛[1]怎么样？”

“好，我看可以。”赫姆霍尔兹回答，“现在，你如果不介意的话，我要去看看可怜的伯纳怎么样了。”

1 位于南大西洋，即20世纪80年代领土纠纷引起战争的马尔维纳斯群岛。

– 第十七章 –

“艺术，科学——你好像为你的幸福付出了相当高的代价，”只剩下他们俩时，野蛮人说，“还付出了别的什么吗？”

“当然，还有宗教。”总统回答，“以前有过一种叫作上帝的东西，那是在九年战争以前，不过我忘了。关于上帝你是知道的，我估计。”

“啊……”野蛮人犹豫了，他想谈一谈孤独、夜以及月光下的苍白的石塬、悬崖，谈一谈往阴影里的黑暗中跳下去和死亡。他想谈，但是找不出话来表达，甚至引用莎士比亚也无法表达。

这时总统已走到屋子另一边，打开一个嵌在书架间的墙壁里的保险箱。沉重的门一晃，开了，总统伸手在黑暗里摸索。“这是一个我一向很感兴趣的题目。”他抽出一本黑色的厚书，“你从来没有读过这本书吧？”

野蛮人接了过来。“《圣经·新旧约全书》。”他念着书名。

“这书也没有读过吧？”那是一本小书，封面没有了。

“《效法基督》[1]。”

“这书也没有吧？”他又递给他一本。

“《宗教经验种种》，威廉·詹姆斯[2]著。”

“我还有很多,”穆斯塔法·蒙德说了下去,“一整套猥亵的古书。保险箱里放着上帝，书架上放着福帝。”他指着他自称的图书馆——那一架架的书，一架架的阅读机线轴和录音带——哈哈大笑。

“可你既然知道上帝，你为什么不告诉他们？”野蛮人义愤填膺地问道，“你为什么不把这些有关上帝的书给他们读？”

“理由跟不让他们读《奥赛罗》一样，太古老了。那是关于几百年前的上帝的书，不是关于今天的上帝的书。”

“上帝可是不会变的。”

“但是人会变。”

“那能有什么区别？”

“有天大的区别。”穆斯塔法·蒙德说着又站了起来，走到保

1　法国僧侣托马斯·肯培（约1380—1471）的代表作。原文为拉丁文，15世纪中叶被译为英语。

2　威廉·詹姆斯（1842—1910），美国经验主义哲学家。他虽然把纯粹经验看作世界的实质，却不是一元论者。《宗教经验种种》是他的代表作之一。

险箱前，“有个人叫纽曼主教，”他说，“是个红衣主教，”他解释道，“也就是社区首席歌唱家一流的人物。”

“‘我，美丽的米兰的潘杜尔夫，红衣主教。’[1]我在莎士比亚的书里面读到过。”

“你当然读到过。好了，我刚才说到，有个人叫纽曼红衣主教。啊，就是这本书。”他抽了出来，“我要谈纽曼的书，也想谈谈另一本书，是一个叫曼·德·比朗的人写的。他是个哲学家——你要是知道什么是哲学家的话。”

“就是能想出许多东西的人，想出的东西比天地间的事物还多。”野蛮人立即回答。

“说得很对，我马上就给你念一段他确实想出的东西。现在你听一听这位古时候的‘首席歌唱家’的话。”他从夹了一张纸条的地方翻开，读了起来，“‘我们并不比我们所占有的东西更能够支配自己。我们并没有创造出自己，也无法超越自己。我们不是自己的主人，而是上帝的财富。这样来看问题难道不是我们的一种幸福吗？认为能够支配自己能使我们得到幸福、得到安慰吗？少年得志的人可能会这样想，以为能使一切事物按他们的想法及方式运作很了不起，不必依靠任何人。对视野以外的东西一律不予考虑，不必为总需要感谢别人、征求别人的意见，总需要祈祷而烦恼。可惜随

1　此语见莎士比亚戏剧《约翰王》第三幕第一场一百三十八行。

着时光的流逝，这些少年得志的人必然会跟别人一样发现，人未必是天生独立的——独立状态并不是自然状态。独立在一定时间内也许可能，却无法使我们平安到达目的地……’”穆斯塔法·蒙德停了停，放下第一本书，拿起了第二本翻着。“就拿这一段为例。”他说，然后就以他那深沉的声音念了起来，“‘人是要衰老的；他从内心强烈地感到衰弱、阴暗、烦恼，这种感觉是随着年龄的增长而增长的。最初有这种感觉时他以为是病了，以为这种痛苦处境是某种特殊原因造成的，用这种想法来减少恐惧。他希望那病跟别的病一样，能够治好。这是幻想！那病叫作衰老，是一种令人毛骨悚然的病。有人说对死亡和死亡后的恐惧使人到老年之后转向信仰宗教，但是我自己的体会使我深信：宗教情绪是随着年龄的增长而增长的，但与这一类的恐惧或想象并无关系。宗教情绪会发展，是因为那时激情平静了，幻想和感受力随之而减弱，难以唤起，于是理智活动受到的干扰便减少，能引起人们的想象、欲望和妄想的东西对理智的影响也减少了，这样上帝就出现了，宛如云开日出。我们的灵魂感觉到了,看见了,向诸般光明的源头转了过去——很自然地、不可避免地转了过去。因为现在给感官世界以生命和魅力的东西已经被筛掉，离开了我们，那惊人的存在现在已不再受到内在和外在印象的支持，我们感到需要依靠一种永恒的东西，一种永远不会欺骗我们的东西——一种现实，一种绝对的永恒的真理。是的，我们不可逃避地要转向上帝，因为这种宗教情绪的本质是如此纯洁，使能够体会到它的灵魂如此愉悦，可以弥补我们在其他方面的损失。'"穆斯塔法·蒙德合上书，身子往椅背上一靠，"天地之间有一种哲学家们连做梦都没有想到过的存在，那就是我们，"他挥舞着一只手，"就是我们这个现代的世界。'你只能在青春和昌盛之时独立于上帝。但独立并不能把你安全地送到最后。'可是我们自始至终拥有青春和繁荣，随之而来的还有什么？显然我们是能够独立于上帝之外的。'宗教情绪将弥补我们的一切损失。'可是我们并没有需要弥补的损失，宗教情绪是多余的东西。既然青年时期的欲望全都可以满足，为什么还要寻求那欲望的代用品呢？既然我们能够从自古以来的种种胡闹活动中获得尽情的享受，为什么还要追求那类娱乐的代用品呢？既然我们的身心都能在活动中不断获得愉悦，为什么还要休息呢？既然我们有唆麻，为什么还需要安慰呢？既然我们已经有了社会秩序，为什么还需要追求永恒呢？"

"那么你认为上帝是没有的？"

"不，我倒认为上帝十之八九是有的。"

"为什么……"

穆斯塔法·蒙德打断了他的话。"但是上帝对不同的人有不同的表现。在这之前，上帝的表现正如这本书里所描述的，可是现在……"

"可是现在上帝是怎样表现自己的呢？"野蛮人问。

"嗯，他表现为一种虚无的存在，仿佛根本不存在。"

“那可是你们的错。”

“把它叫作文明的错吧。上帝跟机器、科学医药和普遍的幸福是格格不入的。你必须做出选择。我们的文明选择了机器、医药和幸福，因此我就把这些书锁进了保险箱。它们肮脏，会吓坏人的……”

野蛮人打断了他。“可是，感到上帝的存在不是很自然的吗？”

“你倒不如问：穿裤子拉拉链不也是很自然的吗？”总统尖刻地说，“你使我想起了另外一个这样的老头，他叫布拉德莱。他对哲学下的定义是：为自己出于本能所相信的东西寻找到的蹩脚的解释！仿佛那时人们的信仰是出于本能！一个人相信什么是由他的条件设置决定的，找出些蹩脚理由为自己因这些蹩脚理由相信的东西辩护，那就是哲学。人们相信上帝，因为他们的条件设置使他们相信。”

“可是情况还是一样，”野蛮人坚持不懈，“在孤独的时候你就相信上帝——当你很孤独，在夜里，思考着死亡的时候。”

“可是现在人们是绝不会孤独的，”穆斯塔法·蒙德说，“我们把他们制造得仇恨孤独，我们为他们安排的生活使他们几乎不可能孤独。”

野蛮人神色黯淡地点了点头。他在马尔帕伊斯感到痛苦，因为人家把他孤立于村庄活动之外；而在文明的伦敦他也感到痛苦，因为无法逃避社会活动，无法获得平静的孤独。

“你记得《李尔王》里的那段话吗？”野蛮人终于说道，“‘诸神是公正的，他们使我们的风流罪过成为惩罚我们的工具；他在黑暗淫亵的地方生下了你，结果使他失去了他的那双眼睛。’[1]这时爱德蒙回答道——你记得，他受了伤，快要死了：‘你说得不错，天道的车轮已经循环过来了，所以有了我。’这怎么样？这不是很像有一个掌握万物的上帝在奖善惩恶吗？”

“真的吗？”这一回是总统提问了，“你可以跟一个不孕女尽情地寻欢作乐，绝不会有被你儿子的情妇剜去双眼的危险。‘天道的车轮已经循环过来了，所以有了我。’现在的爱德蒙会怎么样呢？他坐在气垫椅里，搂着姑娘的腰，嚼着性激素口香糖，看着感官电影。诸神无疑是公正的，但是他们的法律归根到底是由社会的组织者口授的；上帝接受着人的指令。”

“你有把握？”野蛮人问，“你有充分的理由认为坐在气垫椅里的爱德蒙不会遭到跟那个爱德蒙同样严厉的惩罚——那个受伤流血快要死去的爱德蒙？诸神是公正的……他们难道不会因为他寻欢作乐、成为邪恶的工具而贬斥他？”

“在什么地方贬斥他？作为一个快乐、勤奋、消费着商品的公

1　此语见莎士比亚戏剧《李尔王》第五幕第三场一百七十一至一百七十四行。剧里爱德蒙是葛罗斯特伯爵的私生子，而爱德蒙的情妇里根又因为他而剜掉了葛罗斯特伯爵的双眼，所以有此报应之说。

民，这个爱德蒙无懈可击。当然，如果你要采用跟我们不同的标准，你也许可以说他被贬斥了，但是我们应该坚持同一套规则，不能按玩汪汪狗崽离心球的规则玩电磁高尔夫。”

“但是价值不能够凭私心的爱憎决定，”野蛮人说，“一方面这东西本身必须确有可贵之处，另一方面它还必须为评价者所重视。它的价值必须这样来确定。[1]”

“好了，好了，”穆斯塔法·蒙德抗议了，“这不离题太远了吗？”

“如果你想到上帝，就不会让自己因为风流罪过而堕落。你必须有理由耐心地承担一切，鼓起勇气做事。这，我在印第安人身上见过。”

“我肯定你见过，”穆斯塔法·蒙德说，“但我们不是印第安人，我们没有必要让文明人遭受什么痛苦的折磨。至于鼓起勇气做事——福帝禁止这种念头进入人们的头脑。如果每个人都各行其是，整个社会秩序就会被打乱了。”

“那么对自我否定你们又怎么看呢？既然有上帝，你们也就有自我否定的理由。”

“但是必须取消了自我否定才会有工业文明。必须自我放纵到卫生和经济所能容忍的最高限度，否则轮子就会停止转动。”

1　此话见莎士比亚戏剧《特洛伊罗斯和克瑞西达》第二幕第二场五十三至五十六行。

“你们有理由需要贞操！”野蛮人说这话时有点脸红了。

“但是贞操意味着激情，意味着产生神经衰弱，而激情和神经衰弱意味着不安定，从而意味着文明的毁灭。没有大量风流罪过就不可能有持久的文明。”

“但是上帝是一切高贵、善良和英勇之事物的源泉。如果你们有上帝的话……”

“亲爱的年轻朋友，”穆斯塔法·蒙德说，“文明绝对不需要什么高贵和英雄主义，这类东西都是没有政治效率的病征。在我们这样的有合理组织的社会里，没有人有机会表现高贵或英勇。这种机会只能够在环境完全混乱时出现：在战争的时候，在派别分化的时候，在需要抵制诱惑的时候，在争夺或保卫爱的对象的时候——显然，在那种时候高贵和英雄主义才会有点意义。可是现在是没有战争的。我们为防止对某一个对象爱得太深，做出了极大的努力。我们这里没有派别分化这个东西。你的条件设置让你忍不住要做你应该做的事；而你应该做的事总体说来又是非常愉快的，能够让你任意发泄你的种种自然冲动，实际上不存在需要你去抵抗的诱惑。即使由于某种不幸的意外确实发生了不愉快的事情，那好，还有唆麻让你远离现实去度唆麻假。永远有唆麻可以平息你的怒气，让你跟敌人和解，让你忍耐，让你长期承受痛苦。在过去，你得做出巨大的努力，经受多年艰苦的道德训练。现在只需吞下两三片半克的唆麻就行了。现在谁都可以道德高尚，一个瓶子就可以装下你至少一半的道德，让你带了走。没有眼泪的基督教——唆麻就是这种东西。”

“但是眼泪是需要的。你还记得奥赛罗的话吧？‘要是每一次暴风雨之后都有这样和煦的阳光，那就让狂风恣意地吹，把死亡都吹醒了吧。’[1]有一个印第安老人常跟我们讲一个故事，是关于玛塔斯吉的姑娘的，小伙子要想跟她结婚必须到她园子里去锄一上午地。锄地好像很容易，但是那儿有许多许多有魔法的蚊子和苍蝇。大部分小伙子都受不了叮咬，受得住叮咬的得到了那姑娘。”

“这故事很好听！但是在文明的国家里，”总统说，“你可用不着替姑娘锄地就能得到她，也没有苍蝇蚊子叮咬。我们好多个世纪以前就消灭了蚊蝇。”

野蛮人皱起双眉点了点头。“你们把苍蝇蚊子消灭了，把一切不愉快的东西消灭了，而不是学会忍受它们。‘默然忍受命运的暴虐的毒箭，或是面对着苦海，拿起刀子一了百了。’可是你们两样都不做，既不‘默然忍受’，也不‘一了百了’，只是把毒箭消灭，那太容易了。”

他突然沉默了，想起了他的母亲。琳达曾经在三十七层楼上的房间里漂浮在一个弥漫着歌声的海里，那儿有光明和馨香的爱抚——她漂走了，漂到空间以外、时间以外，漂到她的回忆、习惯

1　此语见莎士比亚戏剧《奥赛罗》第二幕第一场一百八十五至一百八十六行。

和她那衰老臃肿的身子的囚牢以外去了。而托马金，以前的孵化与条件设置中心主任托马金，现在还在唆麻假期里——那摆脱羞辱和痛苦的唆麻假，在一个他听不见嘲弄的话和讽刺的笑、看不见那张奇丑的面孔、感觉不到那两条湿漉漉的肥胳膊搂住自己脖子的世界里——美妙的世界……

“你们需要的是，”野蛮人继续说道，“带眼泪的东西。这儿的东西都不如眼泪值钱。”

（“造价一千二百五十万美元，”在野蛮人对他提起这话时，亨利·福斯特曾经抗议过，“一千二百五十万美元——那是新的条件设置中心的价值，分文不少。”）

“勃勃的雄心振作起了他的精神，使他蔑视不可知的结果，为了区区弹丸之地，拼着血肉之躯去向命运、死亡和危险挑战。[1]这里头不是还有点东西吗？”他抬头看着穆斯塔法·蒙德问道，“与上帝无关——当然，上帝也可能是理由之一。危险的生活里不也有点东西吗？”

“有很多东西，”总统回答，“男人和女人的肾上腺素过些时候就需要受到点刺激。”

“什么？”野蛮人莫名其妙地问。

1　此语见莎士比亚戏剧《哈姆莱特》第三幕第一场五十一至五十三行，是哈姆莱特赞美福廷布拉斯为争夺小小一片土地而率军战斗的话。

“那是身体完全健康的条件之一。因此我们才把接受 V. P. S. 治疗定为义务性的。”

“V. P. S.？”

“代动情素。每月固定接受一次。我们让肾上腺素弥漫整个生理系统。从生理上说，它完全和恐惧、狂怒相等。它所能产生的滋补效果跟杀死苔丝狄蒙娜和被奥赛罗杀死相同，却丝毫没有不方便之处。”

“我却喜欢那种不方便。”

“可是我们不喜欢，”总统说，“我们喜欢舒舒服服地办事。”

“我不需要舒服。我需要上帝，需要诗，需要真正的危险，需要自由，需要善，需要罪恶。”

“实际上你要求的是受苦受难的权利。”

“那好，”野蛮人挑衅地说，“我现在就要求享有受苦受难的权利。”

“你还没有说衰老、丑陋和阳痿的权利；害梅毒和癌症的权利；食物匮乏的权利、讨人厌烦的权利；总是战战兢兢，害怕明天会发生些什么的权利；害伤寒的权利；受到种种难以描述的痛苦折磨的权利。”

良久的沉默。

“这一切我都要求。”野蛮人终于说道。

穆斯塔法·蒙德耸耸肩。“那就照您的意思办吧。”他说。

– 第十八章 –

门半开着，他们俩进来了。

“约翰！”

一种不愉快的、带着他的特性的声音从浴室里传来。

“出了什么事吗？”赫姆霍尔兹叫道。

没有回答。不愉快的声音又出现了，两次。没有声音了。浴室门咔嗒一声开了。野蛮人走了出来，他脸色非常苍白。

“我说呀，”赫姆霍尔兹很关心地说，“你脸上的确带着病容，约翰！”

“你吃了什么不受用的东西吗？”伯纳问。

野蛮人点点头。“我吃了文明。”

“吃了什么？”

“我中毒了，受了污染。而且，”他放低了声音说，“我吞下了自己的邪恶。”

“没错，可究竟出了什么事……我是说你刚才在……”

“我现在已经清洗了自己，”野蛮人说，“我拿芥末冲温水喝了。”

两人瞪大了眼惊异地望着他。“你是说你是故意那么做的？”伯纳问。

“印第安人就是那么清洗自己的。”他坐了下来，叹了一口气，用手抹了抹前额。“我要休息几分钟，”他说，“我相当疲倦了。”

“嗯，这我倒并不意外，”赫姆霍尔兹沉默了一会儿说，“我们是来告别的。”他换了个口气说了下去，“明天我们就走了。”

“是的，明天我们就走了。”伯纳说。野蛮人在他脸上看见了一种完全听天由命的表情。“顺带说一句，约翰，”他坐在椅子上，身子前倾，把手放在野蛮人的膝盖上，“我要说明我对昨天发生的事有多么抱歉，”他脸红了，“有多么惭愧，”说话时声音颤抖，“事实上是多么……”

野蛮人打断了他的话，动情地抓住他的手，捏了捏。

“赫姆霍尔兹对我好极了，”伯纳停了一下，说了下去，“要是没有他我早就……”

“好了，好了。”赫姆霍尔兹抗议道。

沉默。三个年轻人尽管痛苦，却反倒快活起来了，因为他们的痛苦象征了他们对彼此的爱。

“今天早上我去看总统了。”野蛮人终于说话了。

“我问他我是否可以跟你们一起到海岛去。”

“他怎么说？”赫姆霍尔兹迫不及待地问道。

野蛮人摇摇头。“他不让我去。”

“为什么不让？”

“他说他想继续做实验，可是我他妈的是不会干的，”野蛮人突然发起脾气来，“我才不愿意给他当什么混账的实验品呢。就算全世界的总统都来求我我也不干。我明天也拔腿走人。”

“可是你到哪儿去？”两人同时问道。

野蛮人耸耸肩。“哪儿都可以去，我不在乎。只要能够孤独就行。”

下行线路是从吉尔福德沿威谷到戈德尔明，经米尔福德、威特利到黑斯尔米尔，再穿过彼得斯菲尔德飞向朴次茅斯。大体与此平行的上行线路则要经过沃普尔斯登、东岩、伯吞汉姆、埃尔斯特德和格雷莎等地。这两条线路在野猪背和红鹿头之间有几处地方相距不到六七英里。这个距离对粗心的驾驶员来说实在太近——特别是在他们多吞了半克唆麻的晚上。这儿发生过几起事故，严重的事故。于是他们决定把上行线路往西挪开几千米。这样，在格雷莎和东岩就留下了四座灯塔，标志着从朴次茅斯到伦敦的旧飞行线路。灯塔上的天空宁静寥落。此时直升机正在塞尔伯恩、波尔顿和法纳姆上空不断嗡嗡地轰鸣着。

野蛮人选择的隐居地是耸立在伯吞汉姆和埃尔斯特德之间的小

山山顶上的一座旧灯塔。那建筑物是钢筋水泥做的，目前情况依旧良好。野蛮人第一次探索这地方时曾经嫌它太舒服，文明到了几乎奢侈的程度。但他向自己保证一定要以更加严格的自律和更加脱胎换骨的涤罪进行弥补，以此安抚自己的良心。他在隐居地的第一夜故意没有睡觉，只是一个小时接一个小时地跪在地上祈祷，时而向有罪的克劳狄斯[1]曾向它乞求饶恕的天庭祈祷，时而用祖尼语向阿沃那维洛纳祈祷，时而向耶稣和菩公祈祷，时而向他的守护生灵鹰隼祈祷。他不时地平伸双臂，好像上了十字架，许久许久不动，伸得胳臂生疼，越来越疼，疼得发抖，难以忍受。他平伸着手，自愿上了十字架，同时咬紧牙关，痛得汗流满面。“啊，饶恕我吧！啊，保佑我纯洁！帮助我善良！”他一再地说，直到痛得几乎昏死过去。

到了早上，他觉得已经取得了在灯塔里居住下去的权利，尽管那里大部分窗户还有玻璃，而且从平台上看出去景色也极美丽，使得他选择灯塔的理由几乎立即变了味。他选择到那儿去居住，因为那儿有十分美丽的景物，因为从他那有利的位置似乎可以看见神灵的圣体。可是他是什么样的人，竟然被这样娇惯，可以每时每日欣赏如此的美景？他是什么样的人，竟然可以与上帝的圣体生活在一起？他是只配居住在肮脏的猪圈或是地下的黑洞中的。因为长夜的

1　莎士比亚戏剧《哈姆莱特》里杀兄篡位的丹麦国王。剧中他由于良心不安曾向上帝祈祷。

煎熬，他的身子仍然僵硬，余痛也还在，也正因此他才觉得良心稍安了。他爬上了塔楼的平台，向旭日东升的光明世界望去，他已经重新获得了在这里居住的权利。北方的景色由野猪背蜿蜒的白垩质群山包围。群山东尽头的后方矗立着七座摩天大楼，那就是吉尔福德。野蛮人一见那些大楼便不禁苦笑，但是随着时间的推移，他必须与它们和谐相处，因为到了晚上，不是它们那些呈几何形状的星座快活地眨眼，便是它们在泛光灯的照耀下，像发光的手指指向深杳神秘的天空。那手势的意义在全英格兰除了野蛮人之外恐怕是谁也体会不到的。

伯吞汉姆就在峡谷里，在野猪背与他的灯塔所在的小山之间，是一个不起眼的小村庄。九层楼，有圆柱形粮仓，有一个家禽场和一个小小的生产维生素 D 的工厂。灯塔南面是长满石楠的漫长的缓坡，地势渐渐降下去，跟一串池沼连在一起。

池沼以外的森林后矗立着一座十四层的埃尔斯特德大楼。红鹿头和塞尔伯恩在朦胧的英格兰空气里若隐若现，把眼光吸引到浪漫的蓝幽幽的远方。但是吸引野蛮人到他的灯塔来的不仅是那远景，迷醉他的还有这儿的近景。这森林，这大片大片的石楠丛和黄色的金雀花，还有那一片片苏格兰枞树和榉树掩映着的闪光的池塘，池塘里的睡莲和一丛丛的灯芯草——这些都非常美丽，对习惯于美洲荒漠的枯寂的眼睛来说，它们都是惊人的。何况还有孤独！日子一天天过去，他没有见到过一个人影。灯塔距离查令 T 字塔只有一刻钟的飞行距离，但是这个萨里郡的荒原比马尔帕伊斯的群山还要荒凉。人们一批批离开伦敦，却只是去玩电磁高尔夫或是网球。伯吞汉姆没有高尔夫球场，最近的黎曼球场也远在吉尔福德。这儿唯一能够吸引人的东西是野花烂漫的景色。既然没有好的理由来此，这儿就没有游人光顾。开初的日子野蛮人过着孤独的生活，没有受到干扰。

约翰初到伦敦时领了一笔个人的零用钱，那钱大部分已花在了装备上。离开伦敦之前他买了四条人造毛毯子、粗绳、细线、钉子、胶水、几件工具、火柴（不过他打算到时候做一个取火钻）、罐子、盘子、二十四袋各类种子和十公斤面粉。“不，不要合成淀粉和废棉代面粉，”他曾经坚持，“尽管那要营养一些。”可是遇见泛腺体饼干和加了维生素的代牛肉时，他在老板的劝说下让步了。现在望着这些罐头，他又强烈地谴责起自己的软弱来。可恨的文明产品。他下了决心，即使挨饿也不吃那些东西。“那对他们会是一种教育。”他报复地想道。可对他，那也会成为一种教育。

他数了数钱，他希望剩下的几个钱能够让他度过冬天。到了明年春天，他菜园里的产品就足够让他独立于外部世界了。同时，猎物总是有的。他看见过很多兔子，池塘里还有水鸟。他立即做起弓箭来。

灯塔旁边就有白杨树，还有一整林子的榛木，满是直得漂亮的枝条，是做箭杆的好材料。他从砍倒一株小白杨开始，砍出六英尺没有分杈的树干，然后照老米季马教他的样子，削掉树皮，一刀一刀削去白色的木质，削出了一根和他自己一样高的棍子。当中粗些是为了结实，两头细些是为了灵活方便。工作给了他极大的乐趣。他在伦敦度过了几周游手好闲、无事可做的日子，需要什么只需按一下按钮或是拉一拉手柄，现在做起需要技巧和耐心的工作来竟纯粹是一种享受了。

他差不多把棍子削成了弓体，忽然意识到自己唱起歌来了，吃了一惊。唱歌！他仿佛从外面回来，突然撞上自己在干坏事而且被现场拿获了，不禁惭愿得满脸通红。他到这儿来毕竟不是为了唱歌和享受，而是为了不让文明生活的垃圾继续污染他；是为了清洗污秽，弥补过失——积极进行弥补。他惶惑地意识到，在他沉溺于削制弓体的时候，竟然忘记了自己发过誓要随时记住的东西——可怜的琳达，自己对琳达那凶狠、冷酷的态度，还有那些在她死亡的神秘环境里像虱一样爬来爬去的讨厌的多生子。他们的存在不但侮辱着他的哀伤和悔恨，而且侮辱了神明。他曾经发誓要记住这些，而且要不断做出补偿。可现在他在削制弓体的时候竟唱起歌来了，的确唱了……

他进了屋子，打开芥末盒，倒进了一些水，在火上煮了起来。

半小时以后，从伯吞汉姆同一波坎诺夫斯基小组来的三个德尔塔减农民到埃尔斯特德去，偶然看见一个年轻人在山顶上废弃的灯塔外面，光着上身，用一根打结的绳子鞭打着自己。背上横着猩红的鞭痕，一道道鞭痕流着缕缕鲜血。卡车司机在路边停了车，跟他的两个同伴一起耷拉着下巴，盯着看这个罕见的奇景。一、二、三，他们数着。打到第八鞭时年轻人停止了自我惩戒，跑到树林边去，猛烈地呕吐起来，呕吐完了，回来又抓起鞭子狠打。九、十、十一、十二……

“福帝！”司机低声说，他的弟兄们也有同感。

“福帝呀！”他们都说。

三天以后，记者来了，像兀鹰落到了尸体上。

弓体已在鲜叶燃成的文火上烘干，可以用了，野蛮人在忙着做箭杆。三十根榛树条已经削好烤干，用尖利的钉子做了箭镞，弦口也仔细地刻好了。有天晚上他袭击了伯吞汉姆家禽场，现在他已经有了足够打造一个武器库的羽毛。第一个记者找到他时，他正在往箭杆上安装羽毛。那人的气垫鞋没有声音，悄悄来到了他的身后。

“早上好，野蛮人先生，”他说，“我是《每时广播》的记者。”

野蛮人仿佛叫蛇咬了一口，跳了起来，箭杆、羽毛、胶水罐和刷子掀了一地。

“请原谅，”记者说，他真心地感到过意不去，“我不是故意的……”他用手碰了碰帽子边缘——那是一顶铝制烟囱帽，镶嵌了无线电收发报机。“请原谅我不能脱帽致敬，”他说，“帽子有点重。嗯，我刚才在说，我代表《每时广播》……”

“你要干什么？”野蛮人皱着眉头问。记者用他那讨好的微笑回答。

“当然，我们的读者会非常感兴趣的，如果……”他把脑袋偏到一边，笑得几乎有点献媚的意思，“只需要你说几句话，野蛮人先生。”他做了几个礼貌性的手势，迅速把两根电线解开（电线连接着系在腰间的移动电池），分头插进他那铝制帽子的两侧。然后碰了碰帽子顶上的一根弹簧，嗒，一根天线射了出来；他又碰了碰帽檐上的另一根弹簧，一个麦克风就像弹簧玩具人一样蹦了出来，悬在离他鼻子六英寸的地方摇晃着。他拉下受话器盖住耳朵，按了一下左边的按钮，一种轻微的黄蜂般的嗡嗡声出现了；再扭一下右边的把手，嗡嗡声便为一种听诊器里的滋滋声、咯咯声、打嗝声和突然的吱吱声所代替。“哈啰，”他对麦克风说，“哈啰，哈啰……”帽子里突然响起了铃声。“是你吗，埃泽尔？我是普里莫·梅隆。对，我找到他了。现在野蛮人先生要接过话筒说几句话，野蛮人先生，是吗？”他又堆满他那讨好的微笑看着他，“请告诉我们的读者你为什么到这儿来，是什么让你这么突然离开伦敦的。（埃泽尔，听着！）还有，当然，那鞭打。”（野蛮人吃了一惊，他们怎么会知道鞭打的事呢？）“我们都非常迫切地想知道关于鞭打的事，然后再谈点关于文明的问题。你知道那类东西的。‘我对于文明姑娘的看法’，只说几个词就行，只要说几个词……”

野蛮人照他的话办了，只说了几个令人烦恼的词，一共五个，没有更多了——就是他跟伯纳谈起坎特伯雷社区首席歌唱家时的那五个词。“踏夸，哈尼！松，厄索，策纳！”他揪住记者的肩膀一扭，扭得他转过身子（那年轻人把自己的外表包装得很招人爱），像个职业足球冠军一样，鼓足力气准确地踢出去，给了他狠狠的一脚。

八分钟以后，最新版的《每时广播》已经在伦敦街头出售。第一版通栏大标题为：《每时广播》记者尾椎骨惨遭神秘野人踢伤，轰动萨里。

“连伦敦也轰动了。”记者回家读到这话时想道，但是那“轰动”疼得厉害，他坐下来吃午饭时得非常小心。

他的另外四个同行却没有因为他尾椎骨上那警告性的损伤而胆怯，当天下午便分别代表《纽约时报》、法兰克福《四维闭联报》、《福帝科学箴言报》和《德尔塔镜报》来到灯塔采访，受到了几次“接见”，一次比一次粗暴。

“你这个不通情理的浑球，”《福帝科学箴言报》记者揉着还在痛的屁股，站在安全距离之外大叫，“你怎么不吞点唆麻？”

“滚！”野蛮人挥着拳头。

对方倒退几步，转过身子。“吞下一两克，坏事就不是现实的了。”

“阔哈夸，咿呀特拖可呀仪！”口气带着讽刺，咄咄逼人。

“痛苦就成了一种幻觉。”

“啊，是吗？”野蛮人说着拾起一根榛木条子，大踏步扑了过来。《福帝科学箴言报》记者急忙往他的直升机里躲去。

然后野蛮人有了一会儿平静。几架直升机飞来，围着灯塔探寻似的悬浮着。他对最靠近的一架烦扰人的飞机射了一箭，射穿了机舱的铝制地板。一声尖叫传来，飞机以其超级充电器所能提供的最高加速度像火箭一样蹿上了天空。别的飞机从此以后便总保持在一个敬而远之的距离。野蛮人不理会飞机的嗡嗡声，一味地挖着他未来的菜园子。他在想象中把自己比作了玛塔斯吉姑娘的求婚者之一，在有翅膀的害虫包围之下岿然不动。过了一会儿，害虫们显然是厌倦了，飞走了。他头上的天空连续好几个小时空空如也，除了云雀叫，再也没有别的声音。

天气热得让人透不过气来，空中有了雷声。他已经挖了一上午的地，现在正四仰八叉地躺在地板上睡觉。对列宁娜的思念变成了真正的现实。列宁娜赤裸着身子，可以触摸到，她在说："亲爱的，伸出你的手臂拥抱我！"她穿着鞋袜，洒了香水。不要脸的婊子！可是哦！哦！她那两条胳膊竟搂住了他的脖子！啊，她向他抬起了那乳房，仰起了嘴唇！列宁娜！我们的目光和嘴唇便是永恒……不、不、不、不！他翻身跳了起来，光着半截身子跑了出去。荒原边上有一丛灰白的杜松，他向它冲过去，刺进他怀抱的是一片绿色的松针，而不是他所渴望的滑腻的肉体。无数尖利的松针扎着他，他努力想着可怜的琳达——喘着气，手乱抓，眼里有说不出的恐惧。可怜的琳达，他发誓要记住的琳达！但是萦绕在他心里的仍然是列宁娜那身子。即使松针扎得他生疼，他那畏缩的肉体感觉到的还是真切得无法逃避的列宁娜。"亲爱的，亲爱的，既然你也想我，为什么就不……”

鞭子就挂在门边的钉子上，好等记者来时取用。野蛮人一发狂，跑回屋里抓住鞭子，唰的一鞭，打了结的绳咬进了自己的肉。

“婊子！婊子！”他每抽一鞭便大叫一声，好像抽的是列宁娜（他多么疯狂地希望那就是列宁娜，自己却没有意识到），白生生、暖烘烘、喷了香水的列宁娜！他就像这样抽打着她，那不要脸的列宁娜。“婊子！”然后他用一种绝望的声音说，“啊，琳达，原谅我，原谅我，上帝呀，我坏！我邪恶，我……不，不，你这个婊子！你这个婊子！”

这整个过程已被感官电影公司最行家里手的大腕摄影师达尔文·波拿巴观察到了。他正躲在三百米外精心建造的掩体里。耐心与技巧获得了报偿。他在一棵假橡树的树洞里坐了三天，在石楠丛里趴了三夜，把麦克风埋藏在金雀花丛中，把电线埋在灰色的软沙里。七十二小时里他备尝了艰辛，现在伟大的时刻来了——这可是自他拍摄了咆哮震天的立体感官电影《猩猩的婚礼》以来的最伟大的时刻，达尔文·波拿巴在他的工具之间活动时想道。“精彩！”野蛮人一开始那惊人的表演，他就对自己说，“精彩！”他小心地调着摄影机的镜头，盯紧了那移动着的对象。他开到了更大的功率，逼近拍摄了一个疯狂扭曲的面部特写（太好了），随即转为半分钟慢镜头（他向自己保证会产生绝妙的喜剧效果），同时细听着记录在他的胶片边上的鞭打声、呻吟声和呓语声。他把那声音稍微放大一点听了听（嗯，精彩多了，绝对）。而在暂时的平静里，他又听见了一只云雀的尖声欢叫，他感到很高兴。他希望野蛮人会转过身子，让他给那背上的血痕拍个漂亮的特写——而几乎就在他转念之间（多么惊人的幸运），那个通情达理的家伙竟真的转过了身子，让他拍了一个十全十美的特写。

“嗯，了不起！”拍完之后他自言自语，“的确是了不起！”他擦着脸。到摄影棚配上感官效果准会成为一部精彩的电影。几乎跟《抹香鲸的爱情生活》一样棒，达尔文·波拿巴想道——而那说明的问题可就多了！福帝呀！

十二天以后《萨里郡的野蛮人》上映，可以在西欧任何一家一流的电影院里看到、听到和感觉到。

达尔文·波拿巴的影片立即产生了效果，巨大的效果。电影放映后的当天黄昏，约翰在乡下的孤独突然被头上一窝蜂出现的直升机打破了。

他在他的园子里挖地——一边挖地，一边挖掘着自己的心，苦苦翻掘着他的思想的实质。死亡——他铲了一铲子，又铲了一铲子，又是一铲子。我们所有的昨天，不过是替傻子们照亮了到死亡的土壤中去的路。[1] 一声有说服力的霹雳通过这话隆隆炸出。他铲起了另一锹土。琳达是为什么死的？为什么要让她慢慢地变，变得越来越

1　此语见莎士比亚戏剧《麦克白》第五幕第五场二十二至二十三行。

没有个人样，然后终于……他打了一个寒噤。一块大可亲吻的臭狗肉。[1]他把脚踏在铲子上狠狠地往结实的土地里踩。我们在上帝面前就像顽童眼里的苍蝇，他们杀死我们只为了取乐。[2]又是一声炸雷。那可是千真万确的道理——在一定意义上比真理还要真实。可是那同一个葛罗斯特又把他们叫作永远温柔的神灵。你最好的休息是睡眠，你也常常渴望睡眠，可你又愚蠢地怕死，而死只是不存在而已。[3]死亡不过是睡觉，睡觉，也许还做梦。[4]他的铲子铲在一块石头上，他弯下身子要捡起石头。在那死亡的梦里，会出现什么样的梦……

头顶的嗡嗡声变成了轰鸣声，一片阴影突然遮住了他，有什么东西插到他和阳光之间了！他吃了一惊，停下挖土和思想，抬头一看，眼前的景象使他头昏眼花、混乱糊涂。他的心还在另外一个世界游荡，在那比真实还真实的世界里，还集中在死亡与神灵的汗漫无涯里，抬头却看见了那黑压压一大片悬浮的直升机向他的头顶逼了过来。直升机像蝗虫一样飞着，悬浮在空中，在他四面八方降落，落

1　此语见莎士比亚戏剧《哈姆莱特》第二幕第二场一百八十一行，全句是：“既然太阳能够让死狗身上生出蛆虫，那死狗肉就大可亲吻。”这是哈姆莱特装疯时针对当时社会的淫乱而说出的话。

2　此语见莎士比亚戏剧《李尔王》第四幕第一场三十六至三十七行，是被挖掉眼睛的大臣葛罗斯特的话。

3　此语见莎士比亚戏剧《一报还一报》第三幕第一场十七至十九行。

4　此语见莎士比亚戏剧《哈姆莱特》第三幕第一场中哈姆莱特王子那段有名的关于生死的独白。

到石楠丛里，然后从这些硕大无朋的“蝗虫”肚子里走出来穿白色黏胶法兰绒衫的男士和因为燠热穿着人造丝宽袍、天鹅绒短裤或无袖袒胸连衣裙的女士——每架飞机一对，几分钟之内已经下来了好几十对。他们围着灯塔站成了一个大圆圈，瞪着眼看着，哈哈地笑着，照相机咔嗒咔嗒响着，向他扔着花生、性激素口香糖和泛腺体小奶油饼干，像扔给猴子一样。他们的人数每时每刻都在增加，因为现在在野猪背上的飞机的洪流还在不停涌来。几十个立即变成了上百个，然后是几百个，仿佛是一场噩梦。

野蛮人已往隐蔽处退却，此刻正背对着灯塔，摆出一副暴虎冯河的架势，瞪着眼前的一张张面孔，恐惧得说不出话来，像个疯子。

一包口香糖准确地打在他脸上，让他从茫然状态中惊醒过来，让他感觉到了更为直接的现实。一阵惊人的疼痛，他完全清醒了，清醒而且暴跳如雷。

“滚！”他大叫。

猴子说话了！欢笑和掌声爆发。“可爱的老蛮子！乌拉！乌拉！”他从杂乱的人声里听见了叫喊，“鞭子，鞭子，鞭子！”

这话启发了他，他抓住门背后钉子上那把打了结的绳子，对折磨他的人们摇晃起来。

一阵带讽刺意味的欢呼爆出。

他气势汹汹地向他们扑去。一个妇女吓得叫了起来。人群里受到最直接威胁的几个人犹豫了一下，却随即稳住了，站定了。数量上的绝对优势给了观光者们勇气，这可是出乎野蛮人对他们的估计的。他倒退了一步，站住了，向四面看看。

“你们为什么就不能够让我安静安静？”他的愤怒中几乎带着悲凉。

“吃点镁盐杏仁吧！”那人递出了一包杏仁，野蛮人若是进攻，他就会首当其冲。“挺好吃的，你知道，”他带着颇有些紧张的微笑，和气地说下去，“镁盐可以让你永远年轻。”

野蛮人没有理会他递出的东西。“你们要拿我干什么？”他望着一个又一个傻笑的面孔问，“你们究竟要拿我干什么？”

“鞭子，”上百个喉咙乱七八糟地叫了起来，“玩一个鞭子功。让我们看看鞭子功。”

然后，众口一词叫了起来，缓慢、沉重而有节奏。“我们——要——看——鞭子——功。”背后的人群也叫了起来，“我们——要——看——鞭子——功。”

其他的人也立即跟着叫喊，重复着那句话，像鹦鹉学舌。他们叫了又叫，声音越来越大，叫到第七八遍时什么其他的话都不说了。“我们——要——看——鞭子——功。”

人们全都叫了起来。受到那喊声、那团结一致的力量，还有作为补偿的节奏感的刺激，他们仿佛就可以像那样叫上几个钟头——几乎可以没完没了地叫下去。但是重复到第二十五次时，那进程被惊人地打断了。又一架直升机从野猪背飞了过来，在人们头顶上悬浮了一会儿，然后在野蛮人附近几码处停下，停在人群和灯塔间的空地上。螺旋桨的轰鸣声暂时压倒了叫喊声。在飞机着陆、引擎关闭之后，同样持续的、单调的高叫声又爆发了出来。

直升机的门打开了，踏出门来的首先是一个面孔红扑扑的漂亮青年，然后是一个女郎，她穿着绿色天鹅绒短裤、白色衬衫，戴着骑士小帽。

野蛮人看见那女郎便吃了一惊，退缩了，苍白了脸。

那女郎站在那儿对他微笑着——一种没有把握的、乞求的、差不多是低三下四的微笑。时间一秒秒过去，她的嘴唇动了，在说着什么，但是声音被反复的高叫声淹没了。

"我们——要——看——鞭子——功。"

妙龄女郎双手紧握在左边，那张蜜桃一样明艳、玩偶一样美丽的脸上出现了一种渴望而痛苦的不和谐的表情。她那蓝色的眼睛似乎变得更大了，更明亮了。两颗泪珠突然滚下面颊。她又说话了，仍然听不见。然后她突然做出一个急速的冲动的姿势，伸出了双臂，向着野蛮人走了过来。

"我们——要——看——鞭子——功……"

他们的要求突然得到了满足。

"婊子！"野蛮人像疯子一样向她冲去。"臭猫！"他像个疯子一样挥起细绳鞭向她抽去。

她吓得魂不附体，转身便跑，绊了一下，摔倒在石楠丛上。"亨利，亨利！”她大叫，但是她那容光焕发的同伴早已经逃离了危险地带，躲到直升机后面去了。

人们又兴奋又快活，哇哇大叫。圈子散了，人们往磁力吸引的中心乱跑。痛苦是一种迷人的恐怖。

“惩罚，淫乱，惩罚！”野蛮人发了狂，又抽了一鞭。

人们迫不及待地围了过来，像猪猡围着食槽一样乱拱乱挤。

“啊！肉欲！”野蛮人咬着牙，这一回鞭子落到了自己肩膀上，“杀死肉欲！杀死肉欲！”

痛苦的恐怖吸引了人们，出于内心的需要，受到合作习惯的驱使和团结补偿欲望的支配（那是他们的条件设置埋藏在他们心里的、无法抹去的），他们也开始模仿起野蛮人的疯狂动作来，用野蛮人鞭打自己背叛的肉体的疯狂彼此殴打起来，或是殴打着他脚边石楠丛中那丰腴的抽搐着的肉体——那堕落的体现。

“杀死肉欲，杀死肉欲，杀死肉欲……”野蛮人继续喊叫着。

这时有人唱起了“欢快呀淋漓”，顷刻之间大家都唱起了那句复句，唱着唱着又跳起舞来。欢快呀淋漓，一圈一圈地跳着，以六八拍子彼此拍打着。欢快呀淋漓……

最后的直升机飞走时已经过了半夜。野蛮人躺在石楠丛里睡着了。唆麻使他迷醉，漫长而疯狂的肉欲放纵使他筋疲力尽。他醒来时已经太阳高照。他躺了一会儿，像猫头鹰对着光一样迷迷糊糊地眨起了眼睛，然后突然醒悟过来——他明白了一切。

“啊，上帝，上帝！”他用手捂住了脸。

那天晚上一窝蜂越过野猪背而来的直升机嗡嗡嗡飞成了十千米长的一片乌云，那赎罪狂欢晚会的场景登上了所有的报纸。

“野蛮人！”最先到达的人一下飞机就高叫，“野蛮人先生！”

没有回答。

灯塔的门半掩着，他们推开门，走进百叶窗关起的昏暗。穿过屋子对面的一道拱门，他们可以看到通向上方的楼梯的底。一双脚在拱门的正下方晃动着。

“野蛮人先生！”

缓慢地，非常缓慢地，像慢条斯理的圆规的脚，那两条腿向右边转了过来，北、东北、东、东南、南、西南。停住，悬了一会儿，又同样缓慢地向左边转了回去，西南、南、东南、东……

译后记

孙法理

《美丽新世界》是A.赫胥黎著名的幻想小说，含义深刻，耐人咀嚼，因此十分畅销。它1932年出版，到1966年的三十四年间已经出了哈珀版、新哈珀版、矮脚鸡版、矮脚鸡经典版等五十七版，共两百七十五万册。（1966年至今再版情况未计，做翻一番的估计不会算过分。）

幻想小说是很新的文学样式。据研究，最早的带幻想意味的作品为古希腊萨莫萨塔的卢奇安（Lucian of Samosata，约115—约200）的《真实历史》（*Veracious History*）。它的主角进了月亮和太阳，卷入了星球大战，情节有点像现代的科幻小说，但有多少科学成分还很难说。17世纪法国的西拉诺·德·贝热拉克（Cyrano de Bergerac，1619—1655）写的《月亮列国趣史》（*Histoire comique des etats et empires de la Lune*，1656）和《太阳列国趣史》（*Histoire comique des Etats et des Empires du Soleil*，1661）从题材来看也近似幻想小说。开现代幻想小说先河的作家应算是爱伦·坡（Edgar Allan Poe，1809—1849），他的《卷入美尔斯卓姆大海漩》（*A Descent into the Maelström*，1841）写一对弟兄驾船误入大西洋东北经常出现的一个大旋涡，哥哥被吓得精神失常而淹死，弟弟依靠一个圆桶死里逃生，被救出来后头发全白了，连整个表情都变了。小说对那险恶的波涛刻画得声势煊赫、细致入微，给人身临其境的感觉。据说其中的描写竟被收入了《大英百科全书》的大旋涡词条，应该算是很成功的作品了。典型的长篇科幻小说最早出自法国的儒勒·凡尔纳（Jules Verne，1828—1905）笔下。他的《气球上的五星期》（1863）、《地心游记》（1864）、《海底两万里》（1869）和《八十天环游地球》（1873）都是很有名的，最后两本在我国更是脍炙人口。本世纪是科幻小说蓬勃发展的时代，名作和名家辈出，现在美国主流派的四大科幻小说家雷·布拉德伯里、艾萨克·阿西莫夫、亚瑟·克拉克和罗伯特·海因莱因等人的影响都很大。从科幻小说还派生出了科幻电影和科幻电视，读者和观众人数众多，包括了大量的少年和儿童，对于普及科学知识、扩展科学思维、开拓幻想视野、发展社会生产力作用之深远现在还很难估计。《美丽新世界》是本世纪影响很大的科幻小说之一，但它的影响恐怕主要还在人文思想而不在科技方面。

本书的作者 A. 赫胥黎（Aldous Leonard Huxley，1894—1963）是著名的博物学家 T. 赫胥黎（Thomas Henry Huxley，1825—1895）之孙，和著名的诗人 M. 阿诺德（Matthew Arnold，1822—1888）也有血缘关系。他少时就读于伊顿公学，后毕业于牛津大学的巴利俄尔学院。他曾想做医生，却因为视力障碍改变初衷，从事了文学创作。他的著名作品有长篇小说《铬黄》（1921）、《男女滑稽环舞》（1923）、《光秃秃的树叶》（1925）、《点对点》（1923）、《瞎了眼睛在噶扎》（1936）、《几个夏季之后》（1939）、《时间须静止》（1944）、《天才与女神》（1955）、《岛》（1962）等，还有短篇小说集、诗歌、散文和戏剧。其中值得注意的是《知觉之门》，描写了他自己使用迷幻药的体会，看来他对“唆麻”之类的问题颇有研究。他还编辑过一个关于印度教哲学和神秘主义的集子。而他最脍炙人口的作品就是《美丽新世界》，这本科幻小说在世界上为他赢得了巨大的声誉。

这本书的名字意味深长，它来自莎士比亚的传奇剧《暴风雨》。在该剧第五幕第一场里，从小生长在荒岛上、除了她父亲就从没有见过人类的公主米兰达突然看见了一大群从海难中生还的人，不禁兴奋得大叫：“啊，奇迹！这儿有多少美好的人！人是多么美丽！啊，美丽新世界，有多么出色的人物。”在这里，莎士比亚通过她的嘴赞扬了人类，说人类是美丽的、出色的，令人见了不禁惊叹。但赫胥黎用这句话作书名，却有不同的意味。他笔下的新世界尽管物质产品极大丰富，人们除了上班便是玩乐，所呈现的图景却远远不算美妙。

本书初版于 1932 年，十五年后，即“二战”后的 1947 年，作者为本书补写了前言，提出了他写作本书的思路。

他说，“原子能的释放标志着人类历史的一次了不起的革命，却不是影响最深远的终极革命”，“这场真正革命性的革命不应该在外部世界进行，而应该在人类的灵魂和肉体上进行”。

他的书所描写的就是这种“在人类的灵魂和肉体上进行”的革命。在书中的新世界里，这场革命主要在五个方面进行：

1. 取消胎生，人工生殖，划分种姓：采用生物化学方法，在遗传过程、胚胎发育过程中对人进行培养，划分出 α、β、γ、δ、ε 五个大的“种姓”。（α、β、γ、δ、ε 是希腊字母，依次音译为阿尔法、贝塔、伽马、德尔塔、艾普西隆，大体相当于英语的 A、B、C、D、E。）阿尔法最高，贝塔次之，依次下降，至艾普西隆最低。每个种姓又分加和减，如阿尔法加（甚至阿尔法双加）、阿尔法减、贝塔加、艾普西隆减等，这样就把社会分成了十多个种姓。

为了工作需要，在胚胎期就进行培养和刺激，使胚胎具有不同的特性，预定了胚胎未来的命运。如有的适宜到热带高温下去炼钢，有的适宜到太空去修理宇宙飞船，有的适宜做社会领袖，有的则适宜掏阴沟。

阿尔法和贝塔是高种姓，伽马、德尔塔和艾普西隆是低种姓。高种姓的人从事管理和技术工作，低种姓的人做简单劳动。高种姓的人聪明，漂亮，高傲，心肠硬；低种姓的人只会执行较简单的任务，浑浑噩噩地过日子。他们大量繁殖，一个受精卵可以培养出几十个多生子，从个头到长相都一样，都带种姓特点。

不同种姓的人待遇很不相同。低种姓的人全都住大营房，各有颜色不同的制服作为标志；高种姓的人则住小住宅。社会是以无数的低种姓人为基础的，高种姓人只是“冰山露出水面的一角”。

报纸是按种姓出版的，最高种姓的报纸每小时出一次，最低种姓的报纸使用单音节词。

这是出生前的阶级划分，区别是从胚胎期就开始培养的。

2. 潜意识教育：分两种，一是睡眠教育，一是条件反射刺激，都从幼儿时期进行，使人从小安于自己的地位。

睡眠教育在儿童入睡后进行。比如贝塔儿童在睡眠中听见的教育是：我以我是个贝塔而高兴，阿尔法太辛苦，而伽马、德尔塔和艾普西隆又太可怜。

条件反射刺激培养人的爱与憎，比如用噪声和电击让儿童永远害怕和憎恶花朵与书籍。因为喜欢花朵会导致喜欢大自然，而大自然是不收费的，会影响社会消费；喜欢书籍不但会浪费时间，而且会导致错误思想。

睡眠教育和条件反射的培养方式都很简单，反复又反复，一个道理或一种刺激在几年之内重复一两万次到六七万次，形成一辈子也无法逆转的心理定式。

“新世界”相信一种理论：“道德教育都是不能够诉诸理智的。”因此都在下意识里进行。

3. 满足欲望：不但满足丰富的物质生活欲望，而且满足玩耍的欲望，包括看感官电影、听“色唆风”音乐、旅游、游戏和无限制的性生活。每个女性和男性彼此相属，可以自由享有彼此的肉体，但反对固定关系。提倡避孕，怀孕后立即人工流产。因此“父亲”和“母亲”都成为猥亵的字眼，人们听了会非常难为情。家庭被描述为肮脏的兔子窝，散发着恶臭。一切欲望都给予满足，不使人产生激动，据说如果人不会激动，社会也就不会动荡。

4. 割断过去：关闭了博物馆，炸毁了一切纪念性的建筑，查禁了福帝纪元 150 年（换算起来应该是公元 2057 年）以前的一切书籍。总统在报告里把从古代埃及、两河流域、希腊，直到莎士比亚、萧伯纳的全部人类文化都“撢掉”了；把从古以来激励人类向上的爱情、亲情、友情、人情一概“撢掉”了，因为它们能够使人产生激动和不满，危害社会稳定。

这样，每个人生活里的一切都由福帝赐予，大家都满足现状，感谢福帝。

总统告诫人们，今天的幸福生活来之不易。社会是经过九年战争的大屠杀和大英博物馆对知识分子的大毒杀才取得了今天的局面的。总统的结论是：幸福与德行的诀窍是爱好你非干不可的工作。

5. 唆麻：这是最甜蜜的幸福剂，也是最温柔的镇压剂。情绪不佳，吞唆麻；烦恼得厉害，多服唆麻，进入唆麻假日；社会动乱，有唆麻枪，无论怎么乱，喷上一剂，暴乱者就睡着了，醒来后就捣不了乱了。有了唆麻，什么骚乱都可以迎刃而解。新世界的总统说："没有眼泪的基督教——唆麻就是这种东西。"

有了这五条措施，社会就稳定了，人生就美妙了。主张出世的佛家的生、老、病、死，诸般烦恼，一律消灭；主张入世的儒家的"天下为公""皆有所养"，一律办到；柏拉图的理想国主张赶走诗人，老子主张的"绝圣弃智"，这里也都做到了；莫尔的乌托邦反对奢侈，而且有奴隶，这儿却大力提倡消费，只有恪守本分的幸福的人；F. 培根的《新大西洲》的科学预言——活体解剖、植物嫁接、人造馨香、电话、飞机、潜艇、视觉幻影——在这里只是小菜一碟，不但实现了，而且大大超过了；欧文的"新和谐村"里需要艰苦的劳动，这儿的劳动却并不艰苦。所以"新世界"的总统自豪地说："天地之间有一种哲学家们连做梦也没有想到过的存在……就是我们这个现代的世界。"你看他是何等踌躇满志！

看来，新世界所进行的这场最革命的革命，怕是创造了一个人间的极乐世界吧？不过，读了本书后，我们的印象却远远不是这样。

这里的人让我们感到陌生、不可理解，甚至厌恶。

低种姓几十几百人同一个面孔、同一种服装，大多干同一个体力工种，下班之后就像蛆虫一样到处拱来拱去。正如总统所说，这些人是新世界社会冰山的水下部分，占了人口的绝大多数，却没有任何社会地位。他们就是柏拉图的理想国或莫尔的乌托邦里的奴隶，不过是优秀的奴隶，最为驯服、永远心满意足、永远不会反抗的奴隶。

那么高种姓的人怎么样呢？他们的日子过得也并不美妙。

先看女人。

列宁娜是个贝塔减，长得特别漂亮，在电梯里见到她的人都喜欢跟她打招呼，因为她跟他们都上过床。这在新世界虽是正常现象，她却借此陪高职位的人去这里旅游、那里度假。她愿意跟伯纳去印第安保留地，除了真喜欢他，更因为他是阿尔法加，是少数几个有资格去保留地的人之一。她去印第安村两三天，唆麻假便度了十八个小时，对于那儿其实所知很少。但回到伦敦后她也成了名人，到处受邀，得意非凡。她发现野蛮人爱上了她，便立即脱衣服，要跟他上床，野蛮人却吓了一大跳，感到幻灭、愤怒，骂她是婊子。野蛮人到隐居地不久，她得到了消息，便跟了去，弄得野蛮人在忏悔之中自杀死去。

在我们看来，她在工作以外不过是个交际花，浅薄、庸俗、空虚、无聊。

琳达也是个贝塔减，二十多年前原是现在的孵化与条件设置中心主任的女朋友。那时两人一起去印第安保留地旅游，她却因外出遇见特大风暴，掉到山谷中，和男朋友失散，便留在了那里，过起原始的生活，生下了她与那男朋友的孩子。她除了会新世界的胎孕员工作，其他什么都不会。她在印第安村受到了种种歧视，尤其是因为坚持新世界的习惯，跟任何男人都上床，她遭到妇女们的妒忌和仇恨，甚至殴打。二十多年后她被伯纳带回了伦敦。在印第安保留地时她非常向往伦敦，来到伦敦后却什么都不感兴趣，一心只想度唆麻假。医生满足了她的要求，不断供应。野蛮人（她的儿子）担心这会影响她的健康，医生却不以为然，理由是她在唆麻假里的日月很长，比清醒时的寿命长多了。唆麻的幻觉给了她充分的满足（包括跟情夫波培的性满足），然后在昏沉里中了唆麻毒，死去了。

在我们看来，她的生活比列宁娜的更庸俗、空虚，甚至可耻。

这就是新世界里的女人的典型形象，其他女人也大体类似。

现在来看男人。

伯纳是阿尔法加，最优秀的种姓，睡眠教育专家，业务挺棒。大约在胚胎期受到了酒精刺激，比他同种姓的阿尔法人个子小了一些，长相也差了一些，他因此感到自己被看作局外人，便也以局外人自居，心怀不满；同时，他渴望着自由，不愿成为集体的一部分。他到了印第安保留地，抓住了他上司的把柄，把野蛮人母子弄到了伦敦，斗垮了上司，取得了胜利，成了社会名人。他从此得意扬扬，觉得自己伟大，到处抛头露面，以要人自居，顺便也占点便宜。他得意时好吹牛，失意时却懊悔，自怨自艾。野蛮人拒绝参加他的派对，他虽然接受了对方的解释，但仍然心怀不满，想要报复，原因是别的人他不敢报复，却可以报复野蛮人。赫姆霍尔兹不计较他的糟糕表现，他一面感谢，一面心怀不满，因为觉得赫姆霍尔兹居高临下，伤了他的自尊心。他的朋友野蛮人干预唆麻问题，他怕担干系，躲到一旁，却还是被算成肇事者。听说要受到处分，他又急忙跪倒在地，痛哭流涕，把责任都推到朋友身上，乞求总统宽恕，却仍然逃不过被送到海岛去的命运。

乍看去，他就是这样一个卑劣自私、没有骨气、没有是非、没有人样的家伙，可是这种评价倒是委屈了他，这是他的条件设置和睡眠教育培养的结果。新世界有一条规定："智力和工作是成年人，感情和欲望是孩子。"伯纳身上所反映的正是这一条规定的结果。他的这些表现其实像个孩子。列宁娜和琳达也都一样，我们瞧不起她们其实也是委屈她们了。

只有赫姆霍尔兹似乎是个例外，他也许像伯纳一样在某个程序上出了问题，那条规定没有起到足够的作用，却惹出了麻烦。赫姆霍尔兹也是阿尔法加，是情绪工程学院的讲师，英俊漂亮，非常能干（缺点是"过分能干"），人缘很好，姑娘们都追求他。智力过高对于他所产生的影响跟生理缺陷对伯纳所产生的影响一样，都是孤独。他渴望自由，也渴望体会到真正的感情，从中汲取营养，写出真正的好作品来。他因为想教学生学会写顺口溜的诀窍，引用了自己的一首作品，却被学生打了小报告，弄得很尴尬。他在唆麻事件里参与了打架，他激动、狂喜，高叫“自由”“终于做了人了”，所以也被赶到海岛上去了。不过，他比伯纳强多了，他没有乞求怜悯，而是选择到气候最恶劣的地方去。这不是豪言壮语，而是在选择自己“充军”的地方，说不定要在那里过一辈子，真有几分悲壮。但是在其他方面他仍旧是个循规蹈矩的人。实际上他这个特例将会在那海岛上悄悄消失，不能够撼动新世界的一分一毫。

这就是新世界的高种姓人。他（她）们的个人品质各有差异，命运却都相同，在集权主义者的统治之下过着白领奴隶的日子——从灵魂到肉体都被命定了的白领奴隶。

新世界的口号是“社会、本分、稳定”。为了社会的稳定，人人要尽本分，其他的一律都被取消了。传统文化没有了，书籍被限制了，科学被限制了，家庭没有了，父母兄弟姐妹没有了，爱情没有了，亲情没有了，友情没有了，人情没有了，连花朵也没有了，大自然也没有了。人们除了上班就只知道吃喝玩乐，听色唆风音乐，看感官电影，打电磁高尔夫，玩汪汪狗崽离心球，烦恼了就吞唆麻，高职位的男人带着漂亮女人去旅游。社会、本分和稳定霸占了人的一切，抹杀了人的一切。

难怪作者要在书前引用尼古拉·别尔嘉也夫那句话："一个新的世纪也许可能开始，那时知识分子和有教养的阶层会梦想着以种种方式逃避乌托邦，返回非乌托邦的社会——那儿并不那么'完美'，却更自由。"

面对这样的现实，我们还能说"人是多么美丽！啊，美丽新世界，有多么出色的人物"吗？

作者赫胥黎在前言里说，人们被给予了自由意志，不过是让他们在混沌与疯狂之间进行选择罢了。这说的不仅是那个新世界，也是他当时的现实社会。

作者是把这书称作寓言的。他提出了一个尖锐的带哲学意味的问题：一切物质欲望都满足之后，人是否就幸福了？他在序言里指出了另外一条路：一个清醒的社会。他说："在那个社会里，宗教是对人类终极问题的自觉的、理性的追求，是对遍及宇宙万物的'道''理体'、高超的'神性'或是'梵天'的统摄全局的知识的追求。生活的压倒的哲学应该是一种高级的功利主义，其中最大快乐原则须从属于终极目的原则……"

他的这种"高级的功利主义"的理想是否能够解决问题还很难说，但是有一个道理不会错：幸福总是与精神生活分不开的。物质生活固然重要，但忽视了精神生活，忽视了人的高贵情操和品德的培养，那个社会里的人绝不可能真正幸福。新世界就是一个生动的例子。

本书在当时是颇为前卫的，它吸取了那时的许多新思想：较早的有达尔文的进化理论、物竞天择理论，遗传学里的优生学理论、劣生学理论，生物化学里的许多设想；其后有弗洛伊德的精神分析理论及潜意识理论、巴甫洛夫的条件反射理论、萨特的存在主义的存在荒谬和反理性的理论、凯恩斯的社会总体消费与生产能力关系的理论。在写作手法上，本书常使用空间的闪回变换来表现几个事件的同时发生，这种时空变换能够创造出特殊的效果，但也容易让人理不清头绪。其中较为突出的是第三章里的后半部分。那里有三组人同时在不同的地方活动：在一个地方，总统在对学生们演说（其间还夹杂了幼儿园的活动）；在另一个地方，列宁娜在和范妮谈话；在第三个地方，亨利·福斯特在和命运预定局局长助理谈话（被伯纳偷听到了）。叙述在三组人之间频繁反复地闪回，有时一组只出现一两句话。这样的闪动，是很容易给读者造成混乱的。为了理清头绪，不使读者迷惑，译者将三组对话分行相隔，加以区别，敬请注意。

本书是把美国的汽车大王亨利·福特当作神来写的，含有一些嘲弄的意味。不过，在美国，亨利·福特的故事确实有点像神话。一个农村的孩子，十六岁进城学手艺，后来竟然自己装配了汽车，发展出了庞大的几乎无所不包的汽车托拉斯，大大推动了美国的产业革命，改变了美国社会的结构，的确很了不起。

1896年他试制出了他的第一部汽车，1908年他生产出了他的第一部T型汽车，1913年他对生产进行了准确细致的分工，建立了第一条汽车生产流水线，成功地组织了大规模生产。这种流水线起初只在一个厂里进行，后来便遍及整个福特托拉斯在各地的大小工厂车间，其规模之大和效益之高达到了惊人的程度。到了1927年，福特汽车托拉斯的铁矿砂早上八点从外地进入工厂，二十八小时后就已变成汽车。1914年他建立了八小时工作制，把工人最低工资从每天两美元三十四美分猛然提高到每天五美元，超出了一倍。工时从每天九小时减少为每天八小时，建立了每日三班工作制。这些都大大提高了工人的积极性和工作效率。同时逐渐降低汽车售价，1927年从五百多美元降低到了两百九十美元，比原价的六折还低。工人两个月的最低工资就可以买一部福特汽车。这不但扩大了汽车市场，也为人类大大地造了福。他的T型车生产十九年，共售出了一千九百万辆，占全世界汽车产量的一半以上。T型车给普通人的生活带来了巨大的变化。农民不再与城市隔绝，农业生产随之急剧发展。T型车成了社会经济的支柱，把美国变成了“车轮上的国家”。1863年福特离开农村到底特律时，美国人八个里有五个住在乡下，到福特八十三岁去世时，美国人八个里有五个住在城里。对于这个变化，福特的汽车和流水线生产是有很大贡献的。难怪在那时的美国人心里福特是个神话。也正因此，作者才把福特写成救世主，把他的T型车出产的那年——1908年——定为“福帝元年”，虽然对新世界略带些讽刺意味。

写小说，角色的姓和名原可以信手拈来，读者一般也不会怎么注意，但本书作者使用的姓名值得考究一番。他喜欢使用当时（20世纪二三十年代）的风云人物的姓和名。其中有美国总统、美国财阀，还有苏联、德国、意大利、土耳其等国的名人，还有古人。例如男主角叫伯纳·马克思，用了萧伯纳和马克思两人的名和姓（书里还有个医生也姓萧）。有个技术员叫亨利·福斯特。亨利是汽车大王亨利·福特的名字；福斯特是那时美国共产党主席威廉·福斯特的姓。还有个角色叫埃泽尔，而埃泽尔是亨利·福特的儿子，也是当时福特公司的一种名牌车的名字。还有个角色叫本尼托·胡佛，他的姓胡佛与当时的美国总统赫伯特·胡佛相同，名字又与当时的意大利总理、法西斯头子本尼托·墨索里尼相同。书里另有一个人叫赫伯特·巴枯宁。赫伯特是上述美国总统胡佛的名字，巴枯宁又是俄国著名的无政府主义者米哈伊尔·亚历山大洛维奇·巴枯宁的姓。书里有三个女性分别叫列宁娜、萨罗吉尼·恩格斯和波莉·托洛茨基。而列宁、恩格斯和托洛茨基都是共产主义运动的领袖人物。还有两个女性叫摩尔根娜·罗斯柴尔德和梅隆，而摩尔根（又译摩根）、罗斯柴尔德和梅隆又是当时左右着美国经济命脉的三大财阀的姓。（还有一个著名的民族学家、原始社会史学家，也叫路易·亨利·摩尔根，恩格斯的《家庭、私有制和国家的起源》就曾大量参考过这个摩尔根的著作。）有些人的名字虽较隐蔽，却也可以看出是名人的姓或名，如：书中的总统叫穆斯塔法·蒙德，而当时土耳其的首任总统就叫穆斯塔法·凯末尔·阿塔土克。书里还有个妇女叫克拉拉·德特丁，令人联想到第二国际左派女领袖、德国的克拉拉·蔡特金。（汽车大王亨利·福特的妻子也叫克拉拉。）还有些是历史人物的名字，如让－雅克·哈比布拉中的让－雅克是法国启蒙运动思想家让－雅克·卢梭的名字。达尔文·波拿巴则是生物学家查尔斯·达尔文的姓和拿破仑·波拿巴的姓合成的。实际上这种与名人相同的姓名占了书中人物姓名的绝大部分，作者显然是故意使用的。但从角色看，这些姓和名又并无影射或其他含义，所以译者也就按照传统译法译出，并没有回避或隐讳，保留了原作行文上的这点俏皮。

A. 赫胥黎在本书出版二十六年后的 1958 年写了一篇文章，颇有名气，叫《重访美丽新世界》，内容有好些与他 1947 年为本书写的前言相同，如忽略了原子能，真正的革命是人的心智与肉体的革命，优生学和劣生学，睡眠教育等。然后生发开去，谈到了人类的前景，认为民族主义是 20 世纪全世界人类的宗教，无论你信仰什么，基督教也好，天主教也好，伊斯兰教也好，佛教也好，儒家思想也好，民族主义都同样促使你去杀人和被杀，而且在两三百年内还会如此。他还花了大量篇幅谈麻醉剂。全文较长，很大一部分又与本书关系不大，没有译出。

这书不好译，写的是五六个世纪以后的事，充满幻想，有好些东西很难懂，译者查阅了许多资料，才算落了实。错误之处在所难免，敬请读者指教。

1999 年 5 月 17 日

图书在版编目（CIP）数据

美丽新世界 /（英）奥尔德斯·伦纳德·赫胥黎著；孙法理译. —长沙：湖南文艺出版社，2019.8（2022.6 重印）
ISBN 978-7-5404-9082-9

Ⅰ. ①美… Ⅱ. ①奥…②孙… Ⅲ. ①科学幻想小说–英国–现代 Ⅳ. ①I561.45

中国版本图书馆 CIP 数据核字（2019）第 027060 号

上架建议：外国经典文学

MEILI XIN SHIJIE
美丽新世界

作　　者：［英］奥尔德斯·伦纳德·赫胥黎
译　　者：孙法理
出 版 人：曾赛丰
责任编辑：薛　健　刘诗哲
监　　制：蔡明菲　邢越超
策划编辑：马冬冬
特约编辑：汪　璐
版权支持：张雪珂
营销支持：傅婷婷　文刀刀　周　茜
版式设计：梁秋晨
封面设计：棱角视觉
出版发行：湖南文艺出版社
（长沙市雨花区东二环一段 508 号　邮编：410014）
网　　址：www.hnwy.net
印　　刷：三河市天润建兴印务有限公司
经　　销：新华书店
开　　本：880mm × 1270mm　1/32
字　　数：184 千字
印　　张：9.5
版　　次：2019 年 8 月第 1 版
印　　次：2022 年 6 月第 2 次印刷
书　　号：ISBN 978-7-5404-9082-9
定　　价：49.80 元

若有质量问题，请致电质量监督电话：010-59096394
团购电话：010-59320018